被休的代嫁 3 完

文創風 272

安濘 著

目錄

第五十四章

咬咬牙，蕭雲佯裝無恙，一臉平靜地舉起雙臂，伏地行禮，朗聲道：「民女蕭雲，拜見吾皇，萬歲萬歲，萬萬歲。皇后娘娘千歲千歲，千千歲。太子殿下千歲，趙王爺千歲，公主千歲，趙太學大人……嗯……」

說到這裡，蕭雲梗住了。不是皇家的人，不能叫「千歲」吧？那她該怎麼說呢？略微思索了一下，蕭雲說道：「長命百歲。」

眾人微訝。這幾句話連在一起說，聽起來怎麼感覺怪怪的？

「呵呵……」趙太學大人莞爾一笑，心裡道：這句話，可比那些「萬歲、千歲」實在多了。

「起來回話吧！」

威嚴的聲音不緊不慢地從前方傳來，在偌大的宮殿裡響起了淺淺的回音。

蕭雲聞聲，從容地從地上爬起來。

「咳咳！」趙長輕右手握成空拳，放在唇前，假裝嗓子不舒服咳嗽了幾聲。

這個聲音彷彿暗號一樣，讓蕭雲心裡霎時愣了一下。

她不該站起來嗎？皇上只是跟她客氣客氣的？

「蕭姑娘，妳該謝主隆恩。」太子不等皇上身邊的公公呵斥，便急忙出聲提醒道。

「呃……」蕭雲悄然翻了個白眼，懊惱不已。電視上老這麼演，她怎麼給忘了呢？暗叫一聲「倒楣」後，她不甘願地再次跪下，不慌不忙地補充道：「謝主隆恩。」

「哈哈哈哈哈！」皇上被蕭雲的迷糊逗樂了，不禁放聲大笑，心裡隱約對這個女子有幾分欣賞。出了這麼個岔子，她居然還能鎮定自若，難得、難得！「平身吧！」

皇后掩嘴淺笑，開口說道：「真是有趣的妙人兒。」

蕭雲不敢再出差錯，又說了一句。「謝主隆恩。」才從地上起來，學著電視上平民見到皇上那樣，一直低著腦袋。

「抬起頭來。」

皇上似乎總愛對別人說這句話。蕭雲抬起頭，直直地看向大殿上方最中間的位置。她早就想一睹古代帝王風範了。

這個皇上和電視上的一樣，頭戴盤龍金冠，身穿金絲繡線龍袍，不胖不瘦，中等身材；容顏蒼老，但是那兩道飛揚的劍眉卻顯示出他那凌駕於萬物之上的尊貴之氣，雖雙目渾濁，卻炯炯有神。聽說他年過四十五了，但身上那股渾然天成的霸王之氣絲毫不減。

「妳是第一個，敢與朕對視的女子。」皇上看著蕭雲，沈聲說道。

皇上的表情裡沒有笑意也沒有怒意，看不出他的真實想法。

太子擔憂皇上責怪蕭雲，自然而然地鎖起眉頭，想辦法為她開罪。

「都說初生牛犢不怕虎，或許便是如此吧！」趙長輕帶著磁性的聲音緩緩響起，輕而易舉地化解了緊張的氣氛。他悠悠看向蕭雲，眼中盛滿了溫柔。

坐在旁邊的平真公主看到兒子的眼神，幾不可聞地低嘆了一聲。

旁邊的趙太學轉眸，給平真一個安心的眼神，示意她不要操心過度。

蕭雲朝趙長輕擠擠眼，用眼神告訴他：別擔心，不用幫我說好話，我不會讓皇上降罪於我的。

「妳為何戴著面紗？還自稱民女？」皇后不解，問道。

坊間女子該自稱「奴家」才對。

蕭雲斂下眼眸，回答得不卑不亢。「回稟皇后娘娘，民女非風塵中人，自然無法以奴家自稱。」

皇上訝然。「喔？妳的家人同意妳在坊間？」

「回皇上，民女雙親不在這個世間。」蕭雲淡淡回道。她的親生父母，的確不在這個世界。

皇上和皇后露出惋惜之情，嘆了幾聲。

太子想起謝家的人，不由得心酸，看著蕭雲的眼神充滿了憐憫和心疼。有那樣的親人，跟沒有也沒什麼區別。

趙長輕憐惜地凝視著蕭雲。這裡只有他知道，她說的這句話是什麼意思。在這個世界上，她唯一能依靠的，只有他了。他在心裡暗暗起誓，一定會好好珍愛她一輩子。

避開沈重的話題，皇后問起。「那為何要戴著面紗呢？」

蕭雲的眼珠子向趙長輕那個方向轉了轉，咬了咬下唇，有些羞赧。「回皇后娘娘，民女答應過心上人，不以真身示人；可是皇上召見，民女不得不見，所以戴著面紗，也算是沒有違背諾言，拋頭露面。」

聞言，趙長輕情不自禁地揚起嘴角，投注在蕭雲身上的目光不由得又柔和了三分。還以為她戴著玩的，原來是為了這個。

「妳有心上人了？既然如此，為何不嫁於他？看妳的模樣，應該早過了及笄之齡吧？」皇后好奇，世上居然有男子同意自己心愛的女子淪落坊間？

蕭雲為難地皺皺眉，如果她說她想先戀愛後結婚，皇后能理解嗎？

轉眸向那邊的趙太學和公主瞥了瞥，也不能當著人家父母的面，說是他們不同意吧？他們還不知道她的存在呢！雖然蕭雲肯定，他們知道了也不會同意的，但為了防止以後落下話柄，還是不能那麼說。

「是否他們的父母不同意？」不等蕭雲想好理由，皇上便說出了自己認為最合理的解釋。

「嗯……」蕭雲糾結著，心裡怨惱。皇上啊，你怎麼也這麼八卦？

她哪裡知道，其實趙長輕昨日下午已經將他們的事告訴了趙太學和平真，並且央求他們先幫襯著在皇上面前應付一下，趙太學和平真此刻正等著蕭雲的回答呢！

趙長輕雙眸微閃，不停地給蕭雲打眼色，心裡也有幾分自責，昨日怎麼忘了把這件事情跟她說說了？

「呵呵。」

那麼多人等著蕭雲的答案，蕭雲忽然對皇上和皇后笑了笑，說道：「皇上，皇后娘娘，不如先談一談宣民女面聖一事吧？先有大家，才有小家，國事要緊。」

皇上龍顏大悅，讚道：「好！一個平民女子，尚且知道『先有大家，才有小家』，我洛國之幸啊！朕，甚感欣慰。」

蕭雲低頭悶笑。隨便說幾句你就「甚感欣慰」？我還有一大堆可以用上的臺詞呢？你聽了不會熱淚盈眶吧？想想還是算了，來日方長，好聽的話不能一次用光了。

「有這樣的子民，洛國想不強大都難啊，恭喜皇上。」皇后笑著對皇上祝賀道。

皇上十分受用地大笑。

蕭雲抿嘴偷笑，視線悄悄轉向趙長輕。趙長輕眼裡噙著笑意，正專注看著她。蕭雲本準備對他擠眉弄眼，被他這麼一瞧，頓時臉一紅，不好意思起來。

還知道害羞？趙長輕低眸掩笑。

「昨日那支『萬民同樂』，可是出自妳手？本宮昨日聽皇上說了，十分後悔沒有前去觀賞。」皇后微感惋惜道。

蕭雲恭謹地答道：「回皇后娘娘，確為民女教習玉容閣表演的。雖然皇后娘娘昨日沒有機會前去觀賞，但是皇后娘娘也不必覺得遺憾，來日方長，玉容閣定會再出更多更好的舞曲來。」

皇上雙眼透著精銳的光亮，倨傲地說道：「凡我洛國子民，無一不曉洛國以勝利的局勢結束了兩國間百年恩怨。兩月後，御國新君整頓好國事，便會前來朝拜。朕要讓他們看到，洛國優勝於他們的，不僅是戰場上的本事，其他任何方面，都強於他們百倍，是真正的大國！」

蕭雲淡然微笑，心下明白皇上的意思。御國人在戰場上輸了，心中必然懷著怨氣，此次朝聖，他們會絞盡腦汁地想辦法在其他方面勝洛國一籌。皇上認定了玉容閣為洛國舞藝方面的最高水準，所以宣召她進宮見駕，看看她究竟敢不敢接下。

「妳，可有信心？」皇上緊緊地盯著蕭雲，一字一頓地問道。

「回皇上，」蕭雲故意停頓了一下，抬起眼簾，從眼眸中射出璀璨的光芒，不疾不徐地道：「民女一定會讓御國人乘興而來，敗興而歸，以行動告訴他們，洛國人不是只會打仗的蠻子，在舞藝方面，他們根本無力超越。」

皇上滿意地開口大笑，道：「哈哈，說得妙極！朕期待再次大開眼界。最重要的，是讓御國人心悅誠服。」

「請皇上放心，民女一定不會辜負皇上的厚望。」

蕭雲的聲音不大不小，語氣裡沒有半點爭強好勝的意思，好像沒有把這件事放在眼裡，恰恰如此，才讓眾人覺得她自信到了極點。她淡然自處的姿態，彷彿任敵人千般厲害，都無法驚起她內心一絲的擔憂。

一個人的自信往往源於其本身的實力，皇上相信自己看人不會錯，這個女子不會讓他失望，把這件事交給她，他很放心。

想起昨日的驚豔，皇上忍不住將玉容閣昨天跳的舞又誇獎了一遍，還連連對趙太學和平真公主說道：「你們沒去，實在可惜」。

趙太學呵呵一笑，笑容可掬。「這倒沒什麼，蕭姑娘也說了，來日方長。以後，定能瞧上。」說完，目光慈祥地看向蕭雲，對她微微頷首。

而他身旁的平真公主看上去似乎不那麼友善，她別有深意地盯著蕭雲，沒有欣賞，也沒有輕蔑，只有質疑和打探。

他們的表情和態度，都有點奇怪。

蕭雲丈二金剛摸不著頭腦，被他們的態度完全搞懵了，訕訕地對趙太學大人微微點頭，回以一笑，沒敢看平真公主，直接看向趙長輕。

趙長輕給她一個安撫的眼神，示意她別急，待會兒就知道了。

「若真如妳所說，能教他們御國人輸得心服口服，朕賞妳萬頃良田。」皇上高興，豪爽地承諾道。

蕭雲不假思索地回道：「皇上，民女身為洛國子民，能夠為洛國盡一分綿薄之力，乃民女的榮幸，不求良田萬頃、家財萬千。」

她的神情很認真，不像是假意推讓。

皇上和皇后錯愕，平真不解，趙太學目光深邃，含著淺淺的欣賞之色，太子和趙長輕一副「這不像妳風格」的表情，雙目夾雜著濃濃的興趣，等她說理由。

「妳是否不知萬頃良田為何意？」皇后帶著輕蔑的眼神，嘴角抽搐了幾下，問道。侮辱！這對於一個讀了二十年書的人來說，根本是一種侮辱！

蕭雲的表情默默地扭曲了一下，強忍住跟皇后費口舌的衝動，平靜地答道：「回皇后娘娘，民女雖說不及趙太學大人那樣學富五車，但是，一般的常識還是懂的。」

「那妳為何拒絕？」皇后不解，那麼大一筆金錢，誰能拒絕得了？「莫非，妳不敢？」

「皇后娘娘……」蕭雲想跟皇后像普通朋友那樣聊一聊人生價值觀的話題，但這個念頭一閃過，她便覺得自己的這個想法實在太幼稚了。她們不是一個時代的人，有一道千百年的鴻溝，哪能聊到一起？萬一惹毛了人家，她大吼一聲「拖下去斬了」，豈不嘔死了？

「其實民女另有所求。」蕭雲說道。好不容易有一個宰皇上的機會，她不能浪費了。

皇后露出輕蔑的眼神，細長的柳眉斜挑了一下。

「喔？」皇上頓時興味盎然。沒人拒絕過他的賞賜，也沒人敢以條件跟他換條件，這個女子有膽色！「說來聽聽。」

蕭雲原本想說，等兩個月之後她把事情辦好了再提出來，相信皇上不會賴帳的，但見皇后那副表情，好像她會獅子大開口似的，如果她不說，皇后會不會擔心得兩個月睡不著覺？還是說了吧，若讓趙太學大人和平真公主誤會，那就不好了。

「民女斗膽，想乞求皇上一件事。若民女將此事妥善完成了，希望皇上能頒布詔書，給喜歡跳舞的女子一個地位。」

「什麼?!」眾人驚愣。

蕭雲的要求竟是這個，不為錢財，不為自己，為天下女子而求。

趙太學和平真對視一眼，神情複雜，眼裡是不明的深意。

皇上和皇后迷茫地看著蕭雲，料想不到她竟然會放棄改變命運的大好機會。

蕭雲的話，改變了他們對教坊舞娘的看法。

趙長輕幽深的黑眸中流露出淡淡的失落之情，嘴角噙著笑意，無奈地在心中嘆息了一聲。

在她心中，他終究不是第一。可是偏生在他的心目中，她無可取代，只要有她在的地方，他便會情不自禁地看向她。

她就是那麼耀眼，讓他無法移目。

皇上面容沈靜，看不出喜怒，言簡意賅地問道：「具體為何意？」

蕭雲和聲回道：「回皇上，民女自幼喜愛跳舞，後來步入坊間教人舞藝，經辦玉容閣，純粹是為了個人興趣。在這其間，民女結識許多女子，因為生活所迫，不得已落入風塵。但是她們心地善良，純潔自愛，她們也不想賣笑，可是她們要生活。民女想乞求皇上昭告天下，讓那些沒有依靠的女子，可以透過勤學舞藝來改變自己的命運。請皇上，給這些女子一個地位，讓世人再聽到舞娘時，不再是一臉輕蔑。」

「好，好一個『捨小家，為大家』的大氣女子！」皇上讚賞道。

「皇上？」皇后驚愕地看向皇上，表情凝重。她不參與朝政，但是她瞭解皇上，從偶爾的談話中，她能感受出皇上想改國策、興百業、創新局的抱負。蕭雲的這番提議，可謂恰如其分地推動了皇上革新的決定。

對於這個大膽的女子，皇上肯定是刮目相看，從他重新審視蕭雲的眼神中，皇后認定了自己心中的猜想。什麼捨小家為大家？根本就是吸引皇上的手段！把攀龍附鳳的心思弄成了高風亮節的氣度，這個女子好厲害的手腕！

皇后神色冷冽地望著蕭雲。

今後，這個女子若能為她所謀，倒也不壞。如若不能，就別怪她先下手為強了。她會讓這個女子知道，後宮的水，到底有多深！

趙太學和平真面色沈重地皺起眉頭，擔心地看向趙長輕。皇上是一國之主，也是一個正常的男人，蕭雲自稱已有心上人，可是皇上不知道她的心上人是誰啊！若他想將天下所有美好的女子納為己有，別人是一點辦法也沒有啊！

但見趙長輕，一副悠然自得地坐在那兒，將他們的緊張盡收眼底，臉上卻始終掛著若有似無的微笑，好像一點也不擔心的樣子。

他這步棋，走得的確險了一些，但是，他會做到萬無一失。

「皇上過譽了。若舞娘能在世人心中求得一席之地，也等於是民女為自己謀了福利，而旁人沾了光而已。」蕭雲謙遜道。

皇上笑著搖了搖頭，問道：「朕十分好奇，女子所求，無非父母體健，嫁個好兒郎。妳在坊間教人舞藝，與妳的心上人之間定會有所阻礙，也難保他一定會娶妳，妳為何不求朕為你們賜婚呢？」

蕭雲的眸光不由得向趙長輕的方向瞟了一下，臉上情不自禁地流露出溫柔的笑容。「回皇上，民女要的，不是眾人眼中的夫妻關係。民女要的，是他的心。若他的心在我這兒，什麼也阻止不了我們在一起；若他的心不在我這兒，勉強成婚又有何用？願得一心人，白首不相離。」

「願得一心人，白首不相離？」皇上低低地喃道，垂下眼眸陷入了回憶中。他想起一個人，年少時與其海誓山盟，如今物是人非的女子。

皇后瞟了蕭雲一眼。但願她是真的一心向著那個心上人，沒有其他心思。

平真似有感悟地轉頭看向身旁的趙太學，眼裡射出柔和的光芒。趙太學轉頭回視著她，微微一笑，對她點了點頭。

兩人看著對方默默地注視自己，其中的情意，不用隻言片語，盡在彼此眼中。

蕭雲微微垂著眼眸，不敢亂看，但是她能感覺到側前方傳來炙熱的深情視線，正牢牢地投注在自己身上。

他會怎麼想呢？

她忍不住掀起眼簾隔空看過去，發現趙長輕正笑盈盈地盯著自己，蕭雲心潮一熱，臉色燙紅，像做了虧心事被抓到了，慌忙地瞥了皇上和皇后一眼，然後迅速將頭埋了下去。

看就看唄，你幹麼深情款款地看？萬一被發現了怎麼辦？

蕭雲無聲地埋怨了趙長輕幾句，心頭卻抑制不住地湧出甜蜜來。

皇后的視線正從皇上那兒回來，看到蕭雲的目光恰好從她身邊收回去，不禁奇怪地嗯了一聲，不解地看向旁邊的趙長輕。

趙長輕面色無波，對皇后投來的疑惑眼光回以微笑。一切看起來都很正常，沒什麼特別的。

「奏——」

靜謐的大殿中忽然驚起了一聲尖細中帶著洪亮的喊叫，眾人紛紛回頭，奇怪地看過去。

第五十五章

從正門口進來一個大太監，雙手抱著拂塵放在面前，奔到蕭雲前面站立，對皇上說道：「啟稟皇上，御國君王有加急公函傳來。」

加急公函？

除了趙長輕，殿中所有人都感到十分驚詫。這個時候來信，會有什麼急事呢？

皇上擺擺手，橫眉瞟了太監一眼，語氣微有不悅，道：「沒看見朕在處理別的事嗎？送去御書房，朕待會兒過去看。」

那個太監低眉順眼地道：「是。」

「且慢！」趙長輕倏然開口，阻止道。「皇上，既是加急公函，必有急事。若是兩個月後的朝聖一事有變，那今日談得再好也無用。」

「難不成御國人又想變卦？」皇后憤然道。

皇上蹙眉思索，心道不會是御國又折騰出什麼新招，還要再來一次拒不投降吧？思及此，雙眸一緊，冷聲道：「宣。」

一聲「宣」傳出殿外，須臾，一個穿著鎧甲的士兵跑進來，單膝跪地，將公函雙手奉上。

皇上打開一看，頓時睜大雙眼，一副意外的樣子。

「皇上，難道……」皇后見狀，擔憂地問道。難道她的猜測是真的？

「父皇？」太子面色沈重地喚道。

趙太學和平真神色緊張地看著皇上。

皇帝身邊一個是他老婆，一個是他兒子，居然沒有一個人敢將信奪過來看看到底怎麼回事。蕭雲對他們表示無語，不假思索地看向趙長輕，發現他目光微垂，眸色深沈，好像是知道發生了什麼，正思考著怎麼應對的樣子。

皇上轉頭看向趙長輕，將信推到他面前，冷聲質問道：「是不是真的？」

趙長輕平靜地從皇上手中接過信，緩緩打開。看完後，皇后拿了過去，看到信上的內容時，她比皇上剛才還要驚訝。她猛然抬起頭，不可置信地看著趙長輕，問道：「信上所說，是真的嗎？」

「信上到底說什麼了？」太子急切地將身體往趙長輕那邊靠過去。

趙太學和平真一臉焦急，趙太學問道：「長輕，到底何事？」

「他親筆寫信給御國公主，要求退婚。」皇上面帶怒色，脫口大聲說道。

眾人震驚不已。

「什麼?!」平真驚詫地抽了一口氣，不相信地看向趙長輕。

趙太學嘆息了一聲，拍拍平真的手背，默默地對她搖了搖頭。平真無可奈何，重重地嘆了聲氣，看向蕭雲，眼神像刀子一樣，無聲地剜著她。

昨天下午，長輕去太學府找他們，和投軍之前一樣，跪在他們面前，給他們行了跪拜之禮。

這一拜的意義有多沈重，他們懂。

果然，長輕告訴他們，他要娶一個名喚蕭雲的平民女子為正妻。這個女子他們是知道的，平真見過，也幾次對趙太學說起過，她曾經幫長輕治好了雙腿。可是長輕說，這個女子在坊間。

他們作為父母，自然萬般不同意坊間女子進門，可是兒子喜歡，他們又有什麼辦法？只要長輕執意娶她，他們半點法子也沒有。正想著默允了此事，怎料今日他們才知道，長輕拒絕了和親公主。

他們本以為長輕是想讓這位蕭姑娘與和親公主像他們這樣，二人做平妻。沒想到，長輕竟然為了這個蕭姑娘，拒絕了和親。

他是想這輩子只娶一個嗎？

所有人都嚴肅地望著趙長輕，趙長輕笑了笑，露出輕鬆的神情，淡淡地點點頭，說道：

「是真的。」

太子頓然收回身體，怔怔地看向蕭雲。長輕為她做到了，長輕真的為她做到了！她一定很感動吧？

蕭雲凝視著趙長輕，眼眶有些發燙。他曾說過，什麼都不要想，安心地等著嫁給他便可。她表面上相信著，可是心裡一直有所保留，畢竟和親一事牽涉的問題實在太大了，她以為趙長輕最終還是會勸她妥協，家裡安排一個，外面安排一個。

她假裝不去想那些複雜的問題，裝作無知地享受著眼下在一起時的開心，其實已經暗下決定，只要那天到來，她就毫不猶豫地離開。

趙長輕覺察出她的真實想法，沒有辯解、說服她，他知道她的原則和底線，一直在默默地想辦法為她做到，他甚至利用皇上和父母，來向她表明他對這段感情的重視。

這種表達愛的方式和決心，她沒有辦法不感動。

皇上龍顏大怒，道：「放肆！知道和親這事關乎到什麼嗎？它可以毀了你在戰場上付出的所有努力！」

「皇上，長輕不是沒有分寸的人，他這麼做，一定有他的原因，我們且先聽聽他的解釋？」皇后好聲哄勸皇上莫要發火。

看來皇上確實氣著了，忘了這裡還有個不相干的平民。皇后啟唇，準備讓蕭雲退下，趙長輕忽然起身，撩起前襬走向下面，和蕭雲並肩站在一起，垂首說道：「臣趙長輕，已有心上人，曾為她盟誓，娶她為正妻，終生不負，所以不得不拒絕和親。」

「什麼？難道你想和你爹一樣？」皇后脫口問道。說完後，皇后訕訕地瞄了趙太學和平真一眼，他們果然一臉尷尬。皇后自知失言，不自然地皺了皺眉頭，忙改口問道：「那你也不用拒絕和親這麼嚴重呀？那個女子是哪家的千金？為何你之前不與我們說呢？」

趙長輕避重就輕地答道：「之前，臣與她失散了，本以為今生再無緣相見。所以娶何人，娶多少人，皆無所謂。但原來我們緣分未盡，上天安排我與她再次重逢；再見到她時，臣發現心中只有她一人，再容不下其他。」

皇后愕然。「你的意思，是終生只娶一婦？」

「是。」趙長輕的聲音不大不小，但是語氣很堅定。

「長輕，三思！」太子肅聲提醒趙長輕，視線卻射向蕭雲，希望她能夠理智一點，勸勸趙長輕。

蕭雲抱歉地掃了他一眼。縱然內疚，但是有些事情，沒有商量的餘地。

「哼！」皇上哂然一笑，眼底透著惱怒。「這件事關乎到兩國未來的關係，你以為是你一個人的事嗎？」

趙長輕一副淡然自若的姿態，緩聲說道：「皇上，臣拒絕和親，不代表反對和親。」兩國百年爭端，必然要透過聯姻這個方式來表達各自的誠意，瓦解過往，從而促進日後的發展。「臣多年不在朝中，但也聽聞朝中有些男子十分出色，配戰敗國公主足矣。」

他特意加重了「戰敗國」三個字，意思不言而喻。

有史以來，都是戰敗國聽從戰勝國的，不管那個戰敗國以前是多麼的強大，所以即便戰敗國的和親公主指名要嫁給他，他也不必服從。因為他們洛國是勝的一方，只有他們才有資格挑選，而輸的那一方，不配！

皇后蹙眉，問道：「不是傳聞你和那個公主曾經落入崖下，共度一夜嗎？你們——」

「我們什麼也沒有。」趙長輕急忙開口打斷了皇后的疑問，視線不由自主地向身邊傾了傾。「別人聽到的，只是外間傳聞。據臣所知，乃御國故意為之，企圖擾亂我軍軍心。我身為洛國將士，在兩國交戰期間，絕不會與敵方有任何超越敵人之間的接觸，以免洩漏軍情。

這是身為將軍的基本守則。」

話到最後，趙長輕神情凜然，嚴肅不可侵犯。

作為一個臣子，他可以被質疑，但是作為一個將軍，他的忠誠，毋庸置疑。

「那她為何會指名嫁給你？」皇上怒聲斥問道。

趙長輕回答得很乾脆。「臣不知。」

在皇上即將暴怒之前，趙長輕又不緊不慢地說道：「據臣推測，有兩種可能。第一種，他們打輸了，不服我們，所以想嫁給臣這個手握兵權最多的人，潛伏在臣身邊，或許是等待機會復仇，或許是伺機說服臣倒戈；第二種，等待臣完全信了她，直接手刃了臣報仇。不過，臣在行軍時曾聽說，新君與廢帝一向不和，所以第一種可能性比較大。」

一番話，皇上聽了之後臉色變了三變，連皇后這個不理朝政的內宮婦人也是聞之色變，可見那些若是可能發生，後果會是多麼不堪設想？

皇上單手撫額，撐在龍椅的金龍扶手上，苦惱地擰緊眉頭。打了勝仗之後，他高興過了頭，又聽說長輕和御國公主兩人的謠言，竟然沒去考慮這些，便答應了和親這件事。現在反悔，御國人定會以他們的誠意不夠為由，提出一些不合理的要求。

皇后也有所憂慮。「被人退婚，對於一個女子來說，是一輩子的恥辱。何況她是和親公主，代表御國，這件事必會引起御國民憤，那兩國的關係可就更僵了。長輕，你想過沒有？」

趙長輕慢聲解釋道：「臣是單方面向公主個人提出退婚，他人並不知曉，公主又豈會自己傳出去，讓外人取笑她？且說這是臣的個人行徑，和親乃國事，仍可繼續進行。皇上可以下令，將公主許配於別人，一切照舊。」

「你倒是把後路都想好了，就等著朕順著你的意走下去。」皇上冷言道。

趙長輕低眸，故作惶恐道：「臣不敢。」

皇上憤然道：「你還有什麼不敢的？」

趙長輕索性低眉不語，看上去好像認錯態度十分誠懇的樣子——皇上正在氣頭上，這件事不宜再提，稍微起個頭，給大家心裡打個底，下次好繼續。

皇后察言觀色，瞄了趙長輕一眼便知他的算盤是怎麼打的。只是，他為何要站在蕭姑娘的身邊？還離那麼近？奇怪……皇后疑竇暗生，鬼使神差地看向蕭雲。

蕭雲此刻深深地埋著頭，皇后看不到她的表情。

「那你中意的那位女子，是否就是贈你畫像的那位？她是哪家的千金？」皇上冷靜下來後，氣漸漸消了一點，本來有些棘手的國事現在心中有了考量，他也不用太過擔心，於是開口問趙長輕。

他的問話，拉回了皇后的思緒。這個問題也正是皇后想問的，她期待地看向趙長輕，等著他的答案。

趙長輕帶著幾分同情地看著皇上他們。本來還想給他們一個緩和的時間，過幾日再說，既然他們問了，他也不好再躲閃，索性一次說清了吧！但願他們在一日之內，能接受這麼多的意外。

趙長輕側眸，眼中滿是柔情。他執起蕭雲的手，放在自己的手心裡，然後舉起來，將兩隻交握在一起的手掌展示出來。

兩隻手一大一小，小手在那隻大手的映襯下，潔白如玉，看一眼，便知是一男一女的手。

一切不言而喻。

皇上雙目圓睜，驚訝地盯著他們纏在一起的手。

「你、你們？」皇后指著他們，驚愕萬分。

蕭雲將頭又深埋下去幾寸。她不用看，也能猜出皇上他們現在的表情有多詫異。這個消息的勁爆程度，相信絕對不亞於他們聽到趙長輕跟和親公主退婚一事。

「怎麼也不提前告訴我一聲，好讓我心裡有個準備？」蕭雲皺著臉，小聲嘀咕道。

趙長輕將手垂下，但是沒有放開，一直握著蕭雲的手，眼睛觀察著皇上的神色，壓低聲音回答道：「萬一待會兒妳臨陣脫逃，我如何應對？放心，朝聖一事迫在眉睫，皇上不會因此而取消玉容閣的資格。」

「我……」蕭雲語塞。要是事先知道，她的確會被嚇到的，而且會緊張得睡不著覺，然後逃避。趙長輕表面上什麼都不說，其實早把她的脾性摸得一清二楚。她自以為是的小聰明在他看來一定很可笑吧？哼，她以前怎麼就沒發現，他是個超級大腹黑呢？腹黑腹黑腹黑！

蕭雲心裡一陣抓狂，歪著腦袋準備瞪趙長輕時，視線不經意地掃過趙太學那邊，一愣，擔憂地用力晃了晃趙長輕，小聲問道：「唉，你爹娘的反應看起來挺平靜的，他們是不是嚇傻了？」

趙長輕勾起嘴角，頭微微側偏，低聲道：「他們已經知道，並且同意了。」

蕭雲猛然睜大雙眼，不可置信地看著趙長輕，驚訝得下巴都快掉下來了。

趙長輕瞥了她一眼，又看了看皇上，然後抬起手輕輕地推著蕭雲的臉龐，將她的臉轉回正面去。

觸及皇上威嚴的神態，蕭雲立刻嚴肅起來。

皇上長眉緊蹙。如何也想不通，長輕向來嚴於律己，不沾酒色，怎麼會出入煙花之地呢？唉……真應了那句「英雄難過美人關」。皇上同為男人，也曾年少過，相對能理解一點趙長輕的執著，他雖然久經沙場，戰略過人，但是對於感情的事，現在還是情竇初開的階段，煙花之地出來的女子免不了有點手段，長輕一時間被迷惑住了，也很正常。

「你若實在喜歡，便納為側妃吧！」皇上語氣平和地說道。他已經寬讓了一步，若是按照王爺家室的標準，以蕭姑娘的身分，連妾都做不成，讓她進門為側妃，已是天大的開恩了。

趙長輕出乎皇上意料地說道：「皇上，臣要明媒正娶迎她為正妃，絕不動搖。」他語氣平和，但是非常堅定。

「你——」皇上怒道。

「長輕，你糊塗啊！跟坊間女子逢場作戲而已，何必較真呢？皇上心疼你，才勉為其難地同意她這種身分的女子為側妃，你還不快謝恩？」皇后痛心疾首。長輕是那麼優秀的男兒，怎麼就敗在了風塵女子的裙下？

聽到有人侮辱心愛的女子，趙長輕頓時一陣反感，語氣微冷道：「皇后娘娘，臣不是在逢場作戲，雲兒也不是皇后娘娘所想的那種女子。」

趙長輕刻意把蕭雲的稱呼叫得那麼親暱，希望皇上和皇后能夠明白他們的感情已經到了非常深的地步。

「長輕，注意你的語氣！」平真拿出長者的姿態厲聲訓道。

趙太學神情嚴肅地對趙長輕搖了搖頭。

趙長輕閉口，但是臉上沒有膽怯之色。只要有人再說蕭雲的不是，他仍會出聲維護。

「長輕，你太教本宮失望了！」皇后失望地指責道。她認為這一切都是因為蕭雲，這個紅顏禍水！她眼神陰鷙地盯著趙長輕身邊那個罪魁禍首，口出不遜道：「妳這個煙花女子，到底耍的什麼狐媚手段，把長輕迷得六親不認？」

「母后！」太子疾聲道，意在提醒皇后注意自己的身分和用詞，不要失了國母的儀態，同時也間接地維護蕭雲。

趙長輕感激地看了看太子，安撫似的捏了捏蕭雲的手心。

皇后的話本來讓蕭雲十分不悅，想出口反駁幾句，但是看在太子的面子上，就算了。

「皇上、皇后娘娘，雲兒曾治好臣的雙腿。在治療期間，我們二人從相識到相知，建立了非常深厚的感情。後來因為臣潛回邊關，她不知其因，獨自回鄉，自此與臣失去了聯繫。蒙蒼天眷顧，讓臣得幸再次遇到她，也感激皇上舉辦這次選拔，才得以讓臣與雲兒重逢。」

趙長輕和聲述說了他們認識的原因和產生感情的過程，其中略作改動，是為了訴說起來簡單明瞭，聽起來更容易接受。

他還順便把皇上拉進來，如果說，他們的相愛是一種錯，那麼這個錯便是皇上促成的——

第五十六章

「如此說來，還是朕的不是了……等等，你方才說什麼？她就是那個治好你雙腿的女大夫？」皇上指著蕭雲，再次驚訝道。

蕭雲揚揚眉，努力控制自己想抖抖身體，很神氣很跩地說「就是我，怎麼樣」的行為，畢恭畢敬地回道：「正是民女。」

皇上不禁認真地端詳起蕭雲來。怎麼看她，都不像是個大夫，莫不是誆他的吧？皇上帶點恐嚇意味地質疑道：「妳還會治療腿疾？長輕的腿，當時很多御醫都束手無策。」

「回皇上，民女有一道家傳秘方，只可治療腿疾，其他的疾患不會。」

「妳祖上是何人？」皇上狐疑地問道。他對蕭雲的背景越來越好奇，按說有這樣的後代，她的祖上必是人才，但是為何他從沒聽說過呢？

「民女是臨南人，祖上姓蕭。家父生性淡泊，喜歡隱於小市，閒時坐看日出日落，無心考取功名，對於祖傳的東西，只學不用。民女空有一顆愛國之心，奈何身為女兒身，後來聽聞趙王爺為國獻身，損了雙腿，便隻身前往，學以致用。」蕭雲正兒八經地回答道。趙長輕已經編了前半部分，她不得不編下半部分，硬著頭皮編吧！

蕭雲說得情真意切，皇上和皇后信以為真，但是皇后還有不解之處。「那妳的舞藝又是從何學來？又為何自甘墮落，入了風塵？」

「我……」蕭雲一個奮起，想咬牙切齒地要求皇后「請尊重跳舞這個職業」，顧忌到眼下的狀況，姑且忍了這口氣，接著編下去。「我喜歡跳舞，緣起家母。」

眾人不以為忤，紛紛豎耳聆聽。

「我娘生性寡言少語，唯獨極愛跳舞，高興了跳支舞，不高興了也跳支舞。她說，跳舞可以將一個女子最深處的溫柔表現出來，可以取悅心愛的人，讓他感受到她的快樂。有些情緒說不出口，也可以用舞曲來表達；有些委屈無從訴說，跳支舞便可以釋然。只要沈浸其中，可以忘記疼痛，忘記不開心的事，只活在自己的世界裡。可是，世人眼中，只有身分高貴的女子跳舞，才是高貴的表現，身為平民女子跳舞，便是下流。洛國是一個倡導禮儀文明的國家，戰爭阻礙了我們洛國前進的步伐，現在戰爭結束了，我們不該再止步不前……」

蕭雲曉之以理，動之以情，說到國家的發展，情緒有些激動，說起話來義憤填膺，趙長輕扯扯蕭雲的衣袖，低聲阻止道：「點到為止。」

蕭雲及時閉嘴，小心觀察著皇上的反應。她居然指點江山，瘋了！

趙長輕一本正經地小聲誇道：「編得很真。」

蕭雲閉著嘴巴，用喉嚨發音回道：「彼此彼此。」

說完，兩人同時垂首，將笑意掩於眸下。

「怎麼不說下去？」皇上的語氣不冷不熱，讓人聽不出他的情緒。

蕭雲眨眨眼睛，偷偷瞄了瞄趙長輕，得到他的默許，她才開口說道：「皇上乃一代明君，民女相信，在皇上聖明的帶領下，洛國該發展的領域一定會得到空前的發展。」

「花言巧語！」皇上怒聲給出了評價。

雖然他的語氣不佳，但是讓蕭雲莫名地感覺到一種長輩訓斥晚輩那樣，嚴肅中帶著一點親切的慈祥。

蕭雲無辜地撇撇嘴。他是老大，他說什麼就是什麼吧！

皇上犀利的雙眸微微半瞇，審視般地在蕭雲身上繞了幾圈，然後轉向左邊去，無意中落到趙太學和平真身上，驀地一頓，驚訝地問道：「你們一點也不意外，莫非早已知情？」

趙太學和平真對視一眼，雙雙嘆了口氣。趙太學拱起雙手，微微垂首，說道：「回皇上，內子早前在犬兒府邸見過蕭姑娘，回來後曾對臣提過。臣與內子當時不以為然，只道犬兒長大了，對兒女之情上了心，也未嘗不是件好事。想想犬兒多年來一直孑然一身，若他身側多個紅顏知己相伴，臣與內子確實不勝欣慰。直到昨日，犬兒又鄭重地對我們夫妻二人提起蕭姑娘，如此臣與內子才得知犬兒的意圖，尚未來得及向皇上與皇后娘娘稟告。」

他的話才是曉之以理，動之以情，輕而易舉地將趙長輕這幾年立過的功勞、忍受的辛苦點了出來，讓皇上心裡不忍再繼續責怪趙長輕。

「難怪你下朝後一直不歸。」皇后陡然明白過來，接著說道：「那依你們的意思，是同意了這樁親事，準備替長輕說情來了？」

趙太學不疾不徐地回答道：「臣不敢。皇上幾年前曾說過，犬兒立功歸來，皇上會親自為他指婚。臣與內子不敢擅自作主。」

皇后點點頭，看向皇上，小聲喚道：「皇上？」

皇上始終皺著眉，面帶薄怒，靜默片刻，他擺擺手，惱聲道：「朕被你們吵得頭疼，你們都退下吧！朕要安靜一會兒。」

趙太學和平真起身站到大殿中間，趙長輕拉著蕭雲，四人一齊福了福身，道：「臣等告退。」

他們走後，皇上召來御前侍衛，吩咐道：「將蕭雲這個人的戶籍調來看看。」

「父皇，不如兒臣替父皇去徹查一下吧？」太子主動請纓道。

皇上拿出父親的威嚴注入語氣中，沈聲訓道：「這點小事也要你親自去辦？這兩個月要做的事情還不夠多嗎？那些瑣碎小事就交給你皇弟們去辦吧，你多用點心在朝政上。」

「是，孩兒省得。」

太子點點頭，起身欲告退。

皇上和皇后也站了起來，準備回去。

皇后語氣沈重地對皇上說道：「這個蕭姑娘的身世撲朔迷離，長輕雖然是沙場老將，可是對於感情的事恐怕一知半解。臣妾不放心，想親自遣人去調查一下，皇上意下如何？」

皇上作深思狀，良久，點頭嗯了一聲。「這個女子確實令人驚奇，最好查清楚了。」

「太子，幾個兄弟裡你與長輕走得最近，你之前在長輕府邸裡有沒有接觸過這位蕭姑娘？以你感覺，她性情如何？」皇后邊走，邊側身對太子問道。

她性情如何？

這幾個字猶如一道開關，一下子打開了太子的記憶。他驀然停下腳步，一臉悲涼地矗立在那兒，滿腦子湧起與蕭雲相處時的畫面。

她的眼眸清澈見底，笑起來比陽光溫暖，講話妙語如珠，跟她在一起總是很輕鬆、很快樂。

「太子？泓兒？」皇后愣怔，叫了一聲沒有回應，便過去推了推太子的身體。

太子回神，望著皇上和皇后錯愕的臉，淡淡地說道：「孩兒與蕭姑娘並不熟，對她，不瞭解。」

「你方才為何失神？」皇后關心地問道。

太子面無表情地答道：「孩兒無事，只是突然想到了朝政方面的難題，讓父皇、母后擔心了。」

皇后釋然一笑，眼裡滿是慈愛。

皇上給太子指點了兩句。「你還年輕，朝政上有難解的，可以多和大臣們商議。」

「孩兒知道了。」

他們一家邊說著話，邊出了宮殿。

與此同時，趙太學一家也從宮殿的正門走了出來。

趙太學和平真在前，出去沒多久，平真轉身對著蕭雲，冷冷地說道：「那時，妳說妳是宮裡出來的，把本宮騙得好慘！」

「娘，是孩兒授意她這麼說的。」趙長輕微微側身擋在蕭雲前面，解釋道：「當時雲兒也不確定能否治好孩兒的雙腿，為了不讓你們失望，所以孩兒有意先瞞下此事。爹、娘，孩兒無心之過，還望你們體諒。」

平真為之一窒，冷眼瞟著蕭雲。「為娘看，她不但治好了你的雙腿，還收了你的心。」

「夫人，少說兩句。」溫和的趙太學拿出當家的態度，對平真虛斥了一聲，然後對蕭雲說道：「何時，帶我們去妳那玉容閣看看？」

平真一震，幾乎口不擇言。「你老糊塗了吧？要去那種地方？」

趙太學將平真拉到一邊，低聲道：「夫人，我好歹是太學，妳是堂堂公主，怎麼能在晚輩面前講話如此粗俗？」

平真氣惱。「你也知道自己是太學，還去那種地方？不怕傳到你那些學生耳裡，被他們說你傷風敗俗？」

「老夫行得正坐得穩，怕別人說什麼？何況，我們的兒媳可在那兒呢！」

平真當即厲聲表明。「誰承認她是我們的兒媳了？有我在的一天，她就休想進門！」

趙太學以眼神斥責她，勸道：「小聲點，兒子現在自立門戶，妳不承認這個兒媳只會再失去一個兒子。我們且先看看這個女子的品行如何。」

「品行再好也不可。老爺，我們長輕一出生可就是侯爵，現在更是一人之下，萬人之上的地位，怎麼能娶這種女子為正室呢？這教我們趙家的臉面何存？」

趙太學勸平真暫時保持顏面上的和善，回家再說。兩人的聲音不大，但是大多數都傳到了蕭雲的耳朵裡。大概是平真刻意說給蕭雲聽的，希望她知難而退。

作為一個媽媽的心情，蕭雲不懂，但能理解，誰不想自己的兒子找一個門當戶對的呢？

「不好聽的話，不要進心裡去。」趙長輕抬起雙手，替蕭雲捂住兩隻耳朵，柔聲說道。

蕭雲拿下趙長輕的手，無所謂地開玩笑道：「我有兩隻耳朵，一隻管進，一隻管出。不用堵，它自己就可以選擇保存好聽的話，趕走不好聽的。」

「真乖。」趙長輕愛惜地揉了揉蕭雲的頭。如果不是父母在一旁，他一定會俯下身去親吻她。

他們默默地注視著對方，相視而笑，直到平真的身體往下傾倒，趙太學喚一聲「長輕」，二人才收回視線，轉頭看過去。

趙長輕急忙過去，和趙太學一人一邊扶住平真公主，蕭雲吩咐隨從去傳御醫。

「不必了。」平真虛弱地揮揮手，幽幽地道：「回吧！」

「還是找御醫及時看看吧！」趙長輕執意請御醫。

趙太學搖搖頭，詼諧地說道：「不關你們的事，都是被我氣的，回去我哄哄她，休息休息就無礙了。」

隨從已經將轎子抬過來，幾人扶著平真進了轎子，趙太學坐上另一頂，對趙長輕說道：「長輕，我們先回去，你稍後回來看看你娘。」

又轉向蕭雲，溫和的聲音裡有幾分急切。「蕭姑娘暫且就莫跟著來了。沒別的意思，妳別放在心上。」

「不，是我……」蕭雲開口想跟趙太學說幾句抱歉的話，可是趙太學已經放下轎簾，吩咐起轎。她只好推推趙長輕，說道：「你跟他們一起回去吧！」

趙長輕拿著蕭雲的手握在手中，半真半假地道：「哄我娘，還是爹的話管用。等她氣消了，我晚些再回去探望她。走吧，我先送妳回去。」說著，牽著蕭雲的手往宮門口漫步走去。

蕭雲非常不解。

「為什麼你爹對我這麼客氣呢？還是公公都這樣？」電視劇裡的公公一般都比較大度，不像婆婆那麼挑剔兒媳婦，難道這裡也不例外？

趙長輕莞爾笑道：「這關公公何事？我爹雖為夫子，但是絕不迂腐，相反，他的思想十分開化，對待凡事常有些不同於他人的見解，看人也很準確。說實話，他對妳的態度，也令我頗感意外。晚輩中，妳是第一個受他禮待之人。」

「不會吧？他平時對你們不和藹嗎？很嚴厲？」蕭雲驚訝地問道。

趙長輕的目光變得幽深。

「我不是這個意思。我是他的兒子，我瞭解他，他看妳的眼神中，有一點敬畏。」

「你開什麼玩笑？」

趙長輕凝視著蕭雲一派純真的眼睛，不忍心將她的世界染得複雜了，於是笑了笑，改口道：「差點被我騙到了吧？」

「喔，原來你是騙我的？哼！」蕭雲沒好氣地輕捶了他一拳。

兩人手牽著手，閒逛一樣地出了皇宮。

到了外面，一個黑衣男子拉著一輛色澤偏褐色的方形大馬車走過來，對著趙長輕躬身敬道：「王爺。」
蕭雲看著他，奇怪地咦了一聲。
無彥轉身，對蕭雲施了一禮，道：「蕭姑娘。」
蕭雲眨眨眼睛，指著自己還戴著面紗的臉，迷茫地問道：「你認識我？」
無彥飛快地掃了趙長輕一眼，正經地低聲說道：「王爺的屬下都知道王爺身邊只有一位女子，不是蕭姑娘是誰？」
蕭雲不好意思地笑了笑，腹誹道：拜託，開玩笑的時候能別一本正經的嗎？
他們說話的工夫，趙長輕已經跨步踏上了馬車，他伸出手遞向蕭雲，柔聲喚道：「雲兒。」
蕭雲頓時有點不好意思，難為情地猶豫了半晌，才將手交給趙長輕，借助他的力氣，踩著腳凳踏上了馬車。
坐進馬車裡，蕭雲隨手一扯，將面紗拽下來，邀功似的問趙長輕。「我今天表現得怎麼樣？」
趙長輕側身，捧起蕭雲的臉在她額上吻了一下，笑道：「表現不錯，值得獎勵。」
蕭雲微微羞赧地抿嘴一笑，隨口問道：「怎麼不是沈風？他人呢？」
「妳想見他？」趙長輕睨著蕭雲，語氣不悅地反問道。
蕭雲見他這表情，好氣又好笑。「突然換了一個人，我隨口問問而已。幹麼，吃醋啊？」

趙長輕抬起蕭雲的下巴，俯身下去，霸道而又曖昧地靠在她的唇邊說道：「在我面前，不許提別的男人，我不高興。」

被他的電眼一電，蕭雲什麼理智瞬間都沒了，竟鬼使神差地溫順起來。「喔。」

「乖。」趙長輕一把將蕭雲拽到自己的懷裡，低頭吻住她的雙唇，將舌探進她的口中，纏住她靈巧的丁香小舌，忘情地裹吮著。

蕭雲醉倒在他的深情癡纏裡，幾乎被吻得窒息。久久，久到一個世紀那麼漫長，他們終於停下了。

兩人相擁著安靜了一會兒，蕭雲欲起身，趙長輕按住她，低語道：「再待一會兒吧。」

蕭雲心裡甜甜的，聽他的話，像一隻懶貓似的在他懷裡找了個最舒適的姿勢蜷著。

良久，趙長輕緩緩啟齒，道：「雲兒，現在妳可還有什麼不放心的嗎？」

「你把一切都安排好了，我還有什麼不放心的呀！」蕭雲窩在趙長輕懷裡說話，聲音發悶，讓人無法從語氣中分出高興或不高興來。

趙長輕以為她生氣了，問道：「妳是怪我替妳換了身分，提前打起了這場對戰？」

蕭雲搖搖頭，知道他誤會了，便認真地解釋道：「多些時日準備迎戰固然好，但是，我今天才想起來，如果不及時通知御國公主，那麼拖延下去，就是把自己的輕鬆建立在對她的傷害之上，你做得很對。幸好你這麼做，不然，我可真就罪過大了。我們這條路本來就夠艱辛的了，我知道你為我換了身分，也是想這條路好走一些。我沒有怪你，我只是擔心，煦王爺他……」

「不必擔心這個，就讓他們猜去吧！妳不理會他們便是，他們能奈妳何？」

「那他們在皇上面前試探我，我不小心說漏了嘴怎麼辦？」

趙長輕低頭定定地看著蕭雲，正色說道：「只要妳不理睬他們，他們根本拿妳沒辦法，明白嗎？」

第五十七章

蕭雲轉轉眼眸，窩在趙長輕懷裡抿嘴壞笑。「嗯，我懂了。」就當他們是狗吠。

趙長輕撫了撫蕭雲的秀髮，在上面落下一吻，慢聲說道：「以後，他們一定會對我們的行蹤多加注意，為了妳的名聲著想，這兩個月，我會克制自己少去妳那兒。如果想我了，可以寫信給我；交給吟月即可，她有辦法傳給我。」

「想你幹麼？」蕭雲口是心非地笑道：「反正現在天氣暖和，晚上一個人睡覺也不冷了。」

趙長輕眼裡噙著笑，佯裝傷心地自嘲道：「天氣一熱，我這個暖床的卻要進冷宮了，唉……」

「看不出來你還會開玩笑，嘻嘻……」蕭雲打趣道，把臉埋在趙長輕懷裡，吃吃地悶笑。

趙長輕見蕭雲心情很好，又開起了玩笑，問道：「雲兒，如果嫁給我做不了王妃，只能做平民百姓，妳還願意嫁給我嗎？」

蕭雲假裝認真地考慮了一下，然後說道：「看在你長相帥的分上，身價方面就要求低一點吧，夠吃飯的錢就行。」

「吃飯的錢啊？」趙長輕配合地故作為難了一下，問道：「那妳吃得多嗎？」

「不多，以後還可以少吃點。」

「那我就……勉勉強強收了吧。」

蕭雲笑抽了。「趙長輕，我發現你越來越幽默了。」

趙長輕低著頭，認認真真地凝視著蕭雲的眼睛，深情款款地問道：「那雲兒喜歡嗎？」

蕭雲怔怔地回望著他。在他的眼眸中，她看到了自己的倒影，他的眼裡有她，相信，他的心裡也有。蕭雲認真地點頭，回以深情的答應。「得夫如此，夫復何求？」

趙長輕眼裡漾著柔波，忍不住俯下身，正欲親吻蕭雲，馬車在這個時候停了下來，有人在外說道：「王爺，玉容閣到了。」

兩人最終相視而笑，趙長輕將蕭雲扶起來，替她理了理微亂的髮絲，柔聲道：「我就不送妳進去了。」

「嗯。放心吧！我會好好的。」蕭雲說道。

趙長輕替蕭雲打開車廂門，目送她離去，然後吩咐無彥。「去太學府。」

蕭雲回到玉容閣，眾人立刻圍上去，一臉希冀地詢問各種問題，有問皇上長相的，有問皇宮大到什麼程度的，蕭雲好笑地直搖頭。

「唉呀，妳們真不懂事，快先讓她坐下，喝口茶，給她壓壓驚。」幽素拉著蕭雲坐下，遞茶給她。

眾人關心地詢問道：「見到皇上，嚇壞了吧？」

「還好妳完整無缺地回來了。可把我們擔心死了，生怕妳說錯話惹得龍顏大怒。」

蕭雲抽了抽嘴角。「我在妳們心目中，就這麼沒見過世面嗎？皇上沒有明說什麼，我們先練我們的，反正就算宮裡不用我們，我們也得開門做生意不是？這兩個月我們照常練舞。宮裡不宣召我們，我們就打開門重新做歌舞坊的生意。」

眾姊妹面面相覷。失落在所難免，畢竟付出了那麼大的期待。她們內疚地看著蕭雲，紛紛自責不夠努力，連累了大家。

「說什麼喪氣話呢！我們這麼優秀，他們不用我們，是他們的損失，對不對？」蕭雲用輕鬆的語氣安慰她們，另外吩咐幽素。「妳去替我貼個榜，招募一些男子，肥胖矮瘦都可以，最主要的是能跳幾下。」

眾人訝異道：「招男子？是讓他們跟我們一樣，跳舞嗎？」

蕭雲揚眉。「有何不可？我們還有什麼事沒有開創過？」

「這太駭人聽聞了！簡直就是對男子的侮辱，會招人罵的，不可不可。」幽素頭一個反對道。

蕭雲咂咂嘴，循循善誘道：「妳們可以動用自己的人際關係，去尋人打聽一下。洛京這麼大，肯定有那種靠賣苦力卻連飯都吃不飽的男子，只要肯多出一點錢，他們一定願意，又不是讓他們做殺人放火的壞事。」

眾人互相看了看，朦月好奇地問道：「蕭雲，妳又想出什麼新招了？」

「秘密！」蕭雲故作神秘地說道：「到時候，妳們就知道了。」

大家一下子滿臉期待，等待著這個秘密帶給她們的震撼。反正蕭雲從來沒讓她們失望過，她就是大家的指標，她說什麼就是什麼。

此時，趙長輕到了太學府。

一進門，他便徑直走向主院。到了那兒，特意守在門口的碧竹看到他時愣了一下，隨即伸手攔住他，福身問安後，小聲說道：「公主回來時吩咐說，今兒誰也不見。」

趙長輕無可奈何地揚揚眉。

碧竹心下明白，原來公主特意交代不見的人是指王爺，於是試探一問：「公主是在生王爺的氣？」

趙長輕悻悻點了點頭，毫不隱瞞地坦言相告道：「因著長輕想娶的女子不是母親喜歡的，所以生的氣。還煩勞碧竹姑姑替長輕在母親面前說些好話，多勸勸她。」

「王爺想娶的女子？王爺不是和御國公主結親了嗎？」碧竹訝然道。

「被長輕退了。」

碧竹一怔，訝然道：「什麼？那可是……難怪公主氣得昏厥。這可是國事啊！豈容王爺兒戲？」

趙長輕略帶尊敬的語氣裡夾雜著堅定。「碧竹姑姑，長輕是認真的。長輕要娶的女子，碧竹姑姑也認識，就是上回教您做菜的那個雲兒。」

「雲兒？」碧竹大吃一驚，語調情不自禁地上揚起來。「王爺要立她做王妃？」

聲音吵到了臥室裡的人，趙太學從裡面出來，對趙長輕皺皺眉，輕聲斥道：「你是想把你娘吵醒了，讓她再暈一遍？」

碧竹抿嘴，歉然垂下頭。

趙長輕恭敬地垂首認錯道：「孩兒錯了。娘怎麼樣？」

趙太學臉色緩和許多，低聲說道：「大夫看了，沒什麼大礙。你跟為父去書房，為父有話與你說。碧竹，妳進去小心伺候著。」

「是。」碧竹恭謹地答道。

看著他們離開的背影，碧竹自言自語道：「王爺，糊塗啊！雲兒再好，始終是個丫鬟，奴婢說再多的好話，公主也不可能答應她進門的。」

趙太學的書房和趙長輕的書房一樣，乾淨明亮，一目了然，簡單的裝飾中透著一股森嚴。

趙太學臉上露出極少有過的嚴肅，問道：「為父問你，那個蕭姑娘到底是何來路？」

趙長輕低垂著頭，緩緩答道：「她是臨南——」

「別拿哄別人那一套騙為父，為父沒你想得那麼蠢。」趙太學不緊不慢地打斷了趙長輕的話，語氣裡略有薄怒。

趙長輕施施然一笑，道：「就知道爹慧眼識珠，瞞不過。」從他看蕭雲的眼神，趙長輕便猜到他會有此一問，來時早已把話準備好了。

「雲兒本是臨南一戶普通人家的獨女，不幸父母在她極小時便雙雙離世，後來一位修道高人看中她家的宅屋風水甚好，想在裡面安心修道，所以，雲兒有幸得到他的照顧與指點。」

「原來如此。」趙太學幡然了悟，眸光明亮道：「難怪為父看她身上有一股不同於普通女子的靈韻之氣，原來是受過高人點化。」

趙長輕斂眸，將愧疚掩飾起來。他無心騙父，奈何雲兒的身世過於離奇，他擔心如若說出實情，父親大人也會同母親那般被嚇得暈過去。

「為父雖然沒有看清她的容貌，但是遠觀她的周身似有一層氣運籠罩，加之她談吐不俗，此生必是貴不可言。長輕，你若真心喜歡，為父同意你們締結姻緣。」

趙長輕展眉一笑。「爹不反對？」

趙太學笑著打趣道：「反對有用嗎？」

趙長輕抿著嘴笑。「還是爹最瞭解孩兒。」

「唉。」趙太學驀地嘆了一聲，收起笑容，覆上一層歉意。「是為父愧對你啊！若不是為父，你也不必去戰場上吃那些苦頭。以你的才智，若潛心用於文學之上，今日所成不會比你現在差。」

趙長輕淡淡地道：「一切皆為孩兒自願，爹無須內疚。」

「為父跟你娘都知道，你是為了我們……」趙太學想起兒子在戰場上吃的那些苦，一陣心酸。

「爹，孩兒如今不是毫髮無損地站在您面前嗎？那些已經過去了，又何必再提呢？」趙長輕好聲相勸道。

趙太學深深地吸了口氣，調整一下情緒，擺擺手道：「不提，不提。」

「爹，您該這麼想才是，若非孩兒去了戰場，就不會折了雙腿，後來認識了雲兒。」

趙太學恍然。「對、對，這一切，都乃上天注定。」

「爹，娘那兒……」

「有為父幫襯著說話，就別擔心你娘了。倒是皇上那兒……」趙太學意味深長地說道：「你手中的兵權太大了，為父常教你，作風要低調。」

趙長輕眸色一凜，肅然道：「孩兒明白，皇上定會以此為由，削了孩兒的兵權，孩兒早有準備，爹無須操心。」

趙太學滿意地點點頭，道：「你身在高位，卻能不戀權勢，為父很為你自豪。」

「是爹教得好。」

趙太學微怔。「長輕，你說話明顯比以前風趣多了，笑得也比以前真切許多。」

趙長輕的嘴角情不自禁地逸出溫和的笑意。

「莫非是近朱者赤？」

趙長輕不置可否地一笑。雲兒就如那道送至他手中的彩虹，給他索然無味的生命帶來了色彩，一想到她，就會發自內心地歡笑，什麼煩惱都忘得一乾二淨。跟她在一起，能感到無比的輕鬆。所以，他才會踏上荊棘，不顧一切地走向她。

夜漸漸降臨。
玉容閣的後院裡，幽素敲開蕭雲的房門，跟她談起了招募新人的事情。蕭雲正有此意，兩人一合計，便定下了方案。
這個事情敲定了，接下來就是男子舞隊的事。
幽素帶著六月坊，分別從街頭巷尾賣苦力的地方挖了二十八個男子過來。
之前，蕭雲已經租好了一塊空地，她讓幽素通知大家，按照規定的日子在那裡集合。
這天，蕭雲換上男裝，讓吟月和秀兒也準備一身換上。
「小姐，我們幹麼要換男裝？」秀兒一邊換一邊好奇地問道。
自從蕭雲的身分被趙長輕更改了之後，吟月便帶著別的下人一起叫蕭雲「小姐」，蕭雲無奈地聽她們叫著，她們換來換去的不嫌麻煩，她嫌什麼呢！
蕭雲輕輕地在她頭上敲了一記。「秀兒，妳跟我在一起這麼長時間了，怎麼還不聰明呢？我們以前不是都穿男裝外出嗎？為什麼呢？不就是因為出門在外，行走方便嘛！」
「喔，那是不是要改口叫少爺？」
蕭雲笑道：「終於聰明一下了。」
吟月手腳麻利地換上男裝，笑著看她們倆玩鬧。
全部換好了之後，蕭雲帶上玉容閣裡那幾個保鑣，一起去那塊場地，面試男新人。
一進去，坐在凳子上的人便全部站了起來，一副縮頭縮腦的樣子看著蕭雲，敬畏中帶著幾許緊張。

蕭雲不動聲色地先掃了眼他們身旁桌子上整齊的茶點。在她沒來之前，沒一個人動過，說明他們都很規矩，素質不錯。蕭雲滿意地點了點頭。

吟月吸了一口氣，挑挑眉，低聲問道：「這像是能跳舞的嗎？」

這些男子穿著很寒磣，很多人衣服上明顯地打了幾個補丁，歲數看上去從十幾到四十左右不等，高矮胖瘦，形態各異。這些都不是重點，重點是這些人一看就是底層勞動人民，沒見過什麼世面，見到蕭雲她們都緊張不已，能讓這些人登臺表演嗎？

「主要是看什麼人來栽培。」蕭雲勉強說道。她這話，聽上去更像是在安慰她自己。

驀地，身側的秀兒哇的一聲哭了出來。

蕭雲猛然回頭，看見秀兒已經蹲到了地上，泣不成聲。吟月扶著她，關切地詢問她怎麼了，她一個勁兒地哭，什麼話也不說。

「這、什麼情況？」蕭雲驚愣。

吟月也是一臉茫然。「奴婢也不知怎麼回事。秀兒？秀兒？妳倒是說說話呀！一路上還好好的……」

眾人呆愣之際，蕭雲隱約聽見那群男子中傳來啜泣聲。

「秀兒啊……」中間一個灰頭土臉的男子越哭越大聲，最後乾脆也坐到地上哭。他旁邊的人蹲下去勸他，怎麼勸都不聽。

蕭雲呆呆地看了一會兒，猛然回過神來，飆升音量大喊道：「停！」

兩人戛然而止，木訥地望著蕭雲。

「你們認識？」蕭雲站在中間，讓兩旁的人分別扶他們起來，仔細地打量了那個男子一圈，然後問秀兒。「他是不是欺負過妳？」

秀兒抽噎著看那個男子，沒有說話。

急死人了！蕭雲用激將法說道：「不說話就代表默認了。來人，去關門，給我打死他。」

「不要！」秀兒終於開口了，她哽咽地說道：「他、他是臨南的吳、吳老闆。」

「什麼？他就是那個人？」蕭雲睜大眼睛指著那個男子，打趣道：「哇！人家千里尋夫，你千里尋婦啊？」

兩人不好意思地互相瞄了瞄，一起低下頭去。

「唉唷，還害羞呢！」蕭雲抿嘴一笑，走到吳老闆面前，笑吟吟地說道：「上次在臨南，幸虧有吳老闆替我照顧秀兒，我還沒來得及好好謝你呢！擇日不如撞日，既然你不辭辛苦遠道而來，就讓我這個東道主好好款待你。」

「使不得、使不得！」吳老闆神情怪異地望了望蕭雲，作揖推拒道：「在下、在下主要是想來看看秀兒她怎麼樣，看她過得好，就好……」

蕭雲一本正經地說道：「不好，她過得一點也不好。」

「啊？」吳老闆驚惶。

蕭雲靠過去一點小聲說道：「她害了相思病，每天精神恍惚。」

吳老闆駭然，被蕭雲的直接弄得很不好意思。

「對了，你是怎麼到這兒來的？」蕭雲奇道。

提及此，吳老闆有些遮掩，簡約地回道：「在下一路打聽而來。」

「這也能讓你打聽到？有緣。」蕭雲不以為意，眼神曖昧地對秀兒笑了笑。然後招呼一個保鑣過來，讓他先帶吳老闆去喜福樓歇會兒，她交代幾聲就過去。

他們一走，蕭雲恢復認真的表情，讓秀兒擦擦眼淚，嚴肅一點。

各自站好後，蕭雲開腔說道：「不好意思，耽誤了大家一點時間，現在我們言歸正傳。我知道，讓你們跳舞，你們很不情願，在你們眼中，或許行乞都比這個有面子。但是你們為了家裡人，不得已來到這個地方，你們這個念頭呢，我也暫時改變不了，但是我保證兩點：第一，絕不讓你們做傷天害理的壞事；第二，絕對發多於你們平時三倍的工錢，而且絕不拖欠，每七天按時發一次，以免你們幹一天就走人了。大家有沒有意見？」

大家互相看了看，沒有人有異議。

「我保證這兩點，希望你們也給我保證。第一，不對外面的人透露你們現在在幹什麼；第二，我教給你們的動作一定要用心去記，用心去完成。」

大家又互相看了看。跳舞這麼丟人，他們也不想告訴別人，既然東家肯出三倍的工錢，還不拖欠，就衝著這錢，他們也得認真幹。他們一致搖了搖頭，表示沒意見。

「那就好。」蕭雲側眸對秀兒打了個眼色。

秀兒的精神有點不集中，吟月過去，對秀兒說道：「讓我來吧。」

秀兒微愣地從袖口裡拿出一個荷包遞給她。

吟月給每人發了十文錢。大家看到錢，無精打采的臉上立刻變得神采飛揚。

蕭雲笑道：「這點錢算見面禮，麻煩你們明天穿一身乾淨的衣服過來，我們明天正式開始。另外，桌子上是我特意為大家備好的糕點、茶水，大家可以免費品嚐一下，互相聊一聊，吃完了再走。我今天有點事，就先行一步了。」

本來大家還有點拘謹，蕭雲一走，他們馬上放開了，該吃的吃該喝的喝，相互表示對蕭雲這個新老闆很滿意。他們以前的老闆，再好的也不過是不剋扣工錢，能給吃給喝還給見面禮的，實在沒見過。

高興之餘，他們也有點忐忑不安，對他們這麼好，真的不會叫他們幹壞事？

第五十八章

去喜福樓的路上，蕭雲悠哉悠哉地邊走邊哼歌，不緊不慢的。

吟月失笑。她這是故意讓秀兒著急呢！吟月同情地瞥了秀兒一眼，說道：「少爺，我們還是走快點吧！」

「人家情郎在前面，人家都不急，妳急什麼？」蕭雲故意揶揄道。

說完，兩人壞笑起來。

秀兒被她們氣得直跺腳。「妳們一個比一個沒正經，聯合起來欺負我。吟月，我以後不理妳了。」

「好秀兒，別生我的氣了，我也是被……」吟月可憐兮兮地拉著秀兒，悄悄指了指蕭雲。

蕭雲轉身看著她們，睜大眼睛一臉無辜地說道：「我怎麼了？」

秀兒癟癟嘴，扭捏地說道：「少爺，虧妳口口聲聲說人家是遠道而來很辛苦，妳還慢悠悠的，讓人家等著。秀兒倒沒什麼，怕少爺妳被人家說待客不周。」

「他不敢。想娶我家秀兒，他巴結我還來不及呢！」蕭雲得瑟道。

「小姐……」秀兒臉脹紅。

蕭雲咂咂嘴，故意停下來不走了，瞪著她說道：「這是大街上，人來人往的，叫少爺！」

秀兒被她逗得快發飆了，拉著她的胳膊往前拖。

「少爺少爺，行了，我們快走吧！」

「唉，妳們等等我。」吟月笑著追上去。

終於到了喜福樓，保鑣在門口等著蕭雲，蕭雲一到，便將她們引到二樓包間裡。在門口，蕭雲吩咐他們幾個保鑣在外面併一桌，吃完了就自行回去。

進了包間裡，吳老闆文謅謅地拱手作揖，對蕭雲寒暄問候。幾句話之後，吳老闆像模像樣地拿出聘禮的禮單來，說要娶秀兒。

蕭雲問出了心中的疑慮。「為什麼你現在才來？」

吳老闆如實告知，原來前段時間家裡的生意出了點事，分不開身。

蕭雲點點頭。他一直對秀兒念念不忘，可見其真心不假。不過，這種事她作不了主。她退了出去，讓當事人自己溝通。

秀兒沈默了許久，最後，她還是狠下心，告訴吳老闆自己要伺候小姐一輩子，小姐不離開洛京，她就絕不會離開洛京。

吳老闆連嘆幾口氣，左右為難。僵持了好一陣子，他抱歉地說道：「秀兒，我不能丟下臨南那麼大的家業不管，所以，若妳不願跟我回臨南，那我們……我只好獨自回去了。」他給了秀兒三天時間考慮，然後留下住址走了。

秀兒失魂落魄地回到玉容閣，沒和任何人說話，靜靜地回到自己屋裡，坐在窗戶前，目光渙散，默默地哀悼著剛剛萌芽的愛情，天黑了也沒有掌燈。
如此落寞的心情，她頭一回感受到。
一個女人，一輩子至少會情動一次。對於秀兒現在的歲數來說，這可能是此生唯一一次心動了，錯過這次，再也不可能重來。
蕭雲在前面的練舞室裡活動了一下午，吃過晚飯才想起來問大家，有沒有看見秀兒回來。得知秀兒已經回來，她興沖沖地跑到秀兒的房間外，看著裡面黑燈瞎火的，便在門外大聲問道：「秀兒，妳睡了嗎？」
秀兒愣愣地回過神來，支吾道：「呃……嗯，睡、睡下了，小姐有事要吩咐嗎？」
「沒有沒有，妳睡吧，我沒什麼事。」蕭雲歡快地說道，心想明天再問。
門外的腳步聲漸漸消失，四周頓時又靜了下來，秀兒忽地感到一陣寂寞包圍著自己，有一股想哭的衝動。
「咚咚咚」，清脆的敲門聲乍然響起來，秀兒猛地一怵，立刻止住了哭泣，緊張地看著門，問道：「誰？」
「吟月。」很簡單的回答。
是吟月的聲音。秀兒以為是蕭雲叫她來的，便說道：「我睡下了。」
「不是小姐讓我來的。我有話與妳說。」吟月直言道。她的語氣比平常多了幾分嚴謹。
秀兒抱著疑惑過去開門。黑暗的夜襯著吟月模糊的身影，使得她今夜看上去很陌生，秀兒問道：「妳知道我沒睡？」

「我是習武之人，細聽便能聽出。我們進去說吧！」

吟月的話讓秀兒莫名地慌亂了一下，她拿起火摺子準備掌燈，吟月按住她的手，說道：「如果有燈光，小姐看到會過來。」

秀兒不得不放棄明亮，陌生的感覺和模糊的夜讓她感到侷促不安。「妳到底要和我說什麼？」

吟月將她推到原來的位置，兩人對面而坐，吟月說道：「妳知道我為何忽然改口喚夫人『小姐』嗎？」

秀兒搖搖頭，不知原由。

吟月語調平靜地說道：「是趙王爺吩咐的。趙王爺要立小姐為正妃，但是，妳也知道小姐以前的身分，所以王爺特意為小姐造了假戶籍，換了個身分，雖然假身分也配不上王爺，但是比之下堂婦要容易些。」

「趙、趙王爺要娶小姐？他真的要立小姐為正室？」秀兒比任何人都激動，簡直驚喜萬分。

「噓，小聲點。此事未成之前不宜聲張。」吟月好聲提醒道。

秀兒急忙捂住自己的嘴巴，但是臉上的笑意一直抑制不住。

「小姐這兩年變化很大，但統領府的人還是能認出來。不過，天下之大，無奇不有，只要小姐一直否認，他們也沒有辦法。」

秀兒點頭如搗蒜，附和道：「沒錯，小姐這兩年變了許多，就算別人認出她來，也只能說有幾分像而已。」

吟月忽然眸色變深，話鋒一轉，道：「可是妳這兩年，面容無任何變化。」

秀兒愣了愣。

「若是妳跟在小姐身側被別人認出來，那小姐就算完全變了一個人，別人也會認定她就是謝容雪。」

剎那間，秀兒挺直的身體癱軟了下去。是啊，她這幾年一直都是這樣，沒什麼變化，統領府的主子們很容易便能認出她來。她留在小姐身邊，根本就是一個隱患。

小姐好不容易得到幸福，她不能連累小姐。

「那我……我該……該怎麼辦？」秀兒一下子感到惶然無助。

吟月笑道：「眼下不是正好有一條路給妳嗎？真是應了那句話，冥冥之中自有安排，看來妳與吳老闆的姻緣，乃上天注定的，妳不必再留有遺憾。」

「我……可是我、我捨不得小姐啊！」秀兒一臉悲愴，一想到要離開相依為命多年的親人，不捨之情油然而生。

「那是妳的不捨重要，還是小姐的畢生幸福重要？」吟月問道。

秀兒身形一顫，心中瞬間有了計較。

吟月將秀兒的神情看在眼裡，知她已經有了打算，便點到為止，不再繼續往下說，起身拍了拍秀兒的肩膀，輕聲道：「早些睡吧！」

間。

吟月和秀兒本來住在一個房間裡，後來吟月為了方便夜間出入，便要求單獨住一個房間。

吟月走了沒多久，乾坐著發愣的秀兒突然靈光一現，登時明白剛才吳老闆對她說的，曾有人去臨南找他，讓他來洛京找自己的人是誰了——肯定是趙王爺派去的人。

他把一切安排得恰到好處，根本無須別人為難什麼，只要按照他的部署走下去，事情便可水到渠成。

小姐能嫁給他，一定會幸福的吧？

幽靜的深夜，秀兒的房間裡突兀地傳出幾聲傻笑。

翌日上午，蕭雲破天荒地起了個大早。吟月去廚房端來清粥小菜給她，她奇道：「秀兒呢？」平時都是秀兒端早飯給她的呀！

「早早出門去了。」吟月回道。

「大清早的出去幹什麼呀？」蕭雲喝著米粥，含糊地嘀咕道。喝了兩口，她嚥下嘴裡的食物，壞笑道：「不是一大早就去會情郎了吧？」

吟月笑了笑，沒有附和，而是問道：「小姐要去找她嗎？」

蕭雲掩面，假裝哀嘆道：「女兒家大了，終是留不住啊！就隨她去吧！」

「那小姐今日起早，有要緊的事要辦嗎？」

蕭雲恢復常色，點頭道：「嗯，現在所有人員都定下來了，以後我要兩邊跑，教他們跳舞，懶覺是睡不成嘍！一日之計在於晨，一年之計在於春，這句話還是很有道理的。」
吟月心中驚愕，對蕭雲暗暗起了敬意。小姐平時雖然懶了點，好像對什麼事都是得過且過的心態，但是一遇上正事，她從不拖延，對每個步驟都有周密的計劃，毫不馬虎。認真的時候，她身上彷佛會發出炫目的光彩，讓人對她折服不已。
雖然聖旨還沒有下來，但是蕭雲認為，不能等皇上想好了才開始行動。倉促之下，便會有失水準，機會永遠是留給有準備的人。所以，蕭雲沒有耽擱片刻，便開始忙碌起來。
她每天帶著吟月兩頭跑，忙得席不暇暖。
終於，在她傾心的付出之後，玉容閣迎來了皇上的旨意。
負責宣讀聖旨的依然是上次那位陳公公，聖上的旨意呢，就是讓她們也準備著，以備不時之需。
換言之，就是候選。
也就是說，皇上另外還安排了一隊人馬演出。
蕭雲心裡冷笑。不願意選我們？姑奶奶我們還不願意呢！
陳公公看出蕭雲不大高興，他將蕭雲請到一邊，單獨說話。「蕭姑娘可知，皇上另外安排的是何人嗎？」
「我怎麼知道？」蕭雲悻悻答道。
「是內命婦。」陳公公一字一頓地說道。他以為告訴了蕭雲，蕭雲心裡就會平衡一點。
蕭雲驚愕。「內命婦？」就是那些王公大臣的家眷。讓她們那些深宅裡的貴婦登臺表演？按照過去的思想，就是在羞辱她們，皇上安排她們準備歌舞，不是明擺著昭告天下，跳舞不再是什麼不光彩的事情了，不必再藏著掖著了。

皇上這是要大力發展文化娛樂業了。

她猜對了，久戰結束，必會迎來百年盛世，各行各業都會大肆發展，尤其是現在最落後的歌舞行業，它代表著一個國家的文明與穩定的程度。

「蕭姑娘心裡是不是好受一些了？」陳公公笑呵呵地問道。

蕭雲會心一笑，對陳公公突然有一種親切的感覺。「我本就沒什麼難受的，如果皇上不欽點我們，那說明我們還不夠優秀，我們該做的是努力，而不是難受。不過，還是要謝謝陳公公告知於我。」

「蕭姑娘好姿態啊！」陳公公壓低聲音萬分感慨道：「比那些個自命不凡的內命婦強多了。皇上給她們下了聖旨，她們不敢不從，但是一個個都擺足架子，把我們這些奴才給折騰死了。內命婦那麼多，個個不想當眾表演，又個個想當領舞，妳說這……」

蕭雲冷笑。不想當眾表演，是怕別人看低了自己；想當領舞，是為了出風頭，讓所有人都知道自己是內命婦中舞姿最棒的！這種複雜的心態，可真是折磨人，所以她們就去折磨別人。

要想改變大家的想法，不是一下子就能辦到的。那些內命婦出身好，琴棋書畫樣樣精通，心氣肯定很高，但是她們不敢反對皇上，只能將不滿撒到負責在中間傳聖旨的這些太監頭上了，不難想像他們的難處。

「不早了，小的該回宮覆命去了。蕭姑娘記得，切把聖旨當大事來辦。」

蕭雲點點頭，心裡有數。皇上那雙眼睛銳利無比，蕭雲敢肯定，他絕對能看出玉容閣和內命婦在舞藝方面的懸殊，最後肯定會讓她們登臺；但是皇上想發展文化娛樂業，就一定會藉此機會，從內命婦中選出幾個舞姿優美的作為代表，在中場出來現個身，以表示他對舞樂的注重。

他之所以宣布玉容閣為候選，大部分原因是對她這個趙長輕選中的女子不滿意，給她點小顏色瞧瞧。

「雖然謝側妃舞姿優美，但是她一人翻不出多少花樣來。其他內命婦舞藝一般，無法與妳們相提並論。」陳公公回想起那天跟隨皇上出宮去看的萬民同樂，讚不絕口。

蕭雲驀地一滯。「誰？」

「喔，小的差點忘了說，內命婦中，皇上最中意謝側妃的舞藝，已經下了聖旨，讓她住在宮中，從宮中的舞姬裡挑選人數，湊成一個舞隊，籌劃盛宴。」

兜兜轉轉一圈，「謝側妃」還是落到了謝容嫣的頭上，害得謝容雪白白為他倆犧牲了一條性命，真是人算不如天算。

現在趙長輕幫她洗白了身分，一切都過去了，她也不想再去怨恨那些欺負過她的人，趙長輕的出現，讓她原諒了之前生活的所有刁難。

謝容嫣最好識相點，日後遇上了就裝作不認識，她如果非要故意找碴，就別怪她不客氣！

聖旨的下達，給了大家很大的動力，學員們刻苦，蕭雲這個導師也不落人後，每天早起晚睡兩頭奔波，一刻也不鬆懈。秀兒的事就交給吟月去關心，在得到吟月的肯定回覆之後，蕭雲開始秘密地為秀兒準備嫁妝。

這日，吳老闆帶著六樣小禮品，獨自一人拜訪蕭雲。

「你就準備這樣把我們秀兒娶進家門？太寒酸了吧！」蕭雲問道。他也太不注重禮節了吧？當初說好的大禮呢？

「是這樣的，我們吳家的祖訓，不能娶異鄉女子。秀兒是在下在臨南結識的，不算異鄉，但是她如今人在這裡，所以在下是這樣打算的，我們二人先回臨南，在下為她安排一個住處，然後再按本地習俗娶進家門，這個在下與秀兒商量過了。」吳老闆笑吟吟地答道。

蕭雲指指那幾樣小禮品，不爽道：「這就是你的聘禮？我告訴你，我把秀兒當妹——當、當姊姊看的，別以為她娘家沒有人啊！」

她在心裡把秀兒當妹妹看就算了，不能說溜嘴了。

「豈敢豈敢！這點薄禮只是拜訪小姐的上門禮。」吳老闆急忙從袖口掏了一疊銀票出來，遞給蕭雲。

「這些才是聘禮，在下折現給小姐帶來了。至於禮品，在下在臨南家中已經備好了，保證風風光光地迎娶秀兒。」

蕭雲點點禮金，滿意地嗯了聲，轉手給了吟月。

接下來，該商量商量婚宴了。蕭雲想在洛京也舉辦一場，她要請十個大廚，在玉容閣門口大擺流水席三天三夜，邀請洛京城裡所有的窮人飽餐一頓。

這個提議遭到了當事人的強烈反對，他們說什麼也不讓大操大辦。

蕭雲摟著秀兒的肩膀，感懷道：「秀兒，雖然我們沒有血緣關係，但是對我來說，妳就是我在這個世界上的親人。妳出嫁，是我們家的大事，不能寒磣了，一輩子就這一次，必須大辦。」

「萬萬不可啊小姐！若驚動了祖上的魂靈，在下萬死不能辭罪啊！」吳老闆神神叨叨（注）地阻止道。

「有那麼嚴重嗎？」

秀兒附在蕭雲耳邊低聲說道：「小姐，臨南那邊的人比我們洛京人還要忌諱這些。」

蕭雲乾乾地點了點頭。她感覺到了、感覺到了。

既然這樣，那就算了吧！

臨走前一天晚上，蕭雲來到秀兒房間，讓過來和秀兒話別的姊妹們都退出去，然後拿出吳老闆之前給她的禮金外加一萬兩交給了秀兒。

「小姐使不得，這錢秀兒不能拿！」秀兒驚訝地推開蕭雲的手，堅定道。

「妳在臨南一個人，萬一被欺負了，身上有點錢還是好的。女人有錢才有安全感嘛，拿著！」蕭雲使勁往秀兒手裡塞。秀兒死活不要，蕭雲最後說道：「妳當替我收著吧！或許用

注：神神叨叨，不停地自言自語，說些別人不理解的話。

不了多久，我就會被皇上勒令離開洛京，到時候得投奔妳去了。」

秀兒錯愕。「皇上為何會勒令小姐離開洛京？」

蕭雲想了想，正式地向秀兒介紹起了趙長輕，並且將他們之間的相愛過程簡單地講了一遍，最後半真半假地說道：「萬一皇上容不下我這個平民女子做趙王妃，下令驅逐我，我得給自己留條後路。如果混不好，這些錢夠我們倆安穩過一輩子了，妳替我收著。」

第五十九章

秀兒信以為真，傻傻地點點頭。「那好，這錢秀兒先收下，有個什麼好歹的，小姐一定記得通知秀兒。」說著說著，眼淚就忍不住往下掉。「秀兒希望小姐好，順順當當地做王妃，可是秀兒又自私地希望，小姐能去臨南找秀兒。」

蕭雲好笑道：「這不矛盾啊，誰說做了王妃就不能出遠門了？等著，妳兒子滿月酒，我一定去喝！」

蕭雲的話，逗得秀兒臉一紅，破涕為笑。

翌日，晴空萬里，春風輕輕地吹拂著大地，吳老闆坐著馬車來玉容閣接秀兒，眾位姊妹滿眼羨慕地看著身邊又一個女子出嫁，歡笑聲中帶著無限的憧憬。

哭哭啼啼地一番話別後，他們踏上了南下之路。

在他們的車後，默默地跟著兩輛馬車，裡面塞滿了東西，全是蕭雲請姊妹們幫忙，為秀兒張羅的嫁妝，又租了兩輛馬車，負責送到臨南去。蕭雲沒有提前告訴秀兒，是怕她推來推去的不要。等他們一到臨南再告訴秀兒，秀兒想拒絕也不行了。

蕭雲透過飛揚的塵土看著他們遠去的影子，目光逐漸渙散，初來這個世界的情景一段一段湧進腦海裡。

從心理上來說，秀兒的離開，帶走了謝容雪的一切，蕭雲以後就只是蕭雲。

蕭雲深深地吸一口氣，拿出全部心力，來告別過去，面對嶄新的生活。回頭看看翹首相送的各位姊妹們的表情，蕭雲拍拍手，露出嚴格的面孔，說道：「收拾好妳們的情緒，半刻鐘以後教室裡集合。」

大家急忙跑回去，換上衣服和舞鞋，將心事拋之腦後，全神貫注地學習舞藝。

蕭雲對舞蹈動作的要求十分嚴格，上課時態度非常認真，所以大家不敢有一點馬虎。教她們並不難，讓蕭雲頭疼的是那些男學員。

那群人一點基礎也沒有，身體僵硬，四肢麻木，跳起動作來完全放不開，前半個月，蕭雲幾乎是給他們重新教育。

值得欣慰的是，他們都是純樸的老實人，人家對他們一倍好，他們能還別人十倍。所以蕭雲沒讓他們做壞事，另外每天給三倍工錢，只要求他們跳舞，他們真的很開心，蕭雲教的每一個動作都認真地學習。那些動作豪放大氣，比較簡單，他們放開了之後，學起來特別快。

上午教女的，下午教男的，晚上教音樂，蕭雲把每天的時間都排得滿滿的，起得比驢早，睡得比狗晚，忙得如火如荼。

突然有一天晚上，她回去得比平時稍微早一點，面對靜謐的房間，她猛然驚覺，已經一個月沒有看到趙長輕了。

連封信都沒有，他在忙什麼呢？

來。

蕭雲踱步來到窗前坐下，望著天邊的月亮，心中思念的那個男子彷彿也如月色般朦朧起來。

「小姐，要不要寫封信讓奴婢傳給王爺？」吟月揶揄道。她從門口進來，因為門敞開著，所以她一眼便看到蕭雲兩手支著腦袋，對著星空發呆呢！

「我這段時間太忙了，都沒空練字，萬一字寫得難看，他得說我了。不寫！」蕭雲瞥了她一眼，涼涼地說道，眼睛依然望著月亮。他是不是也忙得像她一樣，連寫信的時間都沒有了呢？蕭雲煩惱地抱頭哀怨道：「唉……幹麼要女生主動啊？」

吟月抿嘴一笑，輕步走到蕭雲身邊，從身後拿出一封信，擺到蕭雲眼前晃了晃。

「喏。」

看到信封上那熟悉的字跡寫著「吾妻親啟」四個字，蕭雲眼睛一亮，頓時像打了雞血似的神采奕奕，一把從吟月手中奪過信，飛速地拆開它。

信的內容十分簡短，寥寥幾字，蕭雲看了之後卻非常開心，因為那是一首情詩，字裡行間都帶著綿綿的情意。

想不到趙長輕還會寫詩。蕭雲的笑意忍不住從神情中逸出，捧著信紙自言自語道：「我又發現了他一個優點。」

「王爺有缺點嗎？」吟月故意問道。

蕭雲憋著笑瞪了吟月一眼。吟月抿嘴一笑，用曖昧的語氣問道：「那小姐要不要回一封？」

蕭雲靈眸一動，收起笑意嘟起嘴，沒好氣地道：「不回。睏了，睡覺！」然後氣呼呼地把手裡的信撕成碎片，扔了。

吟月一愣。剛才還好好的，怎麼一下子就變了？思索片刻，吟月決定及時彙報主上。

蕭雲躺到床上，側著身體面朝裡面，豎起耳朵聆聽動靜，眼珠子來回轉動。

時間一分一秒地過去，蕭雲的眼皮越來越沈重，意識也漸漸模糊了，終於，在她昏睡過去的前一刻，有一雙手臂從背後抱住她，用他獨有的磁性嗓音低低地在她耳邊喃道：「生氣了？」

蕭雲猛地清醒過來，在心裡小小地竊喜了一下之後，使勁地緊閉雙眼繼續裝睡，看他怎麼辦。

身後久久沒有動靜，蕭雲不禁皺起眉頭。難道他睡著了？想睜眼看看又害怕被他逮個正著，於是蕭雲故意發出呼嚕聲，試探一下趙長輕的反應。

她的身後終於傳來了輕笑聲，然後便是那期待已久的聲音慢悠悠地傳入她耳中。「娘子，為夫記得曾經告訴過妳，從一個人的呼吸可以辨別出他有沒有入睡。娘子的呼吸很不平穩，尤其是為夫來了之後。」

知道裝不下去了，蕭雲一骨碌翻身坐起來，笑著嚷嚷道：「唉呀，好了，你贏了，你厲害，被你識破了。」

「哪有娘子厲害？一個不高興就把為夫急壞了，什麼事都不管就跑來了。」趙長輕長臂一扯，將蕭雲拉到懷裡緊緊抱住，輕聲問道：「想不想我？」

「不想。」蕭雲趴在他懷裡，將視線翻到左上方。

「真不想？那我走了。」趙長輕嘴角的笑瞬間退了下去，眼神中流露出一絲受傷。

蕭雲怔怔看著他，搞不懂他到底是說真的，還是在開玩笑。

趙長輕將蕭雲的身體放下，雙臂撐起身體，起身欲走的樣子。

蕭雲驚呆。他來真的？心裡愣一下，一肚子委屈瞬間湧上來，眼睜睜地看著趙長輕坐直身體，背對著她，動作優雅地——將外衣脫下。

嗄？蕭雲目瞪口呆。這廝……居然跟她玩起了惡作劇。

趙長輕若無其事地重新躺下，拉過錦被掩在身上，又將蕭雲拽下來，蓋好被子，貼心地將她那一側的被子塞好。

蕭雲翻翻白眼，酸酸地說道：「某人不是說要走嗎？」

趙長輕淺淺一笑，寵溺地點了點蕭雲的鼻尖，故作無奈地說道：「狠不下這個心啊！我怕我一走，有人要哭鼻子了。我會心疼的。」

「誰會哭鼻子啊？討厭。」蕭雲嗔怪地假裝捶了他一拳。

「雲兒。」趙長輕緊緊地擁住蕭雲，嗅著她髮間的芳香，真情流露地低聲吐出四個字。

所有的思念，盡化在了這四個字裡。

「思卿若狂。」

蕭雲真真切切地感受到了，心裡甜甜的，伸出手臂環住趙長輕的身體，柔聲說道：「我也想你了，很想很想。」說著向他懷裡又拱了拱，好像這樣能表示出她想念的程度非常之深刻。

趙長輕俯額，亮如星辰的眸子裡閃爍著歡喜。蕭雲掀起眼簾，羞澀地看著趙長輕，咬住下唇，終於鼓起勇氣，把心一橫，不管三七二十一地傾身過去，吻上趙長輕單薄的唇。

「雲兒？」趙長輕渾身一顫，被蕭雲突如其來的主動愕住了，乍然間有點無所適從，轉而又流露出狂喜之色，翻身將蕭雲壓在身下，搶回主動權。

他的雙手不由自主地順著蕭雲玲瓏的曲線上下游移，身體緊緊貼著，不滿中間隔了東西，他索性將手探進蕭雲的衣衫裡。

輕柔的指尖剛觸及蕭雲的肌膚，蕭雲忍不住嚶嚀一聲，身體像澆了酒精一樣，瞬間被點燃了。她不再如第一次親吻那樣僵硬，早在趙長輕的溫柔攻勢下失了心志，舉手投降，放下所有的矜持和羞澀，順應身體的渴望，熱情地回應著趙長輕的侵略。

蕭雲的嬌聲衝擊著趙長輕的理智，身體裡有個聲音在告訴他：該停止了，你們還沒有成親；可是另一個聲音又在說：別停下來，想要什麼，就盡情地索取吧！情至深處，沒有什麼不可以的。

一邊賁張欲出，一邊道德束縛，兩種情緒激烈地在趙長輕身體裡不停掙扎。好久好久，處於水深火熱之中的趙長輕用最後一絲理智控制住局面，出聲提醒自己。「不，還不是時候……」

他用盡全身力氣撐起身體，狠狠地攥緊拳心，試圖離開，可是，當他抬起上身，看見溫順地躺在他身下的蕭雲半睜開眼眸，用迷離的眼神瞧著自己時，心底最後一層防線瞬間傾覆。

蕭雲胸前的衣衫微微敞開，露出潔白的玉頸，沿著光滑的線條下去，趙長輕甚至可以看到她微微聳起的酥胸。她的兩手抓著趙長輕的雙臂，像是對他發出無聲的挽留。

這樣嫵媚的她，姿態撩人心魄，教他如何不瘋狂？

他想要她，多一刻都等不了！

他彎下腰吻住了她的唇，肆意地折磨、掠奪。與以前的吻不同，這一次他沒有了任何的顧慮，不必再想著控制自己，所以便不再溫柔，而是如狂風暴雨般肆無忌憚起來。

唇齒纏綿之間，他的手下也未閒著，連脫掉衣服的耐性都沒有了，他直接將蕭雲身上薄薄的褻衣撕開，一具白璧無瑕的玉體完完全全地呈現在他眼前。

蕭雲羞得急忙捂住臉，想想不對，又伸手捂住趙長輕的眼睛，嬌嗔道：「別看別看！」

趙長輕嘴角勾勒出笑意，並沒有將擋住眼前風景的小手拿開，而是一件一件地將自己的衣服脫下。他本想將自己的衣服也扯掉，但是考慮到這裡畢竟不是他的住所，沒有可以更換的衣服，所以還是耐住性子，一一褪下自己的衣衫。

他精壯的身體坦然暴露在蕭雲眼前，蕭雲不敢明目張膽地看，但又忍不住好奇，眼睛偷偷半張開一條細縫瞄過去。

蕭雲斜瞄到的第一眼，是趙長輕寬厚的胸膛，胸上的肌肉沒有肌肉男那麼明顯，但是很結實，甚至能數出一共有幾塊。他穿衣服時看不出有多壯碩，可是脫下衣服之後，真真實實地展現出他勤奮鍛鍊的結果。

「滿意嗎？」趙長輕猛地壓下去，微啞的聲音裡充滿了情慾，眼睛直視著身下的玉體在他以眼神無聲地挑逗下變得顫慄、緊張、發紅。

滿足地看著它的變化，趙長輕俯下身，從雪白的玉頸開始，在蕭雲身上留下一個個專屬於他的印記。

蕭雲感覺很癢，開始扭動身體想躲，但是她萬萬沒想到，正是因為這個不安分的動作，恰恰燃燒起了趙長輕身體裡最瘋狂的叫囂。

趙長輕下腹一熱，明顯感覺到下身如滾燙的烙鐵般，被壓在身下的神秘花園緊緊地吸引著，恨不得馬上衝進去，不顧一切地索取，將她揉碎、撕裂，融進自己的身體裡。可是，他不能這麼做，這是他們的第一次，他不能魯莽得只顧自己的感受，他要讓她的身體慢慢熟悉他，深深地記住他的味道。

他一隻手壓住蕭雲的雙臂，一隻手覆在她聳起的胸脯上，輕柔中帶著一點點霸道的力度，不停地揉捏著，在蕭雲露出正享受其中帶來的美妙感覺的神情時低下頭，一口含住那點櫻紅，舌尖在上面舔舐。

「唔……」蕭雲的身體彷彿被電流擊中了，發酥、發麻，好像飄起來一樣……她不由自主地發出一聲舒服的呻吟，但自己聽到這個曖昧的聲音時，簡直羞得無地自容。天哪，那種聲音竟然是從她嘴裡發出來的！

太……蕭雲羞愧難當，趙長輕卻挺起身體，看著她的臉鼓勵道：「叫出來，雲兒，我想聽，叫出來……」

蕭雲死死抿住唇，連連搖頭，堅決不叫。

趙長輕嘴角逸出邪邪的壞笑，放棄了控制她的雙手，而是將她的手臂環上他的身體，命令道：「抱著我。」

蕭雲不假思索地馬上抱住趙長輕。這樣一來，他就看不到自己了，她也不用面對著他的眼神，羞得想閃躲。

以為這樣他就放棄了？太晚了！

趙長輕雙手轉戰而下，一隻手在她的高山上流連，一隻手抵在她的纖腰上，阻止她後退，身體慢慢向下滑動，唇瓣在她細嫩的肌膚上不停地啃噬，每一寸都不放過。

撫摸片刻後，蕭雲的身體慢慢地不再有抗拒，原本在高山上逗留的手順著平原一路而下，輕輕地探入蕭雲併攏的雙腿之間，來到他最嚮往的幽谷，最長的手指輕輕地向更深處探索。

那可是她最私密的地方，蕭雲不由自主地抵抗，將兩腿夾得更緊。「別……」

趙長輕溫柔但堅定地轉動手掌，抵開她的防守，將她深藏的神秘暴露出來，指尖來回抖動撩撥她的敏感處。片刻過後，還沒有感覺到裡面的濕潤，他卻感到自己的分身脹得發痛。

她的身體太僵硬了，對男歡女愛完全不知如何應對，雖然成過一次婚，但是反應卻非常青澀，如處子一般。是不是子煦將憤怒發洩到了她身上，對她太粗暴了，所以讓她對這種事產生了恐懼？趙長輕心疼地蹙起眉頭，手指的力度慢慢放緩，極度地控制著自己，與之廝磨著，讓她放鬆下來，卸下懼怕，如此她才能完全接納他，接納新的生活。

不過須臾，蕭雲的身體在趙長輕的安撫下已經逐漸軟了下來，她感覺到下面的濕潤，雖然從來沒有經歷過那種事，但是生在二十一世紀，對那種事的發生過程非常清楚。只是這種陌生的感覺又讓她有點害怕，想起人家說的第一次會很疼，她更怕了。

趙長輕帶著一層薄繭的手指在蕭雲最敏感的地方摩挲，過沒多久，他感覺出手下的潮濕，猜測蕭雲已經準備得差不多了，不禁抬起頭看著她，體貼地給她最後的提醒。「雲兒，別怕我。」

「我、我不怕。」蕭雲微睜雙眸凝視著趙長輕深情的眼神，鼓起勇氣應聲道。

趙長輕勾起唇角，邪魅一笑。「很好。」然後抓住蕭雲的手，伸到他的下身。

碰到一個堅硬的東西，滾燙如火，蕭雲立刻明白過來那是什麼，嚇得飛快地縮回手，卻被趙長輕中途攔截，將她的手緊緊地包在自己的熾熱之上。

蕭雲嚇得張開五指，拚命想逃。

「別怕，乖，它需要妳的撫摸。」趙長輕循循善誘道。

蕭雲何時受過這樣的挑逗？她驚得連連搖頭。「不，我不行。」

「握緊。」趙長輕霸道地命令著，然後吻上她的唇，不讓她說話，一隻手摟著她的肩膀，溫柔地安撫她，試圖將她融化，讓她慢慢地熟悉自己的身體，不再畏懼。

良久，趙長輕感覺到蕭雲的手已經不再顫抖，他再也控制不住自己疼痛到幾乎要爆裂的慾望，俯身將自己置於她修長的兩腿之間，將那團火熱擠入她的花蕊深處。在探索的過程中，趙長輕微微感到有一層阻礙被自己的堅挺攻破，來不及多想，他挺起腰肢，長驅直入，在狹小的窄道裡動了一下。

此刻的蕭雲被身體裡突然多出的一個碩大東西擠得疼痛不已，臉頓時刷白，忍不住脫口嚶嚀道：「疼……」

第六十章

趙長輕霎時停住了，不敢再動作。雖然他想要得快要發瘋了，但是同時，他也清楚地意識到自己絕不能傷害她，她已經被子煦傷害過一次了，他不能再給她傷害，他要耐心地等下去。

「別怕、別怕，我不會再傷害妳了。」趙長輕像安撫受驚的小貓一樣輕輕地拍著她的背，柔聲哄道，慢慢地抽出自己的堅挺。

趙長輕的身體稍微一離開，蕭雲倏地感覺有種空虛竄入身體裡，她下意識地一把環住趙長輕的腰，不讓那種失落感乘虛而入。

「雲兒，我會傷到妳的。」趙長輕以為蕭雲內疚，便安慰道：「我可以再等等。」

難道等等就不用痛了嗎？蕭雲顰著眉，略微思忖了一下，反正都要痛一次，遲痛不如早痛！於是一咬牙，豪氣沖天地說道：「你不敢，那讓我來。」

「妳？」趙長輕錯愕地看著蕭雲，幾乎懷疑自己產生了幻覺。

蕭雲眼睛一閉，弓起身體，將原本已經差不多離開的堅硬重新埋進自己的身體裡。此時此刻，兩個相愛的人跨越了重重阻礙，完全緊貼在一起，鑲嵌在彼此的心裡、身體裡。

忽如一夜春風來，千樹萬樹梨花開。

一切，就這樣毫無預兆地降臨了。

什麼理智，什麼禮俗，都見鬼去吧！他要她，就在這個地方，這個時刻。

趙長輕忍不住脫口呻吟一聲，因為太過刺激而差點爆發，他再也控制不住了，悶哼一聲，將蕭雲壓在身下，不容她逃避，傾身而入，在她的世界裡肆意地馳騁，盡情地索要。

一浪接著一浪的熱潮向蕭雲席捲而來，什麼神志都消失殆盡了，全身心沈浸在歡愉的世界中，忽高忽低，忽起忽落。

那種奇異的感覺，讓她情不自禁地想溺斃於其中，永遠墜在裡面。

天地只剩下他們，耳邊所有的聲音都消失了，周圍變得格外安靜。蕭雲淡淡地恢復了一絲意識，她聽到自己的心臟有力地跳動著，兩個人的喘息此起彼伏。從微瞇的眼眸中，見到那個心愛的男子匍匐在自己身上，有節奏地上下律動，不斷地帶著她衝上雲霄。

透過窗戶外灑進來的淡淡月光，她赫然注意到趙長輕的後背上布滿了疤痕，猙獰可怖。

她的眉驀地顰起。

這些都是他曾經受過的傷害，有幾道傷口很長、很深，看得蕭雲一陣心疼，忍不住伸手過去輕輕地觸摸。

不等她開口問，趙長輕慢慢緩下去的激情驟然又進入了下一輪衝擊，覆在高山上的手再次用力地揉搓著，試圖勾回蕭雲的注意。「娘子居然還能分心，是為夫不夠賣力嗎？嗯？」

「啊……」蕭雲馬上回過神，再次被趙長輕拉回極致的快意中。在他的帶領下，蕭雲抑制不住自己脆弱的忍耐力，顧不上任何思考，任由自己將愉悅的歡樂呻吟出聲。

她的低喘嬌吟極大程度地刺激了趙長輕的感覺，他更加猛烈地進攻，悶聲嘶啞著嗓音囈語道：「妳是我的，是我的……」

隨著他的侵略，一種飄上雲端的滋味襲遍蕭雲全身。記不清這是第幾回了，趙長輕彷彿要把以前錯失的機會全都補回來，蕭雲再也沒有辦法分心，心甘情願地被他牽著感覺走。

在又一次的熱浪翻湧過後，初經人事的身體再也承受不住如此反覆的歡愉，達到極度疲憊的她陡然暈睡了過去。

憐惜地看著身下沈睡的嬌顏，趙長輕溫柔地將她臉頰旁的一綹髮絲捋到耳後，然後低頭在微微紅腫的唇上吻了一下，慢慢抽回自己的身體。

轉臉看看窗外，已是兩更天，再垂眸看看身邊熟睡的佳人，今夜還是忍受不住要了她，而且，還是她主動的因素多一點，這倒是教他意外了。他的小娘子怎麼這麼可愛呢？趙長輕愉悅地揚起唇角，側身而臥，深情款款地凝視著心愛的女子，捨不得移目片刻。

很久很久，屋外突然有了輕微的聲響，不知其音的人會以為這只是鳥蟲的鳴叫，趙長輕卻目光一凜，褪下了臉上的輕鬆。

這是催促他離開的暗號。

縱有萬般不捨，他還是起身穿上衣服，悄然出了門去。

到了屋外，趙長輕立於院落中央，雙手負於身後，語氣不帶絲毫情緒地道：「出來。」

隱匿在不遠處當暗哨的吟月聽到之後，心裡奇怪。每回主上來這裡後會給她發一聲暗號，吩咐她隱在院子的暗處戒備，不讓周圍的人靠近這間屋子。等他出來後，不會特別交代她什麼，便會徑直離開，今日喚她，是有事要交代嗎？

果然，趙長輕道：「妳去找白錄要些補身子的丹藥，明日早上給小姐服用。」

「是。」呤月面色無波地答道。她一臉正色，恍若方才沒有聽見屋子裡傳出的聲音。作為他的部下，她是合格的，所以趙長輕才放心將她置於蕭雲身邊。

趙長輕轉眸又瞥了那間房屋一眼，整顆心不由得變得柔軟，性感的薄唇挑起歡悅的弧度，隱現在月光下絕世的容顏分外妖嬈。

須臾，趙長輕收回視線，飛身躍上屋頂，經過站在百丈外等他的無彥身邊時，他睇去一束怨惱的目光，黑著臉從無彥身邊飛過。

無彥無奈地撇撇嘴，默默地將委屈嚥進肚子裡，跟了上去。明明是主上交代他，一定要提醒他及時回宮，不然盯著他的那些人會懷疑他悄悄見了小姐，毀了小姐的聲譽……沒辦法，已經三更天了，主上忘了時間，他不能忘啊！

他們的身影還未消失，呤月也一躍而上，向趙王府的方向飛身而去。

更深露重，一彎半月懸掛在西南邊，四周綴著點點燈火，空氣中瀰漫著幸福的味道。

昏睡過去的人兒作了個美妙的夢，全然忘了之前發生過的疼痛與快樂。

醒來後，思維仍處於混沌之中的蕭雲動了下身體，想按照平時的習慣再賴個十幾分鐘的床，不料身體一動，遍布上下的痠痛便如傾盆而下的大雨一般向她席捲而來，她忍不住抽痛。「嘶……唉……唷……」

以前她徒步穿山的時候有過這種感覺，但她昨天爬過山嗎？

神志一下子清醒了，她猛地想起昨夜發生的事來。昨夜……說到底，她主動的成分要多一點。

「太丟人了！」蕭雲懊惱地捂住臉，嘟囔了幾句後，忽地想起什麼，扭頭看看左右。嗯，他人呢？枕頭上面連痕跡都沒有，他應該走了好一陣子了。

蕭雲呆呆地眨了眨眼睛，有點懷疑自己只是作了一場春夢而已，可是全身的痠痛又怎麼解釋呢？

鼻端還縈繞著他身上清幽的墨香味，再熟悉不過了，怎麼可能是夢呢？

混蛋！這可是他們的第一次親密接觸耶，居然就這麼走了！真當他們是老夫老妻啊？蕭雲氣得躺在床上對著天花板直翻白眼。

這廝太沒情趣了！

「小姐醒了嗎？」吟月一直等在屋外，一聽到裡面有聲音，便立即去準備洗漱用品和補藥。

蕭雲懨懨地回道：「進來吧。」

吟月端著東西進去，在屋子裡掃視一圈，然後一臉波瀾不驚地去衣櫃裡取新的衣服來給蕭雲更換。

蕭雲透過簾帳露著的細縫看到四下散落的衣服碎片。

人先走了不說，還不給她善後一下，太不體貼了，和以前完全兩個樣。

難道真如大眾說的那樣，男人一旦得到之後，就不在乎了？

蕭雲甩甩頭，否認了這個想法。他不會的，她堅信，他不會。

她拖著痠痛的身體起來穿衣洗漱，不去想那麼多。坐到梳妝檯前，吟月拿起梳子替她梳理髮髻。梳好後，蕭雲趁吟月走開，賊兮兮地拉下衣領照了照鏡子。真的有草莓印留下。幸好是春天，衣服穿得多，不然待會兒怎麼出門呀？

來到桌子旁，蕭雲發現多了一碗褐色的湯藥，散發淡淡的味道，她皺皺眉，問道：「這是什麼？怎麼一股草腥味？」

「這是奴婢從白錄那兒取來補身子的藥。他說這種藥在女子行房後食用非常好。」吟月蹲著身體撿衣服，說完又補充了一句。「是王爺走時囑咐奴婢辦的。」

蕭雲當即滿臉臊紅，石化了一會兒，她瞥瞥一旁若無其事的吟月，徹底無語了。

古人的思想遠比她想像得要……開明啊！

蕭雲拿起筷子一陣狼吞虎嚥，最後剩下那碗補藥，她猶豫了。不喝吧，萬一待會兒體力透支了，豈不是要浪費一天時間？於是將它端起來淺嚐一口，不苦，這才仰頭一口喝下。顧不得身體乏力，蕭雲飛速地起身跑了出去。

「欸？」吟月聞聲回眸一看，蕭雲已經沒了人影，不禁暗讚，白錄的藥效果真是立竿見影！昨晚那麼長時間的消耗，今早還能跑得這麼快。

吟月抿嘴一笑，轉過身俯下去整理床鋪。

吟月捲起被子抱到院子裡去整理，然後又拿了一套新的床單準備換洗。回到床邊時，吟月抖開新的床單，正準備換下床上的那個，卻赫然看到上面有一抹醒目的血跡。

「怎麼會有血跡？」吟月奇道。他們中有人受傷？回想一下兩人各自的反應，都不像是流血受傷的樣子。想了半會兒，吟月眸子裡露出訝異之色，低頭怔悚地看著那點紅，難道是……

吟月不由分說地捲起床單，將新的換好後，拿著舊的那個出去了。

一夜激烈運動的結果就是全身跳不起勁來。跳舞時，每個動作都欠缺點力度，看上去軟綿綿的，上午教女子舞蹈還行，到了下午，帶著剛猛之勁的男子舞蹈被蕭雲教得不倫不類，各位老少爺們紛紛嚷道：「怎麼變了風格？」

「唉……」換了男裝過來的蕭雲喪氣地坐到板凳上，對他們擺手道：「今天實在教不了了，你們複習一下我以前教的那些動作吧！」

「蕭老闆是不是生病了？」眾人湊上去關切地問道。

吟月上前一步，將他們之間的距離刻意隔開了一小段。大家也不惱，到了那個距離就自動停下了，對蕭雲的擔憂絲毫不減。

「我沒事，我……我回去休息一下就行了。」蕭雲一手扶著腰，另一隻手對大家擺了擺，說道。

催促的聲音此起彼伏。「那您趕緊回去休息吧！」

「回去歇著吧！」

蕭雲點點頭，揮手示意他們別催了，她這就回去。

吟月過去扶著她，她指著他們，半開玩笑半認真地囑咐道：「你們給我認真點啊！別趁我不在就偷懶，聽到沒有？相互學著點。」

大家附和道：「放心吧，蕭老闆，我們拿您的錢，就得忠心替您辦事。」

有了他們的保證，蕭雲放心地回去了。

出門口後，吟月望望四周，欲喊個轎夫過來幫忙抬蕭雲回去，蕭雲訕笑道：「我哪有那麼脆弱？我去吃點好吃的，回去再好好睡一覺就好了。」

吟月笑道：「好吃的在小姐眼中，幾乎能治百病了。」

她們一邊走一邊閒聊著，偶爾能看到路邊有小吃，蕭雲想找個風味飯館，便一直走著。街道兩旁都是商鋪，有酒樓、茶肆、棋館、賭坊，大概每走十步，中間便會隔著一條窄小的通道。

蕭雲一邊搜尋著哪家茶樓看上去像是有好吃的，一邊觀看百姓們的生活形態。不經意間，她的視線掠過一條通道，走出兩步後，她乍然一愣，疑惑地嗯了一聲，又急忙退回腳步。

她好像看見李辰煜了。

「怎麼了，小姐？」吟月朝窄道裡面看看，什麼也沒有啊！不禁奇怪地問道。

「我好像看見一個熟人。」蕭雲在外面看向通道，裡面空無一人，便徑直走了進去。到了深處，依然沒有看到有人，到頭便是死路，只有左邊一堵三人高的高牆，除非他會輕功，否則只能走她來的這條路。

可是裡面一個人也沒有，是她眼花了？

「我剛才明明看到他在這兒。」蕭雲指了指地上，原地轉了一圈。

吟月四周觀看了一下，指著高牆說道：「許是從這兒翻過去了吧！」

「他應該不會武功吧？」蕭雲仰頭看看高牆，語氣不大確定。認識李辰煜時沒見他使過，但是，她又沒問過，說不定他就會呢！蕭雲無奈地吐了口氣，道：「走吧！」

吟月卻一臉嚴肅地拍了拍蕭雲，眼睛看著右前方，蕭雲轉過身，順著她的視線看過去——的的確確有一個人，正向著她緩步走來，不過不是她要找的那個。

但是，看到這個人也挺讓蕭雲意外的。

「汐月？妳怎麼會在這兒？」

「蕭雲？」汐月也露出意外之色，視線下意識地朝那面高牆飛了一眼，快得讓人以為她只是眨了個眼。

她慢聲說道：「我約了昔日的朋友在這兒附近見面，但是我和我的丫鬟走散了，所以進來找找。我方才尋思著一些事，沒聽到有人過來，妳怎會在此？」

蕭雲不以為忤，如實告訴了她。

汐月蹙起眉，搖頭道：「我在這兒等了一個時辰，都不見一個人影，只看到妳們。」

「可能是我看錯了吧！」蕭雲聳聳肩，道。

汐月說道：「那我們出去吧？」

吟月跟隨在她們身後，面容平靜，與平時別無二樣，心神卻緊緊注意著汐月的一舉一動。

到了大街上，汐月溫婉地柔聲說道：「妳於我有知遇之恩，我早就想宴請妳。相逢不如巧遇，不如今日讓汐月作個東，備上薄酒，妳我二人小酌一杯，不知是否賞光？」

「好……」「的」字沒出來，蕭雲猛一拍腦門，改口說道：「唉呀，我怎麼給忘了？不好意思，我也約了一位故友商談要事，下次吧！」

汐月施施然淺笑，並不強求，大方地點頭拜別。「那只能下次提前相邀了。就此別過。」

「再見。」蕭雲笑呵呵地說道。然後轉身，與汐月分道而行。

過了半會兒，呤月問道：「小姐，還去茶樓嗎？」

蕭雲渾身一抽，搖搖頭。「還去？又撞上怎麼說？趕緊回去吧！」

呤月會意一笑，原來小姐還記得。「小姐方才好機智，奴婢以為小姐忘了此事，差點急眼了，琢磨著該如何提醒小姐呢。」

蕭雲炫耀地笑道：「我裝得像不像？要是直接推拒，不是顯得很假嗎？萬一惹惱她，給我下那什麼懾心術，多恐怖啊？」

「小姐方才的樣子非常真，教人看不出一絲破綻來，若是不知道，奴婢還真以為小姐約了故友呢！」

那是，好好栽培她的話說不定能得金馬獎呢！

蕭雲笑笑，道：「呤月，我說妳能不能別再自稱奴婢了，聽著真彆扭，趕緊改過來吧，妳的名字多好聽呀！」

吟月不像秀兒那樣連忙搖頭，吐一堆禮儀規矩之類的理由出來，她只是淡淡地笑著，道：「奴婢習慣了。」

真不知道趙長輕是怎麼培養出如此泰然又認死理的下屬？

蕭雲不禁想起了沈風。他又被派去做什麼事了？好久沒有看到他了。戰爭表面上像是結束了，她卻隱隱感到新的一輪戰爭正在悄然拉開序幕。

回到玉容閣，蕭雲從側邊的小巷子直接進了後院，吟月去廚房準備茶點，蕭雲回屋簡單地梳洗完畢後，她正好端來剛出爐的糕點。

這個時候，正是蕭雲每天都會念叨的「下午茶」時間。她今天不在前面，可是吟月依然記得她的習慣，給她備好。

「愛死妳了。」蕭雲開心地喝著熱呼呼的花茶，咬著酥軟的糕點，笑咪咪地對吟月說道。

吟月驚駭，整個人呆立。

蕭雲吃了兩口，偏著腦袋看向吟月。看她的表情，蕭雲方才想起自己的話太不合乎古人的邏輯了，於是嘿嘿一笑，解釋道：「這只是一種對感激之情的強烈表達方式而已，沒別的意思。」

第六十一章

吟月尷尬地笑了笑，學著蕭雲的口吻打趣道：「奴婢強烈地感覺到了。這是奴婢分內之事，小姐不必如此強烈地言謝，奴婢強烈地受不了。」

蕭雲吃著東西含糊地笑道：「妳要是能把奴婢這稱呼拿掉了，我會更強烈地感激妳的。」

吟月沒有作答，而是付之一笑。王爺的手下，斷不能沒了規矩。

一盤糕點沒多久就被蕭雲消滅乾淨，吟月將簾帳、窗簾一一掩好，端著盤子退了出去。

過了傍晚，夜幕垂下，蕭雲睡得正香，迷迷糊糊之中，她突然感到一陣涼風透著細縫吹在皮膚上，有點冷，無意識地伸手攏攏被子，翻身趴下接著睡。

不料，一雙手觸到她的背上，扯她的睡衣。蕭雲不滿地整張臉都皺了起來，將睡眼睜開。屋裡點了燈，很亮，刺得她又閉上了。適應一下之後微微瞇開一點，掉頭看竟是趙長輕，蕭雲伸手推開他，怨惱道：「幹什麼呀？人家睡覺呢！」

「我看看妳身上哪裡受傷了，我帶了藥來。」

趙長輕的語氣裡帶著薄薄的斥責，蕭雲一下子火了，搖晃身體甩開他的手，到處摸被子。「什麼受傷了？誰受傷了？你走開，我要睡覺。」

趙長輕極少見到蕭雲這般暴躁，想想可能是自己昨晚真的傷到她，所以生氣了，於是柔聲哄道：「乖，我知道我不好，昨夜……沒控制好力度，傷了妳，妳告訴我受傷的地方，我幫妳上點藥。」

「唉唷，誰受傷啦？你走開……我要睡覺！」美夢被人打擾，蕭雲的起床氣瞬間就來了。

趙長輕抱住蕭雲，好聲好氣地繼續哄著。「吟月上午送了一條床單到趙王府，我收到消息後，回屋看見那條床單上有血跡，便立刻趕過來了，不是妳受傷了嗎？」

「什麼床單？」蕭雲糾著臉，朦朦朧朧地搖頭否定。「我身上沒有地方破了。」

她可能真的太累了，話音都說得不清楚。趙長輕心疼地將她抱在懷裡，儘量輕巧地剝去她的衣衫。

當上身的衣服拉至腰間看到全背時，趙長輕心口驟然一緊。

昨晚沒有掌燈，但是習武練就了他極強的夜視能力，藉著灑進屋中淺白的月光，他能看到她柔若無骨的身體如白玉一般光滑，以前留下的鞭痕已經褪清了，可是現在卻布滿了紅點，縱橫交錯著淡淡的瘀青。

趙長輕的心一陣抽痛，自責感刹那間升騰到極點，拿著藥膏的手指幾乎有些發顫。

冰涼的藥膏觸到蕭雲溫熱的身體，她反射性地打了個激靈，人也被驚醒了，抬起迷濛的睡眼，啞聲問道：「你在幹麼？」

趙長輕停住手裡的動作，低頭吻了吻蕭雲的額，歉疚地說道：「以後我會小心，再不會傷了妳。」

蕭雲扭頭看看肩膀上的紅印，自然而然地聯想起了昨晚的瘋狂，她急忙伸手去拉被子。

「別動，我給妳上點藥，一會兒就好。」趙長輕按住蕭雲的手，柔聲說道。

他眼裡滿是自責和憐惜，沒有半點私慾之情。蕭雲只好由著他。

搽完後背，蕭雲便不再讓趙長輕碰別的地方，強烈要求自己搽。

「早些上藥早些好，聽話。」

趙長輕不容商量的執著，蕭雲急中生智，將臉埋進他的胸膛裡，撒嬌道：「人家害羞啦！你就讓人家自己搽嘛，好嘛、好嘛？」

趙長輕心房一軟，但是語氣依然很強硬。「這只是活血化瘀的，還有流血的地方要上另一種藥。」

「我沒流血，我全身好著呢！誰說我流血了？」蕭雲嗲聲辯道。

「床單上有血跡，我髮膚完好無損，不是妳傷了是誰？」

蕭雲想起自己剛才發的起床氣，好像對趙長輕凶了點，那血跡是怎麼回事呢？細想一下，她立刻明白過來了，臉一紅。

不想趙長輕繼續追問下去，蕭雲故意岔開話題說道：「我剛才是不是特別凶？我一睡不飽就心情不好，心情一不好，起床氣就特別厲害，你沒被我嚇著吧？」

趙長輕失笑，若無其事地道：「這點小事就把為夫嚇著了？在娘子眼中為夫就這點肚量？」

「那就好。」

「娘子放寬心，為夫記住了，以後沒什麼事，絕不在妳美夢的時候打攪妳，可好？快告訴我，妳身上到底哪裡傷了？」趙長輕繼續糾纏在這個問題上。

蕭雲乾脆當作沒聽見，繼續問道：「昨晚你什麼時候走的？好像很匆忙，發生什麼大事了嗎？」

趙長輕輕易地識破了她的伎倆，說道：「什麼事都沒有妳的身體重要。再不告訴我，我喚呤月來強行給妳檢查身體。」

「唉呀，你……」看來他準備要打破砂鍋問到底了，蕭雲不好意思地咬住下唇，將臉埋進他的臂彎裡，含糊地說道：「第一次不都會有血嗎？」

趙長輕像是沒聽懂似的，帶著迷茫的眼神看著蕭雲。

蕭雲抬眼瞄了瞄他。他這是什麼表情？「你不會是一直都以為我跟煦王爺有什麼吧？」作為一個古人，他真的不在乎女子的貞潔？

趙長輕沈著臉，不願意提這個話題，但是擔心蕭雲心裡會不舒服，所以還是耐住性子柔聲安慰道：「不能完全占有心愛的女人，固然心中有些遺憾，但是能夠與妳攜手共老，我也是心存感激的。」

「我們真的沒有。」蕭雲心寒地坐起身體。「你不相信我？」

「我不是不信妳。」趙長輕將蕭雲重新拉回懷裡，語氣低沈地道：「你們在一起十幾日，即便有什麼也很正常。但是那些已成過往，我在意又能如何？只會製造更多的遺憾。我們已經錯失了許多時光，就莫要再繼續浪費光陰了。」

蕭雲推開他的手臂，面容嚴峻地解釋道：「煦王爺想娶的是謝容嫣，結果看到新娘是我，氣得揍了我一頓，連夜進宮去了，回來後就把我扔進馬房裡，他恨我這個代嫁恨得想殺了我，我們怎麼可能有什麼？」

蕭雲一字不落地說出了當時的情況。雖然趙長輕不在乎她的第一次，但是她希望把完整的自己交給第一個深深愛上的男子，如果這件事給他們兩人心中留下一個結，那就太冤了。她當然要把話說清楚了。

猜不透趙長輕的沈默是什麼意思，蕭雲氣惱道：「你是不是不相信我？」

「雲兒？」趙長輕看著眼神誠摯的蕭雲，流露出狂喜之色，展臂擁住她，動情地說道：「妳竟為我留著完璧之身？」

在洛國，家家戶戶都有收藏新婚初夜床單的習俗，吟月將床單送回王府，他只當她是要告訴他雲兒受了傷，現在回想一下，吟月沒有向白錄取止血的藥，便是無事，他真是關心則亂！

「還說不在乎？看把你樂的！」蕭雲佯裝不高興地使勁推他。

趙長輕緊緊摟住蕭雲，喜悅地說道：「能夠完完全全地擁有心愛之人，我想天下間所有的男子都會快樂。」

「哼！」蕭雲推搡了兩下子無果，便由著他抱住。窩在他寬厚的胸膛裡，有一種很踏實的感覺。

「長輕願盟誓，定終生不負卿意。若違背此——」

蕭雲打斷他的話，開玩笑地說道：「發什麼誓呀！如果你違背諾言，不等老天把你五雷轟頂了，我就先動手終結了你！哈哈。」

趙長輕無比認真地說道：「若我負了妳，不必妳親自動手，我會自我了斷。」

「你太血腥了。」蕭雲一臉嫌棄地白了他一眼，撇嘴道：「愛就瘋狂，不愛就堅強，幹麼非得要死要活的？」

「愛就瘋狂？」趙長輕促狹地睨著蕭雲，她是個外柔內剛的女子，他已經抓到她了，就絕不會把對她好的機會留給別的男人。今生，她都無須堅強，他會為她撐起一個強大的世界，讓她偏安在他的保護之下，不受到一絲的傷害。趙長輕傾身靠近蕭雲，揚著壞笑道：「為夫煞是喜歡娘子昨夜的瘋狂舉止，今日要不要再來一次？為夫十分樂意奉陪。」

「你好色！」蕭雲不好意思回視他，翻身躲避他眼中的炙熱。

「只對妳……」趙長輕一隻手扳過蕭雲的肩膀，一隻手捧起她的側臉，欺身吻了過去。

溫柔攻勢排山倒海而來，蕭雲抵擋不住，身心淪陷。

有過一夜的融合，他們對魚水之歡不再有陌生和害怕的心，盡情地放縱著自己的渴望，任由自己的心而為，在親吻中建立屬於他們之間的親密默契。他們攜手共赴巫山，沈浸在不能自拔的歡愉裡，連帶著那清淡的藥香味，一起融入彼此的世界裡、身體裡。

一番雲雨過後，蕭雲又睡了過去，趙長輕摸出放在枕邊的藥，將蕭雲身上的瘀青處全部塗抹了一遍。

指尖帶著藥膏愛撫著她柔美的身體時，趙長輕剛消散下去的慾火又冒了上來。

她的滋味還停留在他的腦海中，如果不是她的身體才剛剛經歷這樣的事，他一定不會忍耐。

上藥的過程對他來說簡直是種折磨，漫長而痛苦，若非有超強的忍受力，他絕對會棄械投降。所以這個過程結束時，他長長呼了一口氣。

真想就這樣一直抱著她，到地老天荒，可是時間已經不允許他再多停留半刻。再不回宮裡，被人發現他不在，定會馬上分批去趙王府和這裡尋他。

他不想蕭雲受到打擾，所以輕手輕腳地起身熄了屋裡的燈，然後離開了。

當蕭雲半夜醒來時，身邊又是空的。

她低低地輕嘆了一聲，失落地趴在他剛才躺著的位置，閉上眼睛幻想自己還在他懷裡。

隨著朝聖一事的臨近，蕭雲越來越忙碌，表演服裝、出場順序，事無大小，她都要考慮得分毫不差。

繁忙之中，玉容閣來了一個人要見蕭雲。

「誰？」蕭雲問道。自從玉容閣東山再起，想見她的人多了去了，她哪見得過來？不然要保鏢守門幹什麼？

「是以前常來的那位李公子。」保鏢老實回答道。如果不是看李公子是老闆的座上客，他才不會來報呢！

蕭雲震驚。「他？」

她們已經跳了一個多小時，正好休息一下。蕭雲趁著這個時間，趕緊換上衣服去了大廳。

李辰煜坐在廳中的桌旁，神情複雜地看著玉容閣環境。

「唉呀，今天吹什麼風，把你這個貴人給吹來了？見你一面可真是不容易啊！」蕭雲悠悠地走向他，涼涼地調侃道。

「牡丹。」李辰煜收回目光，專注在蕭雲身上。他立起身看著蕭雲向自己款款走來，眼裡閃爍著奇異的亮光。

蕭雲故作憂鬱地說道：「多年不見，早已物是人非。如今這裡哪還有什麼牡丹？這裡只有蕭雲。」

「蕭雲？」李辰煜唸了一遍，中肯地評價道：「沒有牡丹好聽。」

蕭雲怔怔地看著李辰煜，他身上那分時隱時現的憨傻之氣不復存在，雙眼比以前明銳許多，她直覺他變了一個人，不像以前認識的那個李傻子。

「為何這般瞧著我？我臉上有東西嗎？」李辰煜犀利的目光直視著蕭雲，瞬間迸射出讓人無法忽視的戾氣。

如果是以前，他定會慌忙地摸摸臉，張揚之中帶著一股憨勁。而如今，他眼中那抹淡淡的陰厲教人看著發怵。

蕭雲搖搖頭，直言不諱道：「你變了。」

李辰煜不以為然，展眉一笑道：「人總是要成熟起來的，若一直幼稚下去，豈不可怕？

牡丹，喔，是蕭雲，妳也變得比以前更美了，眉宇之間多了幾分美婦人的柔媚之韻。」

蕭雲害羞一笑。人家都說一個女人最美的時候不是純真的荳蔻之齡，而是帶著一點純真，又帶著一點嫵媚的少婦時期。她現在的狀態應該就屬於這個階段吧！

被人這麼一誇，蕭雲不由得甜蜜起來，客套地回道：「你也成熟許多，以前你誇人都是直來直往的，只會用一些簡單而直白的詞彙，現在居然還會修飾了。有長進。」

李辰煜聽了，不但沒有高興，反而眼眸一黯，眼底多了一絲陰鬱。「那蕭雲覺得，是現在的我好，還是以前的那個我好？」

「這個……」蕭雲兩眼望天思索著，突然靈光一閃，對他攤開手道：「帶錢了嗎？給我一百兩好不好？」

李辰煜一愣，不解地掏出一百兩銀票遞去。

接過那錢，蕭雲開始仔細辨認。自從吃過他一次虧，她便學會了辨認真假銀票的能力。她確定這張錢是真的以後，說道：「不用假銀票是件好事。」

李辰煜錯愕，沈默片刻，釋然地苦笑道：「定是以前……我爹怕我被人騙，所以放了假的在我身上。我給過妳多少假的？我賠給妳。」

「呃？」蕭雲吃驚地看著李辰煜。他比以前聰明多了，不用別人說太多，就能透析出其中的意思，比普通人還精明。

李辰煜隨口回道：「許是發了一次燒之後，腦子變靈光了吧！」

蕭雲再次大吃一驚。他居然能讀懂她的表情，這就是傳說中的開竅嗎？

李辰煜掏出身上所有銀票，遞到蕭雲面前。「妳鑑定一下真假，再清點好數目，不夠告訴我，我吩咐隨從回家中取來。」

「不用了，你我朋友一場，紅袖坊又給了玉容閣那麼多優惠，那點小錢權當我請你的。你要是過意不去，就請我吃午飯吧！」蕭雲推回李辰煜的手，真摯地說道。

「只要妳肯賞光，午膳自然不成問題，不過這些錢妳定要拿著。」李辰煜說一不二，握著銀票的手放在蕭雲面前一直不收回去。

蕭雲好笑地瞅了他一眼，說道：「我們又要跟紅袖坊訂製服裝了，你把錢給我，我還要把錢送回紅袖坊，何必如此麻煩呢？」

李辰煜揚揚眉，優雅地收回手，道：「既然如此，就不推來推去讓人看笑話了。這次我專程前來，一是為了探望大家，再者是為了洽談合作一事。自我家中出了一些變故，許多老主顧與紅袖坊的合作便斷了，現在我承接父業，就想著找回合作關係，既然妳主動提出來，也省得我開口了。這些錢，我會在妳們的訂單中扣除。」

「不是我斷了與你們的合作，而是玉容閣停止歇業好長時間了，根本用不著訂新舞衣。現在我們被欽點進宮表演，所以才要再預訂一批的。」

「說來此事，我也略有耳聞，真是恭喜了。」

蕭雲誇張道：「全洛京都沸騰了，你才略有耳聞啊？」

李辰煜抱歉地笑笑，解釋道：「因為我一直有事纏身，所以前段時日不在洛京，最近才歸來，聽到的傳聞不多。」

蕭雲回想起以前聽紅袖坊掌櫃念叨的那些八卦，猜測李辰煜恐怕不只歷經發燒一件小事這麼簡單。如果一個人在性格上發生驚人的轉變，那麼這個人肯定經歷了一次很大的創傷。

她也曾如此，卻不知該如何安慰眼下的他，乾脆換個話題，問道：「李老闆還好吧？」

第六十二章

李辰煜眸光微閃，幽深地回視著蕭雲，道：「多謝關心，他在家中頤養天年，好得很。」

「那就好，改天有空，我去探望他。」

「不必了。」李辰煜冷淡地拒絕道。「他現在深居簡出，不喜人打擾。」

「喔。那你代我向他問聲好。」蕭雲訕訕地點點頭，覺得李辰煜的反應有點古怪。他心裡可能對李老闆不是親爹這件事還有點陰影吧！於是不再往下說，話鋒一轉，道：「你在這兒等我一會兒，我去拿畫稿給你。待會兒我們一邊吃飯一邊談舞衣的事情，你看怎麼樣？」

「妳時間緊迫，我也有許多事要辦，如此甚好。」

蕭雲先回房間換了身男裝，又去辦公室將畫了好長時間的衣服花樣拿上，交代大家一聲，就和吟月、李辰煜走了。

今天外出吃飯的人比較多，包間已經客滿，他們只好在外廳，挑一個偏裡的位子坐下。點了最愛的幾樣小菜，蕭雲讓吟月和李辰煜的兩個隨從再找個空位坐下，不要乾站著看他們吃。

李辰煜的兩個隨從做慣了跟班，你望望我我望望你，誰也不敢離開主子半步。

「我家小姐就是這種個性，你們不依可不行。」吟月知道蕭雲的脾性，所以便對那兩個隨從說道。

「我們這裡位子太小了，坐不下五個人，你們就不能委屈一下，多走幾步坐別的位子嗎？」蕭雲以商議的口氣問那兩個人。

兩人惶恐，忙解釋道：「小的們不是這個意思，小的走了，誰來伺候主子用膳？」

李辰煜皺皺眉，對蕭雲說道：「待會兒有什麼事，我們指喚誰去辦？」

「吃個飯能有什麼事啊？有人看著我吃，我吃不下去。」

李辰煜妥協了，側眸對身後兩人甩了個臉色，嗯了聲，他們聽從地跟隨吟月去別的空位子坐下。

李辰煜深邃地注視著蕭雲，說道：「妳還是以前的樣子，對身邊的人總是那麼好，連個架子都沒有。」

「嘿嘿，我能做衣服架子就滿足了。」蕭雲也不管他聽不聽得懂，玩笑地說道。

「我以前所有的朋友中，只有妳是真心待我的，不曾戲謔過我。」

蕭雲笑笑，道：「你對我也不錯啊，將心比心嘛！」

李辰煜苦澀一笑，語氣裡微微帶著痛苦。「我以前待他們也是極好，可是他們都存著戲耍我的心，不是欺負我便是騙我。連我第一個傾慕的女子也對我冷嘲熱諷，不屑一顧。」

蕭雲知李辰煜說的是謝容嫣，便好言安慰道：「你這麼好，她看不上你是她的損失。你只是失去了一個不愛你的人，沒什麼損失。」

聞言，李辰煜彷彿一下子釋懷了，展顏一笑，道：「妳真的覺得我好？」

「當然了，不然幹麼跟你做朋友啊？」

李辰煜幾乎有些迫切地問道：「那妳喜歡原來那個我嗎？還是現在這個我比較讓妳喜歡得多一點？」

「這個麼……」蕭雲為難了。今天的他比以前聰明許多，身上甚至帶著一些教人看不透的神秘感，襯著這張帥氣的臉，看上去非常有型。可是以前那個憨憨傻傻的他多可愛呀！

想了想，蕭雲說道：「你自己覺得是以前的你開心多一點呢，還是現在的你開心多一點？」

李辰煜目光放長，思緒飛到了從前沒心沒肺的時候。「自然是以前的我開心最多。」

「那還糾結什麼呢？人生苦短，就那麼幾十年，一晃就過去了，當然是自己開心最重要，幹麼要為那些不值得的人傷心苦惱？」

李辰煜垂下眼簾，陷入了思索中。許久，他抬起頭，眼裡一片清朗。「牡丹，跟妳一起說話，心裡什麼怨念好像都放下了。」

蕭雲好笑地瞅著他，說道：「你心裡還有怨啊？原來你挺記仇的。人的眼睛為什麼要長在前面？因為老天要你向前看，把過去的事拋之腦後。記住，你眼前的人，叫蕭雲。叫我蕭雲，記住了嗎？」

「那我以後可不可以，」李辰煜緊緊盯著蕭雲，低聲試探地問道：「喚妳雲兒？」

蕭雲正欲嚥下的食物猛地一下卡在了她的喉嚨，害得她開始咳嗽起來。李辰煜體貼地倒杯水給她，替她拍後背，關切地問道：「雲兒，妳有沒有好點？」

「打住、打住！」蕭雲捂住胸口，一邊咳嗽一邊斷斷續續地說道：「別！叫我蕭雲就行，千萬別那麼叫我。」

在她看來那只是一個稱呼，叫什麼都無所謂，可是這裡是古代，即使長輕無所謂，難免別人會說是非。

「為何不能喚妳雲兒？我們關係如此親近……」

「閉嘴！」蕭雲瞪他。他不是開竅了嗎？怎麼突然又糊塗了？「要麼叫我蕭雲，要麼就叫蕭老闆，只有這兩個選擇。」

「我還道妳會傷心，想過來探望妳，原來妳已經找了一個替身，挺快的！」

一個帶著諷刺口吻的男子聲音忽然冷冷地傳過來。

蕭雲和李辰煜一齊看過去。

來人五官端正，身形高大，一襲藍色絲綢長衫覆身，向著他們信步走來，一言一行中流露出一種高不可言的姿態，典型的富家公子哥兒形象。

「他若是看到，不知會做何感想？」男子站在蕭雲面前，揚著下巴睥睨著蕭雲，傲慢地說道。

蕭雲仰頭瞧著他，茫然地道：「你在胡說八道些什麼？我一句都沒聽懂。」

「莫小侯爺，打擾別人用膳很不禮貌。」李辰煜不悅地冷眼斜睨向他，不帶溫度的語氣似乎在責備他不該這個時候過來。

這不是一個傻子該有的表情。

莫庭軒對李辰煜的反應感到吃驚，微愣一下後，他出言諷刺道：「想不到蕭老闆還有治癒傻子的妙方。」

「小侯爺這話何意？」李辰煜周身頓時升起一股肅殺之氣。

蕭雲和莫庭軒明顯感覺到了那種拒人千里之外的寒意，心裡暗暗驚訝。他果然和以前不一樣了！

蕭雲抓住李辰煜的胳膊晃了晃，關心地問道：「李辰煜，你沒事吧？」

看到蕭雲滿眼的擔憂之色，李辰煜渾身上下的殺意瞬間消失得無影無蹤，垂下眼簾，道：「沒事。」

每個人心裡可能都藏著一個痛處，一旦被人揭開，就會自我保護。就好比她聽到「痴子」這個詞會變得特別敏感一樣，蕭雲理解那種心情，起身怒視著莫庭軒，責怪莫庭軒道：「你今天怎麼回事？哪來一堆亂七八糟的話？」

莫庭軒雖然穿著雍容華貴，十足富家公子哥兒的架勢，但是透過之前的相處，蕭雲覺得他是個不會去欺負弱者的人。

李辰煜今天不正常，他也不正常。

「敢做還不敢讓別人說了？」莫庭軒鄙夷地道。

這個位子比較隱密，不易被人注意到，可是他說話音量高，周圍已經有食客朝這裡看過來。吟月他們三人也起身過來，李辰煜那兩個隨從虎視眈眈地瞪著莫庭軒身後的隨從，一副要大幹一架的勢頭，周圍的人看得更起勁了。

「你今天瘋什麼？」蕭雲怒瞪著他，轉身對李辰煜說道：「你在這裡等我一會兒，我去去就來。」

對李辰煜說完，蕭雲拽著莫庭軒往外走。

呤月放下筷子，擔心地跟了出去。

「別拉拉扯扯的，像什麼話！妳不在乎廉恥禮儀，我在乎。」莫庭軒揮甩手臂，不屑讓蕭雲碰自己。

「你也知道不像話？那你幹麼當那麼多人面跟我開那種玩笑？還挖苦人家是傻子，人家哪裡得罪你了？」

吵嚷間，兩人已到了門外，尋一處僻靜的位置，蕭雲開始跟他理論起來。

「我開玩笑？我可沒那心情跟妳這種女子開玩笑。」莫庭軒別開臉，冷嘲熱諷地道：「妳可真是飢不擇食，傻子都能將就。」

「呵……你以為我跟他有什麼？」蕭雲朝天翻翻眼，好笑地解釋道：「剛才我不小心嗆了一口，他替我拍拍背而已。我這不穿著男裝嘛？有什麼呀？要是你嗆著了，我也會替你拍背順氣的。」

莫庭軒半信半疑地睨著蕭雲。「妳跟他當真什麼也沒有？」

「當然沒有了。別一口一個傻子的，太傷人了！」

莫庭軒終於信了她，收起輕蔑的眼神，可是嘴上還是不饒人。「那妳身為女子，也該主動與男子劃清界線才是。不知道妳是女子的人不會說三道四，若是碰上認識妳的，定會引起誤會。」

「有什麼可誤會的？玉容閣過段時間要到宮裡表演，這件事你又不是不知道，我們正好出來吃個飯，談一談在紅袖坊訂服裝的事情。就算沒這事，我還不能跟異性出來吃飯了？洛國才子佳人結伴同行的多了去了，憑什麼我不可以？」

誤會解釋清楚了，莫庭軒自知理虧，不甘地嘟囔道：「外面那些與男子同行的女子還未訂親，若訂了親事，妳看還會不會有女子敢出來與別的男人結伴同行？」

蕭雲會心一笑。他肯定是知道了她和趙長輕的事，趙長輕都沒說什麼，他居然在這裡窮緊張，真是！「嘿，誰認識我呀？」

「等朝聖一事結束，妳就出名了，洛國誰不認識妳？」

「我又不上場，最多玉容閣的招牌和我的名字紅一回而已。」在古代做名人沒必要到哪裡都遮遮掩掩的，這裡的媒體又不發達，對於這一點，蕭雲非常放心。

莫庭軒若有所思地點點頭，說道：「倒也是。趙王爺壓根兒不會把妳公諸於世，妳名頭再大，也掀不起什麼大風大浪。」

蕭雲一愣，突然有一種很不好的感覺。「你剛才說什麼？」

莫庭軒挑起眉毛，狐疑地看著蕭雲。「妳是當真不知呢，還是偽裝什麼都不知道？」

蕭雲有些急切地命令道：「說人話！」

「看來妳真的一無所知。最近，凡三品以上官員家中未婚嫡女，按生辰前後，每日排隊進宮，覲見趙王。皇上要求趙王必須從中挑選出十名他認為最出色的女子，然後選為正妃、側妃、妾室。我家中未婚的嫡姊嫡妹也去了，有一個已經被選中。」

蕭雲思緒飛遠——她問他最近忙什麼，他好像一直掩飾過去，沒有作答，原來他忙的就是這個。

心陡然一下掉進了寒天雪地裡似的。

「趙王有多出色，天下人有目共睹，妳的好，知道的人卻不多。聽說了你們的事，我本十分支持，可是，長輩們絕然不會同意，他們只以為趙王在軍中沒見過什麼女人，所以安排如雲美女與他接觸，聽說他們相處甚好，已經定了好幾位下來。或許現在，連趙王自己也認為見識的女人太少了吧！」

蕭雲嗤之以鼻。聽說？恐怕是有心之人故意傳出來，想讓她聽的吧！

「我知道妳很好，但是妳的身分……即使換了，也配不上趙王。皇上對他的器重超過那些皇子，以他在洛國舉足輕重的地位，他對妳再有心，也只能藏著妳。我看在朋友一場的分上，衷心地奉勸妳，還是選一個平庸點的男子依靠吧！煦王爺最近在異鄉遠巡，或許妳可以等他回來，說不定——」莫庭軒好心好意地安慰道。

作為朋友，他的這番勸告確實令人感到溫馨，但是蕭雲仍然開口打斷了他的話。「小侯爺，沒什麼事的話，我回去吃飯了，我剛才沒吃飽。」

她一臉平靜，語氣平常，恍若對莫庭軒剛才說的話毫無反應。

莫庭軒認識的蕭雲是個性格獨特的女子，所以他認為她受刺激過度了之後，有這種反應也很正常，於是深表同情地拍了拍她的肩膀，戚戚囑咐道：「多吃些。」

「剛才還說別拉拉扯扯的。」蕭雲推開莫庭軒的手，半真半假地道。

回到飯館裡面，蕭雲若無其事地對李辰煜笑了笑，打聲招呼，拿起筷子繼續吃飯。

「小侯爺跟妳說了什麼？」李辰煜緊張地看著蕭雲，問道。

「沒什麼，快點吃飯，菜都涼了。」蕭雲大口挾著飯菜往嘴裡塞，一心專注在食物上。她的肚子現在極度空虛，迫切地需要有東西來填滿它。

聽說趙長輕整天面對一大票美女，有天大的理由她也忍不住心裡酸酸的感覺，不化悲憤為食量，她能怎麼辦呢？像個潑婦一樣去宮門口大吵大鬧，喊趙長輕出來後，再指著他破口大罵？

那樣她下不來臺，趙長輕更是面上無光，還讓那些就等著她自毀形象地跟趙長輕鬧翻的人暗自得意。

她才不上那個當呢！

她要耐心地等到夜深人靜，趙長輕來找她的時候，哼，看她怎麼收拾他！

鞭刑？滴蠟？ＳＭ？選哪種呢？

想到一個壞笑起來妖嬈如魔的男子在她的魔掌之下被虐得體無完膚，蕭雲就心情大好，吃得也香。

「蕭雲、蕭雲，雲兒？」李辰煜推了推沈浸在邪惡世界裡的蕭雲。

蕭雲立刻回神，黑著臉，不容商量地強硬要求道：「要麼叫蕭老闆，要麼叫蕭雲。」

李辰煜掙扎了一會兒，最終決定叫蕭雲。

「什麼事？」

「看妳莫名笑起來，擔心妳。」

蕭雲動了動臉，恢復正常的神情、正常的語氣，說道：「我沒事。欸，我問你，你會武功嗎？」

李辰煜端著茶杯的手停在唇邊，眼簾一掀，目光變得幽深起來。他深邃地看著蕭雲，慢慢地吐出兩個字。「不會。」

「騙我。」蕭雲目光炯炯地逼視著李辰煜，語氣很肯定。

李辰煜沈著地道：「何故妳認為我是在騙妳？」

「你真不會？」蕭雲仔細地盯著他的眼睛，狐疑道。

原來是在詐他。李辰煜瞳孔一鬆，笑道：「我若會武功，還能由得別人欺負嗎？」

蕭雲露出迷茫的表情。她那天在市集上看到的人是誰呢？「唉，那天我看到一個人，身高、體型和你都很像，最重要的一點，就是他身上穿著一件和你一樣的衣服。還記得那件青綠色的衣服嗎？之前你說我設計的衣服好看，纏著我非要給你專門設計一件，這件衣服全洛國只有你有，想不到現在也出現山寨版的了。」

李辰煜眼神一凜。「有人仿造那件衣服？是哪個山寨的？」

蕭雲噗哧笑了出來。

李辰煜被她笑得一頭霧水，推測道：「這個山寨很厲害？」

「不僅厲害，還很強大！」蕭雲豎起大拇指，捂著肚子笑道。

李辰煜信以為真，神情很嚴肅。「洛京附近竟還藏著這樣一批人物。」

蕭雲笑得前仰後合。他還和以前一樣，容易相信別人，能夠保持這種純真的秉性真好。

「李公子，你有時候很可愛。」

李辰煜的臉驀地飛上兩片紅暈。

「不過你臉皮比以前薄多了。」以前他被人誇，只會衝人家傻笑，現在居然懂得不好意思了。蕭雲不禁更加好奇，他到底受了什麼刺激，或者是吃了什麼神奇的妙方，使得他心智大開？還是……被穿了？

第六十三章

蕭雲被自己這個猜想嚇了一跳，她謹慎地盯著李辰煜的表情，試探道：「天王蓋地虎（注）？」

「什麼？」李辰煜雙目迷茫地看著她。

「呵呵，沒什麼。」看來是她想多了。蕭雲自嘲地笑了笑，喝了幾口茶，她喊店小二過來收拾桌子，然後將自己帶來的畫稿擺上來，收起笑容，一本正經地對李辰煜說道：「茶足飯飽，我們來談點正事吧。你現在接管了紅袖坊，對業務應該也熟悉了吧？我跟你談一談對這批服裝的具體要求，你看怎麼樣？」

李辰煜拿出談生意的樣子來，認認真真地道：「我正有此意。」

他初入這一行，對商談細節不是非常熟悉，蕭雲說得很投入，每個複雜的地方都跟李辰煜講得明明白白，李辰煜不由自主地被她帶入了專業的領域。

辦完公事後，蕭雲直接奔向男子跳舞的場地，繼續忙碌著。

一路上，吟月一直注意觀察著蕭雲的舉動，猜測她的平靜是否刻意裝出來的。停下來後，吟月盡自己最快的速度將今天的事彙報出去。

注：天王蓋地虎，1957年出版的中國小說《林海雪原》裡土匪的黑話，「天王蓋地虎」的後一句接「寶塔鎮河妖」。

本以為主上會飛快趕來，沒承想過了五天，主上那邊仍然沒有動靜。

而蕭雲這幾天如往常一樣，該吃就吃，該睡就睡，小侯爺的話沒有驚起她的一絲波瀾。

這兩個主子到底在想什麼？吟月望天長嘆。主子們的心思，用俗人的腦子果然想不出來。

當然了，她不知道，有的人表面平靜只是裝出來的。

自從聽說了那件事，蕭雲每天晚上都在等待那個人的到來，等他溫柔地抱住她，柔聲哄著她，向她解釋。可是望穿秋水了，那個人久等不來。

按說以往不管她發生什麼事，他都會第一時間知道的，這件事他不可能不知道，莫庭軒和她說話時，吟月就站在旁邊。

「不會是真的看上了誰，不敢來見我了吧？」時間一久，蕭雲控制不住自己開始胡思亂想。

坐在桌子旁發了許久的呆，蕭雲幽怨地嘆了口氣，感覺自己活像個深宮裡的怨婦，每天唯一期盼的就是皇上的臨幸。

瘋了……

「我怎麼能這樣呢？我是新時代的女性，我應該獨立自主，自強不息才對！」蕭雲自我教誨道。失了一會兒神，她決定收回所有心思，安心地思考宴會那天的程序要怎麼安排。

她強迫自己沈浸在工作當中。

半晌過後，有個修長的身影輕手輕腳地推門而入，她渾然不覺，依舊伏案而作。

當趙長輕進來後，被暗黃的燭光襯得柔和的蕭雲便躍進了他的視線中，她安靜坐在那兒，在燭光下寫寫畫畫，姣好的面容上時而蹙眉，時而舒展眉心，非常投入的神情使她渾身散發出一股攝人的魔力。趙長輕瞧著瞧著，不由得看癡了。

良久，硯臺裡的墨用完了，蕭雲放下筆想再磨一點墨，抬眼便睨見趙長輕乾站在那兒，目光緊緊地鎖在她身上。

他終於捨得來了。

不知道為什麼，一看到他注視著自己時，那種專注的眼神，蕭雲心中所有的幽怨瞬間化作了空氣，消失在無形的夜中。

可能是他的外貌太攝人心魄了，她只需看一眼，便不由自主地迷失在他迷人的深眸中，無法自拔。

此刻的她，忽然什麼都不想問了。變了的心，即便能挽回來她也不稀罕。若他變了，說再多也無力回天；若他沒變，問了只會增加吵架的機率，更會令人徒增煩惱，何必呢？順其自然最好。

蕭雲釋懷地露出輕鬆的笑意，語氣都不自覺地柔軟起來。「什麼時候來的？幹麼站在那兒不出聲？」

蕭雲恬淡的笑容讓趙長輕回過神來，他露出溫柔的微笑，注意著蕭雲的表情，信步走過去，優雅地從她手中拿過那根墨，道：「我來為妳紅袖添香。」

「謝謝。」蕭雲淺然一笑，低下頭繼續工作。

趙長輕默默地站在她身側，專心地看著她，耐心地等她完成手上的事情，然後放下墨，去放水盆的木架子那兒淨了淨手，又回到蕭雲身邊，兩手搭在她的肩上，說道：「累了一天還要做功課，我替妳揉揉肩吧！」

話音未落，趙長輕便已動起手來。

他的手指張弛有度，力道恰到好處，緊張了一天的肌肉得到放鬆，蕭雲不由自主地閉上眼睛，享受著他的體貼，不時地出聲評價他的服務。「嗯……好舒服，快睡著了。」

按了一會兒肩膀，趙長輕將蕭雲抱到床上，取下她的拖鞋，將她筆直的雙腿放到自己腿上，準備下手。

蕭雲驚愕地看著趙長輕，有一種受寵若驚的感覺。「你要替我捏腿？」

「蹦蹦跳跳一天，腿不累嗎？」趙長輕神情自然地反問道。

「那也不能勞駕你堂堂王爺動手啊，多不好意思？」蕭雲竊喜，跟他假客氣了幾聲，腿卻沒有拿開的意思。

趙長輕莞爾一笑，任勞任怨地替她揉起腿來。

通常男人在外面做了錯事，回家後都會對妻子無事獻殷勤。他的行為讓蕭雲混亂的思緒又抑制不住地冒了出來。

不過他捏得好舒服，她整個人都放鬆了，昏昏欲睡。

在她快要睡過去之前，趙長輕磁性的聲音傳進了耳朵裡——

「妳沒有話想對我說嗎？」

終於來了！

蕭雲倏地睜眼，眼裡閃過一絲戒備。沈默了一下，她搖了搖頭，低頭不看他，道：「沒有。」

趙長輕目光幽深地看著蕭雲。他以為她會生氣，會衝他發火，或指責或大罵，可是她統統沒有，她的反應讓他發現自己似乎永遠都看不透她。

就在趙長輕小心翼翼地暗自揣摩著蕭雲的想法時，蕭雲突然抬起頭，清亮的眼睛真摯地看著他，說道：「我相信你。」

趙長輕眼中漾起一圈又一圈漣漪，他動容地喚了一聲「雲兒」，然後將蕭雲緊緊擁入懷中。

僅僅四個字，涵蓋了一切暗藏壞心的流傳，勝過一切蒼白無力的虛傳。

「我愛你，所以不用你多說什麼，我都會義無反顧地選擇相信你。」蕭雲緊緊抱住趙長輕的身體，深情地告白道。她也不知道自己為什麼會突然說這種話，可能是今晚的月亮太美了，也可能是他俊逸無雙的容顏傾覆了她所有的理智，反正她就是很想對他說這些話。什麼矜持，什麼含蓄，如果他真的不在了，那麼不論她矜不矜持，都沒有任何意義了。

能相愛一時，就要好好珍惜。

「雲兒！」趙長輕如獲至寶般珍惜地將蕭雲緊緊抱住。不枉他之前磨透心思考慮怎麼哄她開心，趙長輕拉開蕭雲，寵溺地點了點她的鼻尖，道：「我沒白疼妳。」

他幾乎等於被皇上、父母等人軟禁於宮中，雖然他們沒有明說要他選妃，而是說替太子等皇子們選妃，讓他負責挑選最為出色的女子。但實際上，他們想讓他多接觸這些才貌出眾的女子，從而能夠放下對蕭雲的執念，這心思他看得一清二楚。他怕把話挑明了，直言拒絕，皇上會對蕭雲做什麼，被逼無奈之下，為了暫時維持表面上的和氣，他才如此。

雲兒能懂他，完全地信任於他，他此生何其幸哉？

「喔……所以你替我捏腿，還是帶有目的？哼。」蕭雲佯裝生氣地撇嘴控訴道：「我就知道你不會無緣無故對我獻殷勤。」

趙長輕捧起蕭雲的臉，聲明道：「為夫是真心心疼娘子的，前幾次來晚了，確實忘了替妳捏腿，是為夫的錯，當罰。以後每次來，為夫都替妳揉肩捏腿好不好？」

蕭雲斜睨著他，揚起下巴傲嬌道：「看在你認錯態度良好的分上，我就勉為其難給你一次將功補過的機會吧！不過，還是得罰。」

「不管娘子如何懲罰，都是應該的，為夫絕無半句怨言。」趙長輕信誓旦旦地道。

「當真？」蕭雲表面很平靜，內心卻翻湧著狂笑。她開始思考：鞭刑？滴蠟？還是SM？

趙長輕點頭，一副大丈夫說一不二的姿態。

「你先去滅了燈。」蕭雲揚揚下巴，頤指氣使道。

趙長輕挑眉。他的小妻子究竟在打什麼壞主意？

隨手一揮，那盞燈便被一陣勁風吹熄了，蕭雲嘴巴張成一個「O」。所謂隔山打牛不過如此吧？她的老公好厲害啊！

蕭雲捂嘴偷笑了一會兒，然後一本正經地命令道：「脫了衣服。」什麼？

趙長輕一愣，隨即失笑，隱在暗中的眼睛閃閃發亮，眼中的興味越來越濃厚。見他不動，蕭雲不滿地嘟起嘴。「不是任我罰的嗎？反悔啦？」

「不悔，不悔，只是妳確定？」

「我確定、一定以及肯定。」蕭雲斬釘截鐵地說道。

趙長輕嘴角噙著笑，優雅地一一將衣服脫下，丟至一旁。到了最裡面那一層，他笑問蕭雲。「還繼續嗎？」

蕭雲伸手過去摸了摸，沒脫乾淨，於是道：「繼續，脫光了為止！」

「妳究竟要做何？」趙長輕隱約覺得不是什麼好事。

蕭雲等著他把最後一件脫完，然後惡作劇地陰笑道：「到下面去，給我跳一段豔舞。」

「什麼？」趙長輕詫異了一下。藉著射進屋中淡淡的月光，他看見蕭雲抿著嘴偷笑。這個磨人的小妖精，全天下也就只有她敢這樣對他了。可是他始終是個大丈夫，寵著心愛的女人沒什麼，但是不能寵得她無法無天了。

趙長輕嘴角勾起痞痞的笑，問道：「娘子確定？」

蕭雲一愣，本來以為他會暴跳如雷的，但他非但沒有，反而笑著對她說話，這個反應讓她突然很沒骨氣地害怕了起來，主動退讓了一步。「呵呵，你這個硬邦邦的身板，跳豔舞有點勉強你了，還是來段醉拳吧？」

光著身子練醉拳？那是得有多滑稽呀！和趙長輕飄然的神仙形象簡直天差地別呀！蕭雲期待著他跳舞，又不想他自毀形象，心裡矛盾極了。他的五官之中，每一個都美得令人驚嘆，無論是那雙斜飛入鬢的劍眉，如寒星清澈澄明的深眸，或是直挺挺的鼻，和性感的薄唇。

他實在是好看，即便看了無數次，也沒有令她出現厭倦。

如果他真的跳了，那麼完美的形象就徹底毀了，他身為一個男人的自尊可能都會受到不小的挫傷。蕭雲打起了退堂鼓，暗暗決定只要他真的那麼做了，她一定阻止，但是……在沒有發生之前，不妨先逗逗他，看他這個泰山崩於前而面不改色的大將軍會如何應對？

趙長輕沈默不言，蕭雲明明看不清他的眼神，可身體還是不由自主地一節一節矮了下去，他們好像兩個比拚內力的人，不用開口說話，只用氣場來鎮壓對方。蕭雲感覺自己這邊的氣勢越來越弱，語氣都軟了下去，條件一再被她自己降低。「要不，跪個洗衣板算了……」

趙長輕將蕭雲怕怕的表情盡收眼底，滿意地笑了笑，自己還是能震住她的。待她的火焰完全下去了，他以迅雷不及掩耳之勢撲身過去，將她嬌小的身體鎖在懷裡，長腿勾起被子，準確無誤地覆於兩人身上。

「啊……你幹什麼？」猝不及防地被人欺身壓住，蕭雲驚訝地尖叫了一聲。趙長輕不由分說地含住她飽滿的唇，給她一個眩暈窒息的狂熱之吻，兩手捉住她的手臂，固定在一起，然後摸出脫在一旁的外衣，綁住她的手腕扣在床頭上。一削弱她的抵抗，趙長輕開始上下其手。

「喂，你、你居然……居然綁我……你這個混蛋！」蕭雲兩手高舉於頭頂，被固定起來，兩腿又被壓住，她只能扭動身體表示抗議。「我是讓你……你給我，下、下去……」

趙長輕魅惑地半瞇起長眸，壞笑道：「娘子不是讓為夫跳舞給娘子看嗎？這是為夫自創的，邀娘子共舞，一同領教一下如何？」

趙長輕在蕭雲的怒目圓瞪下，一件一件扯開她的衣裙。

「你、你？」蕭雲眼見著自己一絲不掛地裸裎在他眼前，不禁雙頰嫣紅，又羞又惱。

「又不是……脫衣舞，你脫……我衣……別！」

看到一個女人完美的身體呈現在眼前時，趙長輕有一瞬間忘記了呼吸。

「別看我！」被他直勾勾地這麼看著，蕭雲恨不得找個地洞鑽進去。

趙長輕的大手攀上蕭雲豐滿的渾圓，微微用力揉搓，片刻後又迫不及待地下移，探向那瑰麗神秘的境地，修長的手指在裡面盡情地挑逗、撫弄，直到潮濕。趙長輕拿出手，帶著笑意，晃著微微發亮的手指對蕭雲說道：「妳的身體可比妳誠實多了。」

「混蛋！」蕭雲嬌嗔一聲，然後緊緊咬住下唇，堅持不在他的淫威之下屈服，身體卻不受控制地輕輕顫抖。現在身體裡已經是熱血翻湧，要那什麼就直接一點嘛！非要看到她主動渴求嗎？安的什麼心，壞人！

還不認輸求饒？真是倔強的小丫頭。

這一次趙長輕沒有心疼地放過她，而是繼續邪笑地盯住她的身體，看著她在他的愛撫下變得酥軟發燙。

想我求饒？作夢！那就看看誰更有耐性好了！蕭雲緊緊咬著下唇，閉上眼睛不去看他，堅決不投降。

趙長輕吃吃笑著，視線隨著指尖遊走在她玲瓏有致的身軀上，忍不住發出一聲讚美。「雲兒，妳真的好美……」蕭雲的忍耐力真的出乎了他的意料，她沒有沈淪，他卻已經慾火難耐，賁張欲出的渴望，激烈地鼓舞著他舉手投降。

不出片刻，他便心甘情願地拜倒在蕭雲的柔媚之下，抑制不住地俯下身去，咬住她的耳垂。

「嗯……」這是個敏感的地方，稍微一碰觸，全身一瞬間被點著了。

聽到蕭雲嬌媚的呻吟，趙長輕下腹一熱，分身情不自禁地堅挺起來。

想就這樣與她一起沈淪在彼此的需要之中，可是，想起上次給她的傷害，趙長輕於心不忍。這一次他絕不能心急，他一定要等到她的身體準備充分了。

趙長輕拿出行軍時的堅毅韌性，強壓下自己的衝動，開始親吻她的脖頸，一點一點經過高聳的玉峰，一路向下，兩隻手臂溫柔地分開她的雙腿，讓嚮往已久的神秘花園暴露在自己面前。

那粉嫩的漩渦彷彿帶著磁力，將他深深地吸了進去。

「別……」蕭雲楚楚可憐的，幾乎忍不住開口求饒。她快接近崩潰的邊緣了。天，什麼都被他看到了，以後在他面前，還有什麼神秘感可言？

「別害羞，雲兒，讓我好好愛妳。」趙長輕低磁的聲音充滿了誘惑，他俯下身軀，舌頭在秘密花園裡旋轉，一遍一遍地逗弄著，直到蕭雲發出無助的聲音，花園裡流出甜甜的水流，他的身體到達緊繃。

「長、長輕……」蕭雲滿心錯亂，再也把持不住，嚶嚀出聲。這簡直就是折磨啊！趙長輕，算你狠！你贏了！

趙長輕捧起蕭雲粉撲撲的臉，道：「告訴我，妳要我？嗯？」

「我……」蕭雲氣結。這還用說嗎？那麼露骨的話，教她怎麼說得出口呀！

第六十四章

「雲兒，快告訴我……」趙長輕耐住性子柔聲哄道，精壯的身軀緊緊壓住她，使她逃脫不得。

蕭雲羞於啟齒，咬住下唇的嬌羞模樣嫵媚至極。那種話，她實在說不出口，可是她內心非常真實地渴望著他的到來，糾結之下，她露出乞求的目光，可憐兮兮的表情，嗲聲撒嬌道：「你……要不要強暴人家一下？」

趙長輕眼裡閃過驚詫，所有的慾火在一瞬間燃燒起來。「妳這個磨人的小妖精！」知道她已經完全準備好了，趙長輕將蕭雲筆直的長腿放在自己的肩上，挺起自己修長有力的身體長驅直入。

「喔……」蕭雲對身體裡猛然進入的碩大驚呼不已。那麼灼熱的堅挺，他竟然忍到了現在……以後千萬別跟這種男人比耐力！

這次的進入非常深，深到蕭雲不可置信。他一下一下地往裡撞著，似乎要把剛才隱忍的全部都傾洩出來。沒有任何疼痛感，充足的前戲讓蕭雲及早地便進入了狀態，完整地享受著心愛的男人帶給自己的極致快感，迷失在這樣的魚水之歡中，心底甜得溢出一層又一層的蜜。

蕭雲徹底敗給自己了。一會兒很生氣，氣他這個氣他那個，故意跟他對著幹，一會兒又忍不住對他流露出萬種柔情，對他說那麼肉麻的話。

如此反覆無常的心情，或許這就是戀愛吧！

忽地，腦際閃過一道白光，蕭雲幾乎消失殆盡的神志陡然清醒。她睜開眼睛看著趙長輕，問道：「我們第一次，你好像就很熟練……」

每一次歡愛，她好像都會分心。趙長輕微微惱道：「知道為什麼嗎？告訴妳，這是身為男人的本能！」

說完，身體更加用力地往最深層撞去，表示對她分心的懲罰。

「啊……」蕭雲的意識再次被趙長輕強行拽了回來。這次比以往任何一次都要刺激，在他越來越快的律動中，蕭雲無暇多想，控制不住自己的情緒，甜美地嬌喘，甚至輕扭腰肢，主動配合他進擊的節奏。

天，她被這個狂魔給色誘了。

「啊，嗯……嗯……」趙長輕的強悍引得蕭雲嬌喘連連，胸前的高峰也隨著劇烈的動作掀起誘人的波浪，趙長輕意亂情迷，下身更是用力起來，手扣在她的腰背上，一邊幫她弓起身體，跟上自己的節奏，一隻手又忍不住撫摸她的翹臀。

當蕭雲意識到自己叫得太過放……蕩了，她極力地控制自己閉上嘴巴，免得被起夜的人聽到，難為情了。

趙長輕一眼看穿了蕭雲的擔心，再次貼上她的唇，讓她的聲音淹沒在自己的唇齒之間。

兩人配合得天衣無縫，沒有任何顧慮，盡情地享受著身心結合帶給他們的快樂。

光。

外面月朗星稀，屋內情意正濃，他們默默無言地相擁著，共同度過膠著如蜜的靡靡時光。

提醒的聲音又不輕不重地傳了進來。

吟月聽到無彥發出的那個暗號，頗為同情地朝屋頂上面瞥了一眼。

屋裡發生了什麼，他們武藝高強，想聽什麼肯定能聽到，但是他們有著身為下屬的自覺，一心防備著隨時可能出現的外人，所以無心聆聽那個房間裡面的風月，卻心知肚明裡面有著怎樣的濃情密意。

這種時候被人打攪，主上肯定很惱火。無彥這份吃力不討好的差事，幸好沒有落到她的頭上。

在這樣依依不捨的深情之下，朝聖之日成了趙長輕此生中最殷切期盼的事。

這天，訓練結束之後，蕭雲和吟月從外面回到玉容閣。

兩個陌生的高大壯漢把守在門口。他們的體型和裝束，與洛京人有微微的差異。太子派來的兵因為最近宮裡忙不過來，已經被調回去了。

「我什麼時候把保鑣換了嗎？」蕭雲眨眨眼，迷茫地問向吟月。

只見吟月露出警惕的神情，雙目炯然地向四周轉了轉，嚴肅道：「好像有什麼不對勁。」

蕭雲和吟月對視了一眼，又瞟了瞟面無表情的守門人，一步步從他們眼前踏進裡面。

剛踏進去，便看到地上跪滿了自己人，蕭雲不禁一怔，抬頭看向最上首的位子。

那裡，坐著一位十六、七歲年紀，神態卻非常高貴的女子。她一襲淡青色襦裙，外襯白玉色百褶曳地宮裝羅裙，一條湖藍色繡銀線玲瓏錦帶繫在不盈一握的纖腰上，錦帶上繫著羊脂白玉玉珮，一柄由羊脂玉所雕成的玉簪斜插在綰成桃花髻的青絲中，削肩細腰，高挑身材，鵝蛋臉，一張潔淨的小臉上鑲嵌著一雙玻璃珠般黑白分明的大眼睛，那雙眼睛眨動起來，如蝴蝶撲翅般優美，唇不點而含丹，眉不描而橫翠。

如果說蕭雲在這個世界上看到最漂亮的女人是謝容嫣，那麼日期只限於見到這個女子之前。

這個女子的皮膚並不如閨閣小姐那樣白皙，但身上有著一股英姿颯爽之氣，別有一番美韻。

好一個純天然的氣質美女！

饒是蕭雲已經近距離看慣了趙長輕驚為天人的美貌，再見到這個女子時，也忍不住暗暗驚嘆了一聲——世間竟有如此完美的女子。

當她驚訝的同時，美女也注意到她了。

蕭雲一進屋來，她便看到了，但是她的視線沒有在蕭雲身上停留片刻，直接轉向。她辨認出蕭雲身後站著的人是吟月，水杏般的大眼劃過一絲陰冷——他竟然將吟月放在她身邊，吟月可是他的親信！

由此，她猜出了蕭雲的身分。

她便是她要找的人。

「來者何人？」美女身後的男子提劍指向蕭雲這邊，森然問道。

他有著古銅色的肌膚，身形高大，五官端正，勉強算得上英俊，不過蕭雲不喜歡他那陰騖的眼神。

「我是蕭雲。」蕭雲淡淡回答道。她待人接物向來遵從先禮後兵的原則，不過若對方給臉不要的話，她也絕不會心慈手軟，任人捏扁搓圓。回答了對方的問題，現在該輪到她了，她語氣裡帶著微微的不悅問道：「請問你們是哪位？為何要讓我的姊妹們跪在地上？」

「公主在上，妳們一介賤民不跪地上，豈不是辱了公主的高貴身分？」男子冷厲地回道。

蕭雲正要不客氣地回擊，美女清脆的聲音緩緩響了起來。

「妳就是蕭雲？」美女終於把眼高於頂的視線投注到蕭雲身上。她仰著下巴，以女王般的姿態睥睨著蕭雲，上下打量了她半天，最後朱唇裡慢慢地吐出四個字。「蒲柳之姿。」

「呵呵。」蕭雲沒有在意，優雅地扯起嘴角笑了笑。

美女公主挑眉。「笑什麼？」

「想笑就笑，我活著又不是為了取悅別人，長什麼樣做什麼事，關別人什麼事呢？」蕭雲不羈地笑笑。

美女神色一凜，再看蕭雲時眼光裡多了一層考究。好一個性情獨特的女子，難怪趙王會變了心意。

「大膽賤民，此乃御國宛露公主，不得無禮！」美女身後的男子衝著蕭雲厲聲呵斥道。

御國宛露公主？

蕭雲的雙眸驀然一滯。就是那個和親公主嗎？

環視一圈，蕭雲發現宛露公主帶來的隨從中沒有人穿軍裝，清一色的便服。依照他們的身分，來洛國定會有洛國的官員負責接待，可是他們之中好像沒有這號人物，應該是悄悄過來找她的吧！

是來報仇的？

「妳忘了向本公主行禮。」宛露昂著頭，傲慢地對蕭雲說道。

幹麼，想給她一個下馬威？蕭雲嗤笑一聲，不緊不慢地說道：「妳似乎搞錯了，我們洛國子民，上跪天地諸神，下跪父母君王，沒聽說還要跪一個戰敗國的公主。」

突然，她語氣一沈，對著地上眾人說道：「是洛國人就給我站起來！」

聞言，眾人一副英勇的表情，齊齊從地上爬起來。

「妳！」宛露身側的那個男子氣急敗壞，握著劍的手對著她們，陰森森地說道：「誰敢起來，就以輕蔑友邦公主之罪論處！」

「我們洛國子民的性命，掌握在洛國帝王手裡，你們有什麼權力處置？難不成，你們想謀權造反？」蕭雲毫不懼怕地直視著他們，回道。

這句話可大可小，若要深究起來，對他們沒什麼好處。那個男子急切地表露忠心，阻止蕭雲道：「妳休得誣陷我們！我們誓死忠誠於洛帝，絕無謀權造反之意。」

「那你們還敢大言不慚地欺負我們洛國子民？」蕭雲傲慢地揚起下巴，一字一頓地提醒道：「手下敗將！」

竟跑到打贏他們的國家來撒野，他們忘了，他們是亡國奴？如果不是洛帝網開一面，不跟他們戰到底，保留他們「國」的資格，御國早就不復存在了，他們居然還敢用洛帝的權力來下令，說嚴重了，他們就是有復國之心。

跟隨宛露而來的那些隨從聽到這四個字，無不流露出淒涼的神情，在心中幽幽地暗嘆了一聲，低下了頭去，什麼底氣都沒了。

那個男子知曉蕭雲的話其中的分量，也領教到了她的厲害，不敢再出言不遜，但是又為公主不甘，所以只能選擇沈默，不再吱聲，小心翼翼地看向宛露。

宛露冷眼睇向蕭雲，秀氣的眉毛微微蹙起，倨傲地道：「傳聞洛國女子不僅相貌美麗，舉手投足間更透著一股柔美，對於取悅男人很有一套，本想前來學習一番，今日一見，真教本公主大失所望。本公主認為，我們御國女子，才是可剛可柔的完美女子。」

此話一出，玉容閣所有人憤憤不平地橫眉冷對著她。

「就是因為妳們過於自負，總自以為是，所以輸得慘不忍睹。」蕭雲攤開手掌，頗有幾分調侃意味地笑道。

既然人家主動送上門來自取其辱，那她就不客氣了！

蕭雲的幾句話堵得宛露啞口無言。她冷冽的黑眸半瞇起來，重新審視起蕭雲。好個伶牙俐齒，以為自己有趙王撐腰，就目中無人了？

靜默地思忖了片刻，宛露覺得自己在氣勢上恐怕占不了什麼上風，於是半轉身體，身姿迤邐漫步向蕭雲走去。到了她面前時，宛露一臉恬淡的笑意，語氣平和地說道：「既然大局已定，本公主不服不行。本公主承認，你們洛國人確實很出色，尤其是趙王。」

這臉翻得夠快的，一眨眼工夫，什麼脾氣都沒了，能屈能伸，蕭雲自嘆不如啊！但故意跟她提起趙王，想幹麼？蕭雲一時猜不出宛露的用意，便淡淡一笑，不動聲色地等宛露出招。

提到「趙王」，蕭雲竟然毫無反應，這大大出乎了宛露的預料。按照她的猜想，蕭雲應該得意地向她炫耀一下自己成功地搶了一個公主的男人才是。但猜不到蕭雲的想法，宛露不敢貿然再提，於是換了一個話題，瞥了瞥她帶來的那位男子，對蕭雲說道：「他是本公主的貼身侍衛牟蘇，沒見過什麼世面，方才他若是說了不當的話，惹蕭姑娘不快，還望蕭姑娘體諒。」

「沒關係，我從不跟下人一般見識。」蕭雲的聲音格外溫柔，但是這話，怎麼聽都有種目空一切、傲視群雄的感覺。

牟蘇頭埋得更低。本想為公主出口氣，可是沒承想反被這個女人羞辱了一番。宛露的手不由得握成拳。她是公主，身邊的下人也比賤民高等，如今竟然要被賤民連帶羞辱，她何時受過這種氣？

但是聰明如她，在沒摸清蕭雲的底細之前，絕不能發脾氣。硬的行不通，宛露就來軟的。她露出悲愴之色，幽怨地嘆了一聲，然後傷感地道：「本公主也習慣了做公主，被人尊崇慣了。我們御國人比較直率，初來乍到，不懂你們洛國的規矩，也沒管好下人，有什麼得罪之處，蕭姑娘萬不要放在心裡。」

想裝可憐博同情？哼！她蕭雲可不是那種天真無邪的傻丫頭。不過，公主會裝，她的演技也不差啊！

「我剛才不是說了嘛，我不跟下人一般見識。」蕭雲一派天真地流露出同情之色，道：「唉……你們也挺可憐的，割地賠款，還貼人，真是！受了這麼大的刺激，發什麼瘋都可以理解。」

宛露忍到了極致，剛開始乍一看到蕭雲的相貌，根本沒把蕭雲放在眼裡，即使她性情獨特，即使自己被退婚，宛露仍然有信心挽回趙王。

可是，短短幾個回合對陣下來，宛露不敢再小覷這個勁敵。

「唉，妳們站著幹什麼呢？快點，到時間該擺晚飯了。」蕭雲對玉容閣的人假裝嚴厲地嚷嚷道。揮揮手，讓她們全都退下。

宛露畢竟是心高氣傲的公主，她一個人笑話笑話就算了，萬一惹急了公主，跳牆怎麼辦？

眾人悻悻地撇嘴退了下去，唯獨吟月站在蕭雲身側寸步不離。

宛露看著吟月，換上十分親暱的口氣，笑著對她說道：「吟月，我們許久不見了，妳比以前漂亮多了，我幾乎沒認出妳來。」

面對蕭雲就是「本公主」，面對「吟月」就變成了「我」，就衝著這個稱呼，大家也能聽出宛露和昑月的關係匪淺。

蕭雲酸酸地看著她們，心裡吃了一大口醋。她們一副很熟的樣子，長輕跟宛露之間的關係，真的如長輕所說的那麼簡單嗎？

好在昑月似乎並不領宛露的情，她淡淡回道：「多謝公主誇獎。」清冷的語氣散發出強烈的疏離。

蕭雲揚揚眉。她好像多心了，也許是宛露刻意在她面前演出來的呢！

「昑月？」宛露見昑月用這態度對她，臉上非但沒有尷尬之色，反而天真地露出受傷的表情，追問下去。「妳為何待我如此冷漠？妳以前不是這樣的。」

聽聽這話，好像她們曾經熟得不得了似的。

昑月反感地皺起眉頭，冷眼睇著她，語氣裡沒有一絲溫度。「奴婢是個下人，一切只聽從主子的吩咐，不敢高攀公主，又何來私交？」

「那是對外人，我從未把妳當外人看。以前我只能靠妳與趙王互通私信，我早把妳當成我的姊妹。我很感激妳，我曾在心中許諾於妳，若有朝一日妳需要我的協助，我定萬死不辭。」宛露一臉悲慟地看著昑月，水汪汪的大眼睛我見猶憐。

蕭雲猛地瞪大眼睛看向昑月。以前宛露常和趙長輕互通信件？難道她，也曾在宛露身邊待過？

「公主在說些什麼？奴婢一句沒聽懂。在奴婢心中，永遠只有主子一人。」昑月頗為惱怒地撇清道。

宛露怔悚地凝視著吟月，失望地搖搖頭。「吟月，妳太教我傷心了，我拿妳當姊妹，妳卻對我……不過，妳的性子與以前一模一樣，一點沒變。看到妳，我彷彿又回到了兩年前。我相信，一切都會回來的。」

趙王的心，也是如此！

眼角的餘光瞥了瞥神色變得沈重的蕭雲，宛露在心裡冷笑一聲。趙王回朝寥寥數日而已，算不了什麼，她與趙王在邊關，可是同生共死過，他們的關係不是那麼容易拆散的！

蕭雲不滿地轉轉眼眸，沒心情再聽她們敘舊，她看向吟月，問道：「忙了一天肚子好餓，吟月，妳是跟我一起去，還是留——」

吟月立即表明道：「奴婢誓死追隨主子。」

「吃個飯而已，搞得跟慷慨赴義似的，真誇張！唉，公主，我們這種小地方粗茶淡飯，就不留妳了，妳自便吧！」

「本公主還有話想與蕭——」

「不好意思，我實在沒什麼話想跟妳說。」蕭雲繃起臉打斷了宛露的話。

宛露完美的臉脹成了朱紅色。她長這麼大沒見過說話如此直白的女子，毫不給人留一點餘地，太沒禮貌了！

第六十五章

蕭雲挑挑眉頭，完全無視宛露，拉著吟月向後院小食堂走去。

她已經夠客氣的了，否則她會直接說，我可沒那閒工夫聽不喜歡的人在這裡亂吠！

「攔住她！」宛露厲聲命令道。

牟蘇咻一下縱身閃到蕭雲二人面前，吟月也不甘示弱地擋在蕭雲面前。

蕭雲輕輕推開站在身前的吟月，掃了掃牟蘇和宛露一眼，毫無懼色地高昂著頭，擲地有聲道：「這裡是洛國，玉容閣乃皇上欽點的歌舞坊，你們誰敢動我們？」

宛露努力控制自己的情緒，走到蕭雲面前，嬌聲細語地道：「本公主沒有別的意思，只是想問妳幾句話。回答了，自然讓妳走。」

蕭雲哂笑不已。「我不回答，誰能逼得了我？」

「蕭姑娘，妳千萬別誤會，我只是想知道，妳與趙王是如何相識的？他為何……為何……會突然對我變了心意？」宛露的語氣輕柔緩慢，但是眼底的那抹恨意卻出賣了她的內心。她始終不敢相信，自己竟然輸給了一個只會耍嘴皮子功夫的平庸女子。

趙王是她見過最出類拔萃的男子，是世間唯一一個配得上她的完美男子，他的風姿那麼卓絕，只有她，才有資格與他站在一起。眼前這個女子，性格乖張，氣質低俗，憑什麼？

蕭雲臉上掠過歉意。被人退婚，從古至今都算得上是一生中最難堪的事。如果不是因為她，或許趙長輕不會這麼做。蕭雲真心地為這件事感到抱歉。「宛露公主，對不起。」

「妳說，對不起？」宛露愕然。

在她看來，蕭雲放高姿態的道歉，更像是假惺惺的炫耀。好，既然要裝，那她就奉陪到底！

宛露眼眶驟然一紅，淚漣漣地搖搖頭，捂著自己的胸口說道：「不，不怪妳，該說對不起的人，應該是我才對。」

「妳？」蕭雲錯愕。宛露又想說什麼？她的表情一連幾變，真讓人捉摸不透她是什麼性格。

宛露目光遠眺，緩緩說道：「趙王退了與我的婚約，我便急著趕來了。一路上我仔細想想，他不是薄情寡義之人，我們曾經生死與共，若他對我無半分情意，起初就絕不可能答應與我和親一事，想必定是那件事讓他未能解開心結，所以藉此羞辱我，以洩心頭之恨。」

「心結？」蕭雲狐疑道。這個公主的花招還真是層出不窮啊！這又是什麼戲碼？

「我與趙王之間有一個很深的誤會，以前我們礙於身分不得相見，我沒有時機與他解釋，現在我來了，只要我跟他解釋清楚了，我們一定可以破鏡重圓。」

蕭雲翻了個白眼，涼涼地道：「那妳去找他說呀，來找我幹麼？」

宛露面向蕭雲，憐憫道：「因為我知道，我與趙王破鏡重圓，那個傷心人就變成了妳。」

「所以妳是來安慰我的？」蕭雲甚感好笑，她真能編。「有這口水，妳還是留著安慰妳自己吧！我不需要。」

宛露忽略蕭雲的回答，繼續說道：「我好歹是一國公主，從小學習宮規禮儀，知書達禮，大方得體，我不會與賤民一般，眼裡不容人。我知曉妳替趙王治好腿患，在他身心皆傷的時候，替我陪在他身邊。這一點我很感激妳。以妳的身分攀上王爺不易，所以即便我與趙王重修舊好，我也不會讓趙王負了妳，我同意妳進門。以後，妳我便以姊妹相稱吧，我不會讓別的妾室騎到妳頭上。」

一番含沙射影的話從宛露那張粉紅的嘴裡吐出來，可真是——刺耳！偏偏宛露的表情是那麼真摯。如果蕭雲不領情，反倒顯得她不識好歹，不夠知書達禮了。如果換作是受過封建思想教育的女子，一定會欣然接受，還覺得這個公主人真好，可惜，她不是！

「妳嘴巴這麼惡毒，內心一定很多苦吧？」蕭雲引用美國影集的一句臺詞，很不客氣地挖苦道。

「妳這話何意？我好心好意——」宛露惱道。

「我不需要。」蕭雲打斷了她的話，冷冷地說道：「好吃的我可以和別人一起分享，好玩的我也可以和別人一起分享，唯獨丈夫，我是絕對不會和任何人分享的。如果長輕願意娶妳為妻，我無話可說，拱手相讓；如果他不願意，我也絕不可能逼他娶妳。所以，妳來找我沒有任何意義。」

聽了前面的話，宛露眼裡閃過厭惡之色。她一路行來，一路派人打聽趙王的事，多多少少也聽說了一些關於蕭雲的消息。對於這種出身低賤、心胸狹隘的賤民，她十分鄙夷。趙王因這種人悔婚，這是對她最大的羞恥！她一直抱著或許這個蕭雲貌若天仙，或許她才華出眾，總有一個比她強的地方這種可笑的想法來見她，可是萬沒想到，這個女子眼裡容不得別人，竟還不以為恥，甚至大聲說出來。

趙王怎麼可能喜歡這樣低俗不堪的女子？一定是他故意氣她的，一定是！思及此，宛露的信心回來了大半。

但是聽到後面，剛回來的信心瞬間又跌到了谷底，宛露不可置信地死死盯著蕭雲。「妳叫他什麼？」

蕭雲帶著惡作劇意味地笑道：「他說喜歡聽我叫他長輕。」

「妳騙我！」

「我不屑。」蕭雲瀟灑地扯扯嘴角笑了笑。

宛露身一顫，踉蹌退後半步，臉上、眼裡毫不掩飾地流露出自己的嫉妒。

牟蘇急忙過來扶住她，關心地喚道：「公主。」

想噁心我？哼！不怕被我噁心，就儘管放馬過來吧！

蕭雲暗笑片刻後，嘟起嘴，佯裝委屈地道：「不過他只允許我在沒人的時候叫他長輕，有別人在的時候要叫相公，唉……沒辦法，誰讓他在別人面前也叫我娘子呢？我叫他名字多不相稱啊！」

宛露的臉從白到紅，現在又成了綠色。

牟蘇看著她的眼神裡閃過一絲痛意，忽然，他提起劍指著蕭雲，鼻孔冒火地怒斥道：

「夠了，休得再說下去！」

吟月神情一凜，作勢出手。

「唉唉唉……君子動口不動手，拿劍指著別人是很不禮貌的，知道嗎？」蕭雲面不改色，鎮定自若地用食指和中指夾著那把寬闊的劍，推到了一邊，說道：「再說，是公主自己要我說的嘛！」

「牟蘇，不得無禮。」宛露強行控制住自己的情緒，對牟蘇說道。她是尊貴無比的公主，絕不能在外人面前丟了姿態。

牟蘇忿忿地盯著蕭雲，不甘心地垂下了握劍的手臂。

「唉唷，肚子真餓了，你們自便吧！吟月，我們走。」蕭雲摸了摸肚子，看都沒看宛露一眼，說完便笑吟吟地拉著吟月走向了後院小食堂。

宛露瞳孔緊縮，臉上陰氣駭人。

「公主？」牟蘇擔憂地看著宛露，低聲提議道：「要不要找幾個人教訓教訓她？」

啪一聲脆響落下，牟蘇的臉上倏然印了五道細細的手指印。

宛露陰鷙的眸子怒瞪著牟蘇。「混帳東西！本公主身分高貴，豈會做那種下三濫的骯髒事？你安的什麼心，想置本公主於不仁不義之中？」

牟蘇自責地低垂著腦袋，對這一巴掌不敢有半句怨言，他誠懇地表示道：「卑職不敢！卑職對公主忠心耿耿，只是想替公主出口惡——」

宛露斥道：「閉嘴！本公主姿色過人，絕無可能輸給這種賤民！趙王悔婚，只因我們分開太久，他見到本公主，一定會回心轉意的！」

「那，卑職替公主送拜帖去趙王府上。」

宛露點點頭，說道：「先回驛站。」

豪華的驛站裡，處理完事務後的牟蘇在院子裡練武，宛露身邊的侍女匆匆跑過來，戰戰兢兢地說道：「牟蘇、牟蘇，不好了，公主大發雷霆，打碎了整間屋子裡的東西，你快去看看。」

牟蘇身形一頓，唰唰幾下收起劍。公主心裡堵著氣，刻意忍耐了許久，終究還是沒忍住，發作了出來。

偌大的房間裡碎了一地的瓷片，宛露癱坐在碎片之中，哭成了淚人兒。

「公主，快快起來，地上涼！」牟蘇過去，顧不得地上的碎片，蹲下身體抱住全身發抖的宛露。

「不、不……」宛露猛地抓住牟蘇，好像絕望中抓到了一根救命稻草，情緒激動地詢問道：「她騙我的……她騙我的對不對？牟蘇，你告訴我，她是騙我的，對不對？」

宛露哭得梨花帶雨，看上去楚楚可憐，牟蘇心如刀割，打橫抱起宛露。

「牟蘇，你幫幫我吧！幫幫我！」宛露在牟蘇懷裡，眼巴巴地求道。

牟蘇將宛露放到床上，拿起她被碎片割傷的手指，心疼地說道：「公主受傷了，卑職先幫您包紮傷口。」

宛露目光渙散，神情恍惚，心思還沈浸在蕭雲的話裡。

牟蘇心中默嘆一聲，喚侍女把藥拿過來，小心翼翼地替宛露包好傷口。

「牟蘇，你幫幫我，幫我把趙王的心找回來，找回來！」宛露忽然失心瘋一樣地拽緊牟蘇的手臂，語無倫次地央求道。

「公主，拜帖剛送了去，再等等，或許趙王馬上就會來。」

聞言，宛露驟然洩了氣，渾身一癱，流露出絕望的神情，搖搖頭嗚咽道：「他不會來了，他不會來了……當初，我騙取了他的軍情，他恨死我了，找那種女人來氣我……」

牟蘇眉頭皺起。如果趙王是為了氣公主才這麼做，那一切還有挽回的餘地，只怕趙王那種謀慮深遠的人並沒有將公主這件事放在心上。

「牟蘇，我愛他，他是我見過最完美的男人，我愛他，我真的愛他，我不能沒有他……牟蘇，我該怎麼辦？該怎麼辦？」宛露懷抱著最後一絲希望趕到洛國，卻被蕭雲的一番話滅得一乾二淨，她心痛如絞。

看見高傲的公主如此無助，牟蘇急忙安慰道：「公主請放心，卑職一定將趙王找回來。只要是公主的事，卑職萬死不辭，定然替公主辦到！」

「真的？你真的可以讓趙王回心轉意？」

牟蘇重重地點了點頭。

宛露終於破涕為笑。有了他的保證，心裡陡地一下輕鬆許多，閉上眼睛昏睡了過去。

牟蘇放下她，吩咐侍女悄悄將房間打掃乾淨，自己則喚來兩個部下，帶去隱密的地方，狠戾地命令道：「去玉容閣殺了蕭雲。記住，不要暴露身分！」

「是。」

深夜，兩個蒙面的黑衣刺客閃身來到玉容閣附近。找準位置後，他們縱身飛到屋簷上，拿出迷煙，打算一間一間迷暈了裡面的人，再搜出蕭雲的下落。

他們的腳步剛落下，黑暗中便飛過來兩個同樣身穿黑衣的人。

兩人疑惑地對視一眼。難道牟統領信不過他們，又派了兩個人來？

正開口準備問清楚，那兩人已經拔出劍指著他們，狠聲說道：「敢動玉容閣，死！」說完，四人交起了手。

只片刻，牟蘇派來的兩人便被抹了脖子，沒有破壞一磚一瓦，沒有驚動屋子裡熟睡的人。

睡在偏房的吟月聽到聲音，利索地翻身起來，第一時間出現在蕭雲門前，警戒地觀察著四周，以防敵人從各方殺來。

宛露一走，她便將此事彙報了主上。主上英明，竟然猜到了今晚會發生襲擊，特意派了暗衛過來。

事情解決了，吟月將耳朵貼在木門上，細聽裡面的呼吸聲。蕭雲睡得很沈，對外面的事渾然不覺。這就好。吟月放心地回自己屋去。

玉容閣外面不遠處的黑暗之下，一雙烏亮的眼睛閃爍著陰鷙的光。

看到自己派出的人片刻間被解決了，牟蘇不由得握緊了拳頭。一個小小的舞姬身邊有如此高手，想來也是趙王安排的人，趙王果真是料事如神！

回到驛站，牟蘇又喚來五個部下，派遣他們分別從各種管道調查蕭雲的身世。他自己也換上了一身便裝，帶著一疊銀票出去了。

獨自一人走在街頭，牟蘇犀利的雙眸四處觀望，不知不覺，他來到了花街上，抬頭望了望一條街上各家門口高掛的紅燈籠，唯獨玉容閣一家沒有一絲光亮。

轉了一圈，牟蘇的身影最終出現在玉容閣對面那間「百花樓」的門前。

現在已是下半夜，百花樓裡許多女子都在房裡陪著恩客，外面寥寥幾人還沒接到活兒。她們打著呵欠，一副等著關門的樣子，牟蘇一出現，她們馬上精神抖擻起來，齊齊圍了過去。

「公子好俊！一個人嗎？」

「怎麼這麼晚才來呀？」

「公子面生得緊，頭一次來我們百花樓吧？」

她們扭著身段，對牟蘇揮舞著手中香豔的手帕，熱情地招呼道。

牟蘇看著這些庸脂俗粉，眼裡流露出濃濃的厭惡之色，身體極力地躲避著她們的碰觸，冷冷地道：「我要一個雅間。」

「雅間？有。」

「公子，隨我來吧！」

「公子一臉貴相，普通雅間怕是辱了公子的尊貴，奴家領公子去我們百花樓最大的雅間如何？」

牟蘇皺著眉，隨口回道：「隨便。」

「喔，是這樣的，雅間好，價錢自然也貴一點，公子……」女子拖著尾音，頗有些為難地道。

牟蘇掏出一疊銀票放到眾人眼前，眾人頓時兩眼發亮，二話不說地或拉或拖著牟蘇上了二樓。剛在桌旁的凳子上坐下，酒水小食便送進來了，大家圍著牟蘇，想貼著他的身子，搭在他的肩上，卻被牟蘇喝令退後。

眾人覺得牟蘇臉色難看，但是比較好說話，便乘機多推銷。「公子，這麼大的地方，一個、兩個恐怕伺候不來公子，我們這麼多姊妹，公子不如都留下吧！」

「是啊，我們可好了。」

「保證把公子伺候得舒舒服服的。」

「可以都留下。」牟蘇冷冷地說道，昂了昂下巴指了指前面的空地，命令道：「排成一列。」

眾位美女面面相覷，不解道：「排成一列？這還怎麼伺候公子啊？」

有一個人自作聰明地道：「喔，公子是想挨個兒品嚐我們的滋味。公子可真是個會玩的有趣人兒。」

眾人一聽，立即順從地站成一排，個個搔首弄姿，牟蘇的視線投向誰誰就飛一個媚眼過去。

牟蘇清冽的眼光從她們身上一一掃過，砸出那疊銀票，說道：「每說一句有用的話，給十兩。」

大家臉上綻著嬌豔的笑，心裡卻鄙夷地腹誹，越是看著一本正經的男人，骨子裡的花招越風騷！她們嚷嚷道：「公子想聽什麼？公子想聽什麼我們就說什麼。」

牟蘇眼光沈著，冷冷吐出一句話。「我要知道，對面的蕭雲所有醜聞。」

什麼？聞言，眾人臉上的神采瞬間黯了下去，她們互相望了望，嘴巴抿得緊緊的。

「找死！」牟蘇猛抬起眼簾，抽出一把細長的銀劍。他隨身的闊劍是專屬於他的，是他牟蘇的標誌，為了不讓人因劍認出他的身分，他特意找了一把隨處可見的普通長劍。

叮一聲脆響，眾女子驚得花容失色，大聲尖叫著往外跑。

牟蘇眼疾手快，飛身過去堵在門口。

「啊！」她們又尖叫著往裡面躲。

「統統給我閉嘴！再敢亂叫，我宰了妳們！」牟蘇怕她們的叫聲引來別人，於是急忙厲聲恐嚇道。

「大俠饒命、大俠饒命啊！」她們擠在一起互抱成一團，連連求饒道。有幾個膽子大點的說道：「不是我們不想告訴大俠，是我們的嬤嬤警告過我們，不要再亂說蕭雲的事，否則會沒命的！」

第六十六章

牟蘇眼光一沈。「已經有人警告過妳們？」

又快了他一步！趙王的行動，總是在他之前。可惡！不過……牟蘇勾起嘴角，陰沈沈地笑了笑。可惜，不會說話的，只有死人。趙王殺過成千上萬的人，竟然對妓女手下留情，什麼都想到了他前面，卻留下了一個一擊即破的弱點，婦人之仁！

牟蘇拿起地上的劍，漫不經心地在空中隨意劃了一下，將她們一步一步逼到死亡的角落。

終於，有幾個人嚇得說出了一些有關於蕭雲的話。

夜幕褪去暗色，太陽昇了起來，大地復甦，街上熙熙攘攘的人群昨天做著什麼，今天依舊做著什麼。

下午，教習場地內，男男女女分散成幾簇，悠閒地喝著茶聊著天。蕭雲坐在椅子上，趁休息時間將發疼的腿揉一揉。以後幾天都會很忙，她要愛護好自己，不能累倒了。

聊天的聲音漸漸大了起來，蕭雲抬眼望過去。幽素那邊的人最多，說話聲音也最大，她豎起耳朵聽了幾句，好像是關於玉容閣對面那家百花樓的，於是湊過去聽聽，竟然是百花樓的老闆攜幾個紅牌連夜走了。

「百花樓現在亂了套了，平日裡樣樣事紅姍都要管，現在她一句話沒留下便走了，芝麻綠豆大的小事都沒個人敢作主。」她們說道。

幽素眼眸閃了閃，喜道：「她不出現，自有官府來收店鋪。蕭雲，妳正好可以低價收了來，擴建玉容閣。」

「好主意！」蕭雲一想，點頭說道。這次盛宴，皇上一定會將玉容閣的精英收去大半，如果要想玉容閣屹立不倒，就得加大招人力度，把對面盤下來，不做舞坊也可以做有利於玉容閣的生意，總之比讓別人盤下來跟玉容閣對著幹強！

蕭雲看著幽素，誇讚道：「妳天生是個做生意的料啊！」

幽素不好意思地嬌笑道：「若不是有妳栽培，我也不知自己原來對做生意這麼有興趣。」

休息了一會兒，大家自覺地回到自己的位置上，開始進入訓練狀態。

結束後，在回去的路上，蕭雲隱約聽到路人說了「謝」、「玉容閣」這些話，而她經常走的幾條道路上，比平時這個時間多了許多人，甚至還有些婦人。

離玉容閣還有百米不到的地方，幽素遠遠地向她們跑來，臉色沈著地對蕭雲說道：「從側門走吧！直接去後院。」

「發生什麼事了？」蕭雲問道。

「百姓們不知從哪兒得到的消息，說妳是被煦王休掉的側妃，又與趙王有染，很多人堵在玉容閣門口等妳，想瞧瞧妳。」

被休之後出來招搖過市也就罷了，還敢媚惑他們心目中的大英雄趙王，這不是找死嗎？這個謠言一傳出，蕭雲便被理所當然地公認為女人中的恥辱，被許多所謂的正義人士討伐。

「我的真容？」蕭雲不以為忤，自嘲地笑道：「不就是一個鼻子兩隻眼睛？」

「都這種時候了，妳怎麼還有心情開玩笑？」幽素沒好氣地嗔道。她真替蕭雲著急。

蕭雲聳聳肩，無所謂道：「怕什麼？嘴巴長在人家身上，人家愛怎麼說就怎麼說唄！我阻止得了嗎？我做好我自己就行了。」

如果讓她忐忑的只是這件事，那蕭雲現在可以放心了，她壓根沒把這件事當回事。

「妳果真一點不著急？萬一皇上聽到這個謠言，可就糟了！」幽素提醒道。蕭雲可能還沒有意識到事態的嚴重。

蕭雲的雙眼驀地一沈。會傳到皇上那兒嗎？就還剩一天時間，這件事會一發而不可收拾嗎？

不，她不會讓這件事發展到這個地步。蕭雲努力擠出一絲笑容，安慰幽素，也是安慰自己。「放心，謠言止於智者。我們沒做傷天害理的事，不怕別人說什麼。」

腦海裡不經意地想起下午聽到的，難道真的是百花樓的老闆傳出去的？她連夜跑路，嫌疑最大，可是，為什麼要害她呢？就算羨慕玉容閣比百花樓名聲大，也不用等現在才散布謠言吧？

這件事發生得如此突然，傳播得又這麼快，背後肯定有推手在搞鬼。

到底是誰想害她呢？

不安地睡了一夜，第二天早上，蕭雲一臉睏意地坐在梳妝檯前讓呤月幫她梳理髮髻，幽素匆匆地跑進來，沈重地說道：「門口被堵了，之前租的馬車進不來，我們也出不去，怎麼辦？」

蕭雲蹙眉，微惱道：「莫慌，別自亂了陣腳。」

低眸思索了片刻，她決定報官。就算她真如謠言傳的那樣，她也不算犯法。如果有人控制了她的自由，等於是侵犯了她，她有權報官維護自己的安全。

「好吧！如今也只能這樣了。」幽素點點頭，道。她派了一個保鑣從後院的側門出去，但是不到片刻工夫，他又折回來。

「怎麼了？」幽素擔憂地上前一步，問道。

保鑣指著外面，說道：「好像是宮裡來人了。」

「宮裡來人了？不是應該明天才來嗎？」

幽素第一時間將此事告知蕭雲。她剛說完，就有個姊妹從前面跑過來，一臉焦急地說道：「陳公公來了，還有很多官兵。」

「官兵？」幽素一臉驚愕，擔憂地看向蕭雲。

蕭雲面色微變。果然還是驚動到了皇上！真是一波未平，一波又起。

她自己倒不怕什麼謠言中傷，她擔心的是這件事被長輕的長輩們聽到，那樣，長輕在父母長輩兄弟面前會很難堪。

「小姐，奴婢去通知王爺。」吟月一頓，神情嚴肅地道。

「不用了。」蕭雲站起身，面色沈穩地說道：「兵來將擋，水來土掩，實在解決不了再說吧！我去見陳公公，妳們稍安勿躁。」

今日的玉容閣門外人頭攢動，人聲鼎沸，很多士兵雙手橫擺長矛，推阻著欲湧進來的百姓。蕭雲人沒到前廳，便已經聽到了吵吵嚷嚷的聲音，心裡不禁冷哼，她遇人不淑，重新爬起來努力尋找自己的幸福也錯了嗎？

被休，對女人來說果真如此致命，永世不得翻身嗎？

這群人中，恐怕有三分之一的人是花錢雇來煽動氣氛的。

可惡！到底是誰，黑心成這樣？如果她是出生在古代，被這麼多人謾罵，還不早投河自盡去了？

陳公公皺眉看著外面的躁動，連連嘆息，不像前兩次來時那樣，悠閒地坐著喝茶等待蕭雲。

出了這麼大的事，他哪還有那個閒心？

「陳公公，抱歉，又讓您久等了。」蕭雲泰然自若地走過去，笑著打招呼道。

陳公公轉臉看過去，哀嘆了一聲，臉上的關心毫無趨炎附勢之態。「妳居然還笑得出來！怎麼鬧出這麼個骯髒事？」

「人紅嘛！呵呵，正所謂樹大招風。」蕭雲聳聳肩，用頗有幾分自嘲的口吻笑道，但是她的笑容忍不住夾帶了一絲苦澀。

站在門口指揮的高大男子聞聲，轉身看向蕭雲。「敢問這位就是蕭姑娘？」

粗厚的話音一落下，他那健壯的體格便已矗立在了蕭雲面前。

蕭雲轉臉瞅了一眼，感覺這個身著將士裝束的人有點眼熟，但一時間又想不起在哪裡見過。她禮貌地點頭答道：「對，我就是蕭雲，請問你是？」

「在下謝容風，奉皇上之命，前來請蕭姑娘進宮問話。」

「謝容風？」聽到這個名字，蕭雲一怔，隨即半瞇起雙眸，望著距離她只有幾步之遙的男子。原本存在謝容雪腦海中的記憶，關於謝容風的部分十分少，畢竟不是真正屬於她自己的記憶。只是，隔了好久再聽到這個名字，那段模糊的記憶又湧了出來。

沒錯，他就是以前有點木訥，現在也有趣不到哪兒的謝家嫡長子，謝容風。

他去邊關少說三、四年了，在謝容雪的記憶裡，兩兄妹幾乎沒什麼往來，見面的地方不是家中祠堂，就是謝家大廳，兩人從未單獨說過話。謝容雪總是低著頭，見到這位大哥時怯生生地施以一禮，問候一聲，極少認真打量過這位大哥。

而這位大哥對她，也沒什麼印象。

「蕭姑娘聽到謝副將的全名，為何有訝異之色？」陳公公問道。

蕭雲一笑。按理說，謝容風在邊關當差，他執行任何命令，都應該是由軍中最高長官直接下達的。屬於皇上直接調派的，是御林軍。皇上越界遣他來，是想讓他先認認人嗎？老謀深算啊，皇上料到謝家以她為恥，不會承認她的身分，便派謝容風和陳公公來試探她的反應。

默默推敲了一番後，蕭雲覺察出了他們的來意，便從容不迫地開玩笑道：「傳聞我與謝家的二小姐有點像，敢問這位謝副將，是否就是謝二小姐的長兄？」

「正是。」

蕭雲喔了聲，點點頭。「那你看我們像嗎？」

謝容風認真地盯著蕭雲瞅了瞅，最後很肯定地答道：「不像。」

蕭雲暗暗翻了個白眼。什麼不像，你根本就是記不清自己的二妹長什麼樣了。心裡鄙夷他，但是表面上還是俏麗地笑了笑，客氣地道：「自己人都說不像，那些外人就會起鬨，真是無聊又可笑！謝副將、陳公公，你們說對嗎？」

「總是有那麼一些無中生有的人，見不得別人好。」陳公公信以為真，大為蕭雲叫不平，他和謝容風受皇上之命，一直仔細地端詳蕭雲，怎麼看，她的神情也不像是妹妹見到兄長時該有的反應。

看來，傳言不可信。

「儘管如此，還是請蕭姑娘隨在下進宮面聖，與皇上當面澄清了。」謝副將說道。

「身正不怕影子歪，也就是走個過場。皇上不惱妳了，這樣也正可讓那些謠言消停消停。」陳公公真心地說了幾句安慰的話。

蕭雲臉上露出恬靜的笑意，眼底卻黯淡無光。

那個在背後害她的人見她沒死，還不卯足了勁等著再出手？正所謂明騷易躲，暗賤難防（注）！她到底得罪誰了？

注：明騷易躲，暗賤難防，網路流行語，罵人暗地裡耍賤招。

走到門口，幽素幾人擔憂地望著蕭雲的背影，齊齊地喚道：「蕭雲！」

「認真訓練，不要讓任何事影響到妳們，知道嗎？」蕭雲側身，鎮定地交代道。

「嗯，我們一定不會讓妳失望。」她們鄭重地點頭應道。

出了門口，被士兵擋在兩邊的百姓立刻情緒暴漲，跳躍著身體想到蕭雲面前責問她，謝容風一氣之下，抓出幾個態度凶猛的暴打了一頓，但這樣也沒能起到遏止作用。

蕭雲看著地上疼得直打滾，流得滿臉是血的人，搖了搖頭。唉，這些人真是可憐又可恨，為了那點錢，值得嗎？

謝容風大聲喝令士兵們用力擋住了，不要讓人衝進來。

「這架勢……怕他們擋不了多久了，委屈蕭姑娘一下，快點過去，馬車就在前頭。」陳公公沈聲道。

「我看還是以衝刺的速度跑過去比較安全。」蕭雲目測了一下，說道。士兵奮力圍堵，只開闢出一條狹窄的小道，被攔在外面的人只要伸手一搆，便能碰到蕭雲，不跑快點會被抓破相的。「我扶著公公吧！」

陳公公惶恐道：「萬萬使不得，小的還走得動！」

「我看這樣吧，他們的目標是我，我先跑，吸引火力……喔不不，是吸引他們的注意。我一走，他們就會跟著我走，您就可以慢慢的了。」

「蕭姑娘深明大義，小的萬不能讓蕭姑娘去送死，我們還是等謝副將安排好了。」陳公公感動地道。

說話間，蕭雲和陳公公已經挪出了十幾步，突然，高空中飛過來一塊菜皮，謝副將凌空一腳，將它當成暗器踢向了遠處。

「糟了！他們手裡都有一些污穢之物，這可如何是好啊！」陳公公攔住蕭雲往後退了幾步，防備地看著人群，不敢再邁出步伐。

「我又不是什麼作奸犯科的大惡人，他們這麼做實在太過分了！」蕭雲忿然低吼了一聲。這種事情在她眼裡太誇張了，只有古裝電視劇裡那些十惡不赦的壞人遊街時才會被這樣對待，她一個良好公民殘害他們什麼了，他們要這樣憤怒？

謝容風抽身過來安撫道：「這些原本都是謝容雪那個下賤胚子該得到的報應，卻讓蕭姑娘頂了這無妄之災，請蕭姑娘放心，在下定保蕭姑娘萬全之身。」

蕭雲擰起眉心。聽到與這具身體有著至親血緣的大哥說出這樣的話，她替謝容雪心寒，恨不得馬上認了自己就是謝容雪，但想想趙長輕，還是忍了。

不過還是不悅地說道：「謝副將，你的妹妹再不濟也是你的妹妹，你不維護她，還辱罵她，她哪裡對不起你了嗎？」

謝副將掃了蕭雲一眼，面無表情地撇清道：「她已嫁出去，就與謝家再無瓜葛。」

「真涼薄。」蕭雲嗤笑一聲，鄙夷地吐出三個字，直言不諱道。

謝容風語塞，心裡不禁忿忿。他最敬重的趙王怎麼就看上了如此無禮的歡場女子？謝家也絕不可能教出這種女兒。

陳公公推了推蕭雲，對她搖了搖頭，道：「洛國幾百年來對婦道德容十分看重，洛京城裡尤為最甚，蕭姑娘乃臨南人士，那兒可能沒首府這般嚴格。一個女子被夫家休棄，可是敗壞門風，有辱先祖的大醜事，換作誰家都是這個態度。這前謝側妃若果真如傳言的這般，被夫家休了之後還去勾搭別的男子，這個男子偏巧又是百姓心中最敬仰的大人物，那可真該天誅地滅了。」

「有這麼嚴重嗎？」蕭雲已經驚駭到無力吐槽，從穿越到被休，自己吃了那麼多的苦頭，受了一身的傷，別人什麼事沒有，被人神共憤的那個大壞人反倒成了她。萬惡的封建社會！

活在這樣一個沒有希望的時代裡，難怪謝容雪要尋死。

正當她為謝容雪氣憤難平時，突然有個人從背後拍了拍她的肩，轉臉一看，她驚訝道：「李公子？你怎麼在這兒？」張望了一下左右，沒發現有空隙可以讓人溜進來，不禁疑惑。「你從哪兒冒出來的？」

「妳別管這個了，我帶妳走。」李辰煜果斷地說道，抓住蕭雲的手腕就往裡面走。

「這是何人？」陳公公急忙拽著蕭雲的另一隻手臂，問蕭雲。

蕭雲要抓狂了。人家那邊剛指責過她不守婦道，這邊就又有一個男人和她拉拉扯扯，這讓別人怎麼想？謝副將已經對她露出鄙夷的眼光了，陳公公也是一臉駭然之色，她再不撇清，恐怕跳進黃河也洗不清了。

由於情況緊急，她也沒那閒工夫問他到底是從哪兒跳出來的，她直接說道：「李公子，我知道你關心我這個朋友，我真的沒事，你哪兒來的從哪兒回去吧！不管我出什麼事，我保證，我們跟紅袖坊的合作關係都不會斷掉，服裝的尾款我一定會給你的。」

「我不是來要——」

「我拜託你了，有這麼多人在，我真的不會有事，你先走吧！我拜託你了行嗎？」蕭雲雙手合十地對李辰煜乞求道。

她語速急切，眼裡充滿殷切的期盼。李辰煜黯然神傷，失落地喃道：「我是否給妳添亂了？」

「今天情況是比較亂，你也看到了。」蕭雲指了指現場一干人，希望他能夠理解。「等我忙完了這件事，我一定去紅袖坊親自給你賠不是。」

李辰煜受傷地看著蕭雲，說了一句。「妳無須那麼做，是我給妳添麻煩了。」正轉身欲離開，吵鬧聲驟然小了下來，鬧事的百姓們將視線從蕭雲這邊收了回去，看向相反方向。

又怎麼了？

蕭雲倏地扭過頭，順著他們的視線看去。

經過連番刺激，她現在是草木皆兵，稍微有點不對勁的地方，就感覺又有什麼麻煩要找上她了。

第六十七章

「快讓開！」

「讓開讓開！」

又來了許多的官兵，他們穿進人群中，厲聲呵斥著百姓們。很快，道路肅清完畢，人群被分到兩邊，讓出中間一條大道來。

一列一列的官兵整齊地跑到路面兩邊，相對而站，隊伍一直延伸到蕭雲面前。

一切準備就緒，一聲高長音響起，貫徹全場。

「趙王駕到——」

這四個字猶如一記重磅炸彈在人群中炸開了，安靜下來的百姓再次沸騰起來，各人眼裡都流露出希冀的目光。

「趙王？」

「趙王來了？」

「今日終於能一瞻其真容。」

趙長輕以前每次回朝必定穿著一身鎧甲，戴著頭盔，或騎駿馬疾奔過市集，或坐於轎廂內，輕紗遮擋四面，百姓們難以窺見其面目，極少有人見過他的正臉。每次回來也不曾久留，他便返回邊關。

百姓們對趙王的瞭解只限於他驍勇善戰，不苟言笑，是個冷面戰神。

這次圍堵蕭雲，想不到竟把趙王給招來了，他們終於可以如此近地看到趙王了！

「別吵！」

「都閉嘴！」

「活膩了是不是？安靜！」

趙王帶來的士兵個個目光凌厲，表情狠辣，在百姓中間揮掃幾下長矛，暴喝幾聲，就把喧嚷的聲音鎮了下去。

儘管如此，那些人還是在心裡默默地敬佩道：趙王厲害，手下的士兵也沒有一個是吃素的。

蕭雲愣神之際，馬蹄聲已經在不遠處停下，抬頭看去，一抹熟悉的身影從馬背上凌空一躍，劃出一道優美的弧線縱身而下。

趙長輕，這個烙印在她心上的男子，這次不同於以往休閒的裝束，他穿著板板正正的宮裝——一件紫色銀絲長袍，袍子上鑲著絲絲蕊蕊繾綣瑰麗的曼珠沙華，衣袖寬闊，頭戴一頂白玉冠，幾綹璀璨如緞帶般的黑髮自肩膀後飄至胸前。

這是她第一次看到他穿正裝，同樣俊美如斯。在家中閒了一段日子，他從戰場上帶回來的那股嗜血之氣已經褪光，蕭雲真正地從他身上感受到古代貴族的傲然風姿。

不管穿著什麼，他的出現總是如謫仙降世一般，渾身似罩著陣陣光暈，散發出神秘莫測的懾人之氣。

蕭雲怦然心動，初次相見時的場景不由自主地從腦海中一一閃過。他身上拒人千里之外的冷漠氣勢還在，可是當他們的視線在空中相撞時，她發現他的眼睛會漾起一層層柔波，眼神專注而炙熱地緊緊看著她。

站定身體後，趙長輕露出溫柔的笑容，向蕭雲這邊走來。

他這一笑，勝過初初綻放的花朵，妖嬈無雙，世間萬物都為之失色。眾人不由得倒抽一口氣——驍勇善戰的趙王，竟是個驚為天人的美男子！

陳公公舒展眉頭，露出笑容，恭敬地彎下腰行禮道：「奴才見過趙王千歲。」

謝容風雙手抱拳，低下頭敬重地道：「末將見過趙王千歲。」

「免禮。」趙長輕掃視了他們一眼，淡淡道，眨眼工夫，目光又落回到蕭雲身上。

看到他，蕭雲那顆惴惴不安的心終於定了下來，她不用再裝出一副不懼風雨的女漢子形象。現在的她很沮喪，便露出沮喪的表情，無助地對他說道：「他們都不相信我不是謝容雪，怎麼辦？」

他煞費苦心為她安排的新身分還是被人揭穿了，洛國這麼注重女子婦德，擺在他們前面的路更加舉步維艱了。她身為平民不怕別人說三道四，也沒什麼可失去的，但他不一樣，她的存在幾乎與他所擁有的一切相違背，如果他執意跟她在一起，他可能會落得眾叛親離的下場。

他是不是已經覺得疲憊了？

「不必別人信什麼，妳是我趙長輕要娶的妻子，只要我接受妳便可。」趙長輕定定地看著蕭雲，颯然一笑，朗聲說道。他的言下之意便是，妳是我要娶的妻子，我只需對妳負責就行，別人同不同意都無關緊要。

站在一旁聽到這句話的人無一不震驚。趙王今日所擁有的地位，不是靠他的家世得來的，而是憑藉自己的能力一點一滴從戰場上拚來的，如今他卻甘心為這樣一個女子付之一炬，真真是紅顏禍水！

關鍵是，這個禍水相貌一般，還是歡場出身，甚至有可能是被人休了的，她怎麼就能讓趙王如此固執地非卿不娶呢？

大家各自沈浸在自己的疑惑中，沒有注意到低著頭站在幾人之後的李辰煜，此刻臉上烏雲密布，黑色的眼眸冷了又冷，沈了又沈。

蕭雲鼻尖一酸，眼眶微微發紅。她以前總是被親人最先拋棄，而站在她眼前的這個男子卻用行動證明，無論他拋下什麼，都不會拋下她。

淚水瞬間決堤，蕭雲顫抖地問道：「值得嗎？」

趙長輕沒有直接回答她，而是帶著笑意，上前一步替她擦了擦眼淚，柔聲打趣道：「哭花臉就不好看了，我們要以最漂亮的姿態迎戰，知道嗎？」

他的玩笑話輕鬆化解了蕭雲心中的愧疚，她含著淚咧嘴一笑，烏亮的眸子清澈見底，臉上透出一種懾人的光輝。既然來了，與其花時間沮喪，不如迎風而戰，不要讓消極的情緒影響了原本堅韌的心。

「嗯！」

「可惜沒帶鏡子，不然讓妳看看，妳笑起來的樣子有多美！」趙長輕一本正經地說道。

蕭雲的雙頰頓時染上紅暈，羞澀地瞥了瞥旁邊含笑看著她的陳公公，埋怨地瞋了趙長輕一眼。在她的精心調教之下，他越來越會說甜言蜜語了。可是，拜託，這裡不是只有他們倆，能不能低調點？

趙長輕自然地拿過蕭雲的手放在自己的手心裡，緊緊地握著，轉眸對陳公公說道：「本王會帶她進宮面聖，煩勞陳公公隨本王的人一同回宮吧！」

陳公公替蕭雲感到高興，眉開眼笑地連連說道：「好、好。」

趙長輕拉著蕭雲往來的方向走去，謝容風急忙垂首，雙手抱成拳放在面前，放聲道：「恭送趙王。」

他身邊的士兵一齊低下頭附和道：「恭送趙王。」

洪亮的聲音一波一波漫過去，兩旁的百姓們直愣愣地看著風姿卓絕的趙王牽著淡然淺笑的女子，閒庭信步般地從他們眼前走過。趙王微微頷首，嘴角噙著若有似無的笑意，身體偶爾側向一邊，在萬眾矚目之下帶著深深的柔情，看著身旁的女子。

一種高不可攀的神情就這樣自然而然地從他身上流露出來，他猶如天神一般的風采，連被他牽著的女子都變得飄然若仙起來。

他們兩個彷彿一對神仙眷侶，不理會世俗，只融入在彼此的天地中。

百姓們緊緊屏住呼吸，不敢說話，不敢打攪，不想破壞這樣美好的畫面。

直到他們消失，這些人才吐出一口氣，一邊讚著趙王的卓絕，一邊好奇地猜測著趙王對那個女子的情意。

再無人理會蕭雲是不是曾經的謝側妃。

進了馬車裡，趙長輕對外面說道：「將陳公公安排好。」

「是。」外面恭順地應了一聲。

趙長輕收回視線，就看到蕭雲一臉甜笑，直直地看著自己，不禁莞爾道：「傻笑什麼？」

蕭雲一個撲身過去，吻住趙長輕。

趙長輕眼裡閃過詫異，恍惚了一下，很快伸出手將蕭雲圈進懷裡，緊緊扣住，回以熱情的深吻。

如果不是在馬車上，他就吃了她。

一個纏綿而激烈的長吻結束後，兩人額頭抵在一起，默契地相視一笑。靜默了片刻，趙長輕腹下的情慾散退，他低啞的聲音響起。

「特別感動？」

「嗯。」蕭雲狠狠地點點頭。

趙長輕寵溺地刮了一下蕭雲的鼻子，道：「傻瓜，這種時候，身為男子漢大丈夫，當然應該站在妻子身邊保護她。」

「老公，你知不知道你剛才帥呆了！」剛才所發生的事就好像童話故事一樣，好浪漫，好溫馨！蕭雲想到就特別激動，特別忍不住地想抱住他猛親。這麼想著，她就這麼做了，把他親得滿臉口水後又加上一句。「老公，我愛死你了！再親一個，嗯麼！」

趙長輕被蕭雲吻得暈頭轉向，只感覺此刻天旋地轉，一種從未有過的幸福感緊緊包圍著他，他幾乎要溺死在這樣的甜蜜之中。這個磨人的鬼靈精兒！再這樣，他可就真的不管這是在馬車裡了。

默默地掙扎了一會兒，多年的傳統教育終究還是讓他忍下了腹中的慾火。

「唉呀老公，你臉上好像有口水，我幫你擦擦。」說著，蕭雲伸手摸向趙長輕胸口的衣襟裡面。

「妳！」趙長輕一把抓住蕭雲的手腕，瞳孔緊縮。

蕭雲無辜地看著他，道：「幹什麼？你不是習慣隨身放一塊絲絹的嗎？我以前看你是放在這兒的啊！」

趙長輕有點哭笑不得。她知不知道他好辛苦才把慾望忍下去，可是她的小手一碰到他，他的慾望一下又硬了起來，抬頭看到她嘟著小嘴一副無辜的小可憐樣，他整顆心都化了，他快忍不了了。

「你的臉怎麼突然也紅了？」蕭雲不假思索地摸上他的臉。

「我、我自己來。」趙長輕斷然推開她的手，匆匆地從懷裡掏出絲絹，胡亂地在臉上擦了擦。

外面的路人經過馬車時的聲音還清晰地在他耳裡響著，他竟然在這樣的場合之下生出這種心思來，受過傳統教育的他頭一次感到有些窘迫。

蕭雲不解地眨眨眼，放下頓在半空中的手。不經意間，她碰到一個硬硬的東西，低頭一看，猛然驚呼出聲，又慌忙地閉上嘴，從趙長輕懷裡離開，正襟危坐在一邊，整個人都老實了。

看到她措手不及的樣子，趙長輕心裡那抹不自然頓時消失了，他故意繃起臉，嗔斥道：「坐好了。」

蕭雲為自己無意地惹起別人的慾火感到羞愧。她乖乖地坐著，不敢動彈一下。

趙長輕揚起唇角，心裡偷笑著，滿足地看她乖巧地順從自己，心裡說不出的開心。

「雲兒，方才妳喚的『老公』，」沈默了一會兒，趙長輕揚揚眉，正色問道：「是相公的意思嗎？」

「嗯，是的。」

趙長輕舉一反三道：「相公為老公，那娘子豈不是老……」

「噗……哈哈哈！」趙長輕話還沒說完，蕭雲就笑噴了，心頭那抹羞愧也被拋在了腦後，歪頭看著帥氣逼人的老公，開始教育。「當然不是老娘了，是叫『老婆』。以後你就叫我老婆大人，我就叫你老公大人，好不好？」

「老……老婆？」趙長輕拗口地叫了一聲，打著商量問道：「可否沒人的時候才這麼稱呼？」

蕭雲咧嘴一笑，道：「好了好了，入鄉隨俗嘛，這個規矩我懂的！對了，你怎麼會突然出現？難道是掐指一算，算出我有難？」

趙長輕笑道：「我們是夫妻，自然心靈相通。」

「有這麼邪嗎？」蕭雲不信。

趙長輕收起笑，認真地道：「皇上無緣無故地要召見謝副將，他疑惑不解，便先來見我，我因此料出此事。」

「原來是這樣。我剛才看到他，我還問陳公公他是誰呢！聽到他的名字才反應過來。我問他我和他妹妹像不像，他連猶豫都沒猶豫一下，就說不像。唉……其實他對他這個妹妹根本沒什麼印象。」蕭雲傷感地說道。

趙長輕看出她的心思，便伸手摟住她的肩，溫情地安慰道：「沒關係，她過得不好，妳替她把餘下的生命過得好也算是一種彌補。」

「嗯，我一定會成為全天下最幸福的女人！」蕭雲臉上溢出滿滿的自信。

有一句沒一句地聊著天，時間很快就過去了，他們換過轎子，終於來到了御書房門前。

蕭雲從袖口抽出一塊方形小紗巾，展開要戴上，趙長輕按住她的手，道：「不必刻意隱瞞，心裡想說什麼便說什麼。皇上最重視御國新君主朝聖一事，所以不論妳是誰，他都會先等這件事結束，這時把妳傳喚進宮，只是為了堵悠悠眾口而已。」

「可是，如果我不小心說漏了嘴，不是讓你更加為難？」

趙長輕露出輕鬆的笑容，無所謂地道：「即便這條路再難走，我也不會改變方向。大不了一走了之，反正，我也不常在京中生活。」

蕭雲轉眸想了想，覺得他這話說得極有道理。外面的世界那麼精采，被鎖在朝事裡，每天重複著別人眼中的幸福生活，有什麼意思？

她突然想起了什麼，霎時覺得很內疚。「我好像從來沒有問過你，你的夢想是什麼？」

趙長輕略帶自嘲意味地笑道：「我來不及去思考自己想要的是什麼，便成了大將軍，揹上了推卸不了的責任。」

他的笑容有點落寞，蕭雲一陣心疼，想說些什麼安慰他時，他的臉上忽然露出璀璨的光輝，眼裡覆著滿滿的知足，炙熱地凝視著蕭雲，道：「好在我唯一想要的，我得到了。」

蕭雲緊緊地看著他，展顏一笑。

一個小公公打開御書房的門，躬身請蕭雲進去。

望著森嚴的棕色大門，蕭雲深吸一口氣，回頭看了趙長輕一眼，趙長輕對她點了點頭，蕭雲給他一個放心的笑容，轉身進去了。

一進門，一股幽幽的龍涎香便撲面而來。

放眼望去，裡面寬闊明亮，皇上坐在離她五米開外的龍案後面，龍案前站著一個人，側面對著蕭雲。

蕭雲端著身姿，優雅地邁步走過去，在恰到好處的距離站定，轉身看向玉案之後、一臉寒意的皇上，跪地行了個禮。

「平身。」皇上掃了她一眼，語氣有些不耐煩。然後，他將視線投到她身旁站著的人那兒，低喝道：「你認清楚了，她到底是不是你的側妃？」

洛子煦緩緩地轉過身去，面向蕭雲。他冷著臉，筆挺地站著，雖然正面對著蕭雲，但是雙眼卻始終不敢抬起來看她的臉。

蕭雲瞄了皇上一眼。他正死死地盯著他們，想看他們會是什麼反應。

側著身怎麼看呢？想看，又不敢命令她正臉朝著煦王，多半是顧忌男女大防這一傳統道德束縛，真糾結！不如她大方點，成全他好了。

蕭雲從容地轉過身體，正面對著洛子煦，微微抬起下巴，好讓他瞧清楚了。

「人家女子都能泰然自若，你還不抬起你的頭？你脖子上掛著金磚啊？」皇上暗暗地讚佩蕭雲的鎮定和從容，同時也對自己那總是愛惹是生非的兒子埋怨不已。他怎麼就教出這麼一個老讓他頭疼的兒子呢？

聽到皇上怒斥中又夾帶著父愛的話，蕭雲差點憋不住笑出來。皇上開起玩笑來還挺有趣的！

洛子煦在父親的埋怨聲中抬起頭來，看向正前方。

與此同時，蕭雲憋著笑也抬起了眼睛。

映入她眼簾的，是一張瘦削而英俊的臉，昔日的不羈如今已換上了成熟的味道，經過歲月的淬鍊和洗禮，他比以前更有魅力了，這種魅力不同於以前他刻意用行動表露出來的那種瀟灑公子哥兒的魅力，而是一種沈澱了許多浮躁和幼稚的成熟男人的魅力。

總之一句話概括，他比以前成熟多了，至少懂得自己憂鬱的時候最帥，並且已經開始改變形象，走憂鬱貴公子路線了。

看著所謂的「前夫」，蕭雲神情坦然，目光清澈，沒有一絲一毫的憤怒、憎恨情緒，甚至連厭惡都沒有。她的眼波裡沒有一絲漣漪浮動，就像面對一個純粹的陌生人。

兩人四目相對，近在咫尺的距離，中間卻已立起千山萬水，再也無法跨越。

第六十八章

洛子煦複雜的目光微微閃爍，像在掙扎什麼，甚至有一點迷戀，緊緊地鎖住眼前的女子。

她長高了，五官已完全長開，不論是神情還是舉手投足間，都透著一股婉約與恬靜，讓人瞧著很舒服。她比兩年前漂亮許多，巴掌大的小臉上鑲嵌著平凡的五官，但是那雙清澈澄明的眼睛為她平添了一抹靈氣，使她整個人煥發一種別致的魅力。

這種長相，雖然在他所見過的美人中仍然排不上前列，但是，卻是令他最恨、記得最深的。

當他被激怒，執筆寫下休書那一刻起，他心裡便隱隱地感覺到，自己總有後悔的一天，只是當時以為，他隨時都可以挽回。

而如今看到她的眼裡，沒有半分他的影子，他終於明白，有些東西錯過了，就再也回不了頭。

「看清楚了沒有？」皇上皺眉問道。

洛子煦收回視線，重重地說道：「她不是。」

蕭雲心裡小小意外了一下。他居然就這麼放過她了？他不是一向跟她過不去的嗎？看來他不僅是外表看上去成熟了，心境也開化許多。

皇上斜睨蕭雲，黑著臉說道：「朕仍舊迷惑，這起謠言因何而散布出來？為何不說別人，偏偏要說妳？妳到底做了何事，開罪了別人？」

蕭雲暗暗翻了個白眼。這還用迷惑嗎？用膝蓋想想也知道了呀！但表面還是畢恭畢敬地答道：「回皇上，俗語有云，人怕出名豬怕肥。玉容閣近來風頭過盛，難免招人妒忌誣陷。」

「什麼？」皇上錯愕，哂笑道：「人怕出名豬怕肥？這哪來的俗語，朕怎麼從未聽過？」

你沒聽過的事多得很！蕭雲腹誹了一句，回道：「回皇上，民間人多嘴雜，自然會傳出許多有趣的諺語和小故事，雖有趣，但難登大雅之堂，皇上聽聽其中的意思便罷了。」

「那倒不盡然。有些俗語，話雖粗，但暗藏大道理，正如妳方才那句。」皇上又接連說了好幾個聽過最為有趣的諺語，他似乎忘了喊蕭雲前來的初衷，也忘了洛子煦還站在一旁。

蕭雲猜皇上一定是很久沒有出去微服私訪，在宮裡太悶了，所以想找個人說說話，解解悶，不行，長輕還在外面焦心地等著她呢！她趁著一個空隙，急忙開口插嘴道：「皇上好英明！能理解民女的冤情，民女萬分感恩。既然誤會已經澄清，那民女就退下了，不打擾皇上寶貴的時間。」

「慢著！」皇上也覺察出自己說了幾句多餘的話，於是及時打住，往正事上說。「朕有極其重要的事要與妳說，妳看看。」

皇上將一紙詔書放到案前，示意蕭雲拿過去看看。

蕭雲緩步過去，將詔書拿過來默讀了一遍，看到上面的文言文時暗暗白了一眼，然後認認真真地咬文嚼字起來。

詔書裡面的總體意思就是，這次盛宴，由作為候選的玉容閣負責全程表演，也就是間接地承認了玉容閣的地位，只要這次表演令盛宴圓滿，皇上便立刻聘玉容閣為御用歌舞姬。

「若沒鬧出這起謠言，朕便會將詔書直接頒到玉容閣去，正好妳在這兒，便由妳親自來接吧！」皇上雙眼泛著精光，直直地盯著蕭雲，威聲問道：「妳敢嗎？」

蕭雲優雅地收起詔書，笑了笑，以無比自信的神情回答道：「回皇上，沒什麼不敢的。我們玉容閣萬事準備就緒，只欠東風。」

「喔？妳不怕付出了全部的心血，結果朕卻沒有宣召妳們進宮表演？」

「回皇上，民女一直相信，機會永遠留給有準備的人。」

皇上露出欣賞的眼光，點點頭，道：「希望妳不會令朕失望。方才妳一直裝作低眉順目的樣子，不像如此有擔當的女子，朕甚為擔心。雖然朕也同時讓宗親命婦們練習歌舞，但是，她們終究及不上妳們全心投入的坊間女子。此事關係到洛國的顏面，朕絕不能鋌而走險，幸而妳們做了周全的準備，看到妳如此自信，朕，便放心了。」

蕭雲心裡冷哼一聲。皇上明明是將坊間女子和宗親命婦的身分分得十分清楚，他怕洛國的宗親命婦為戰敗國表演，辱沒了洛國的國威，更怕她們不夠專業，下了洛國的面子，所以自始至終他都沒想過要宗親命婦在這樣的場合表演。

漂亮話誰不會說呀？蕭雲微微笑道：「多謝皇上的信任。皇上乃真龍天子，威震八方，天生有一股不怒而威的王者之氣，相信任何人見了皇上，都會不由自主地低眉順目起來。民女十分自信，是因為術業有專攻，宗親命婦們要依靠夫家生活，自然最擅長在家相夫教子，才藝只在其次；而我們依靠自己的實力，自然要嚴於律己，何時何地都能拿出賴以生存的絕活，這個沒有必要謙虛。」

「好利的嘴！」皇上犀利的眼睛閃閃發光，表情平靜，聽不出是褒是貶。「那麼多阿諛奉承的話，妳這幾句聽著最真切。」

蕭雲一本正經地叫冤道：「皇上，民女所說的都是真心話。」

皇上哼哼笑了兩聲，心下暗思，此人巧舌如簧，能言善辯，而且句句話教人聽著舒心，難怪長輕會被她迷了心竅，別人誰也瞧不上。這個女子雖貌不驚人，但別有一番獨特的吸引力，不過如此一來也足以證明，她不是子煦休掉的側妃。這麼會哄人的女子，子煦再不喜她，也絕無可能休了她。

洛子煦一直低著頭，默默無語，彷彿置身事外，但是蕭雲說的每一句話，他一字不差地全部入了耳裡，每個字都像被一把錘子釘在他的心上，教他內心不停地翻湧著驚濤駭浪。今日的蕭雲和他以前認識的那個完全不一樣，他聽著她不急不緩的語氣，時而引入俏皮話，他不用看，也可以聯想到那張小臉隨著話語顯露出豐富多彩的表情，有多麼生動。

僅僅是旁聽，他都覺得十分有趣，若是和她聊上一整天，也不會覺得悶吧？

她以前那樣，是刻意在他面前裝出來的，為了讓他休了她？還是沒來得及向他表現出真性情？

「行了，朕已著人為玉容閣安排好了住處，妳回去準備一下，明日帶著這個令牌攜她們入宮，將要登臺表演的位置熟悉一下。後日正式開場，別出了差錯，丟我們洛國的臉。」皇上拿出一塊金燦燦的牌子丟給蕭雲，恩威並用道。

蕭雲拿過閃閃發亮的金牌。唉唷，滿重的！前後看看，正反面寫著「皇令」二字，真想沒出息地用牙咬咬，看它是不是純金打造的。

瞄了瞄皇上，蕭雲舉著金牌晃了晃，問道：「皇上，這個用過了，是不是要回收啊？」

「回收？」皇上被問住了，垂眼想了一下，不禁嗤笑。「這詞用得新鮮！這些日子進進出出的事多，妳且留在身上，盛宴結束後再交回來。妳嘴裡總能蹦出幾個朕沒聽過的詞來，從哪兒搜羅來這些風趣的妙詞？」

啊，還要收回去啊？真小氣。蕭雲小小失望了一下，乾乾地笑道：「回皇上，道聽塗說而已，偶爾想起來便隨口這麼一說，教皇上見笑了。」

皇上揚揚眉，這個女子有時候總是怪兮兮的，可能就是因為她和別的閨閣千金不同，所以長輕才被她深深地吸引了吧！

揮手示意她退下，等她走了，皇上起身欲離開，轉身一看，咦了聲，恍然道：「煦兒，你怎麼還站在這兒？」

一臉落寞的洛子煦回過神來，淡淡地道：「回父皇，兒臣在想些事情，不慎入了神，忘了退安，兒臣現在便退下。」

「從她一進來，你便恍恍惚惚的，你究竟在想什麼？」皇上慍怒地問道。

「父皇誤會了，兒臣在想朝政之事，無心其他。」洛子煦的語氣不冷不熱，躬身退下。

皇上鎖起眉頭，無奈地嘆了一聲氣。自從煦兒參與朝政，從外面巡視一圈回來，整個人就變得寡言少語了，說話不像以前那樣急躁，行事不似以前那般風風火火，作風不如以前那般灑脫不羈，從他身上再看不到玩世不恭的態度，也再看不到他沒心沒肺地笑了。這個惹事最多，最不爭氣，偏偏他最寵愛的二兒子，到底是怎麼了？掉了魂似的？

莫非，在外面撞上了不乾淨的東西？

思及此，皇上不由得倒抽一口涼氣，急忙宣召太監，傳天師過來。

蕭雲出了御書房，趙長輕笑吟吟地過去，上下看了看蕭雲，好像她去受刑似的。

「你看，皇上給我的。」蕭雲興高采烈地掏出金牌，獻寶似的在趙長輕眼前晃來晃去。樂了一會兒，她噘噘嘴，如實說道：「不過等盛宴結束要交回去。」

「小財迷！」趙長輕寵溺地捏了捏蕭雲的鼻子，忍俊不禁道：「一塊金子而已，妳想要的話，為夫改日給妳弄個十箱八箱來，讓妳從早抱到晚，可好？」

蕭雲抱住趙長輕的胳膊，一臉崇拜地將臉貼上去，嚷嚷道：「哇，土豪，我們做朋友吧！」

「說得為夫像土財主似的。」

「你不想做土財主啊？我可是很想當財主婆的。」

「雲兒想啊？」趙長輕故作為難了一下。「那為夫就勉為其難地做一回土財主吧！」

蕭雲晃悠著趙長輕的胳膊，嗲聲嗲氣地撒嬌道：「老公大人，你好好喔！我愛死你了。」

「我們夫妻心有靈犀，娘子不用一直說出來，為夫也能知道娘子的情意。」趙長輕笑著接下了蕭雲的「糖衣炮彈」，很享受被她抱住胳膊仰慕的感覺。

他們親暱的行為正好被從御書房出來的洛子煦看到了，一把無形的利劍頃刻間刺進他的心房，疼得他面容驟然煞白。

趙長輕和蕭雲嬉笑間看到了洛子煦杵在那兒，冷冷地看著他們，眼底閃了閃，沒有刻意表演恩愛，也沒有拉開與蕭雲的距離，而是神情自然地對他笑了笑，和聲喚道：「子煦。」

蕭雲聞聲轉臉看去，遲疑了一下，還是福了福身，語氣平常地道：「見過煦王爺。」又低聲跟趙長輕說了一句。「他什麼也沒說。」

趙長輕微怔，鄭重地對洛子煦說道：「不勝感激。」

洛子煦瞟了一眼他們交纏在一起的雙臂，掩藏在袖口下的雙手不由緊握，眼睛冷冽地盯著趙長輕，字字沈重地說道：「不必言謝，你我兄弟之情，到此為止。」說完便甩袖而去。

趙長輕看著他的背影，朗聲說道：「你可以不把我當兄弟，我不會。」

洛子煦身形頓了一下，然後加快了步伐。

蕭雲抱歉地說道：「害你失去一個好兄弟，對不起。」

趙長輕淺然一笑，道：「他的性子我瞭解，再大的事，等過個幾年，也就放下了。」

趙長輕將蕭雲的手握在掌心，拉著她往宮外走。「我送妳回去吧！明後日事情繁多，妳多休息，莫要累壞了身體，知道嗎？」

宮裡有車輦可乘坐至宮門口，趙長輕欲傳喚一輛過來，被蕭雲阻止了。難得有閒暇可以和他一起散散步、聊聊天，她想和他手牽著手漫步出去。

暖暖的春風偶爾拂過他們的臉頰，撩動他們的髮絲，在這樣的環境下漫步閒聊，輕鬆愜意。他們心情也非常好，絲毫不被路過的太監和宮女打擾。

蕭雲說道：「嗯，放心吧，我會的。你也是，好好保重自己的身體。對了，你現在是不是住在宮裡？」

趙長輕停下腳步，指了指東方的位置，問道：「看到那個屋簷上的麒麟石雕了嗎？我便是住在那兒。」

麒麟？麒麟不是太子的象徵嗎？蕭雲顰眉思忖了一下，不禁驚呼道：「那是東宮？」

趙長輕點點頭，繼續向前走，且行且說道：「我與太子同宿一宮。皇子中除了太子，以及未及弱冠的小皇子與母妃同宿，所有到了成婚年齡的皇子，都要到宮外自立府邸，我便只能與太子同住一個宮殿。」

趙長輕在宮外也有自己住的地方，皇上卻偏要他住進宮裡來，還讓太子看著他，這不明擺著不讓他有機會和她見面嘛！蕭雲埋怨地腹誹了皇上幾句，表面裝作不知情地繼續閒聊著。「東宮很大吧？多了你一個男子，太子那些妃子、小妾不會不方便嗎？」

「太子獨居一個宮殿，我住在偏室裡，那些妃子住在另一個宮殿，極少有機會碰到。」

「啊？那太子要臨幸她們怎麼辦？你晚上會不會聽到一些不該聽到的聲音啊？嗯？」蕭

雲頂了頂趙長輕，一臉壞笑道。

趙長輕好笑地斜睨了她一眼，如實說道：「最近全宮的人都忙於御國新君朝聖一事，太子身負重任，哪有時間兼顧其他？」

「是嗎？那他還盯著你晚上回不回來，查你的勤？」蕭雲不滿地嘟囔道：「還有那麼多人給你安排相親，我看都挺閒的。」

蕭雲剛念叨完，就有個車輦出現在他們的視線裡。經過他們身旁時，引領車輦的太監給趙長輕行了個禮，便有一聲清脆甜美的女子聲音命令車輦停下，從裡面探出一個梳著丫鬟髮髻的小腦袋，飛快地從趙長輕和蕭雲身上掃過一眼，然後縮了回去。

不一會兒，長簾被一隻小手拉開，一個梳著飛雲髻的年輕女子在丫鬟的攙扶下從裡面出來，端莊地走到趙長輕面前，盈盈一拜，嬌聲說道：「見過趙王爺。」

唐蕊兒是國監大人的嫡女，也參與了皇后安排的相親。她見到趙長輕天人之姿後便對趙長輕一見鍾情，才貌俱佳的她也是候選人之中，平真公主最中意的一個，因此平真帶著她喊趙長輕一塊兒喝茶聊天的次數多一點，趙長輕由此對她有了一點印象。

不過也僅限於名字。其餘女子，他大多連人家的姓氏都記不住。

「原來是唐家千金，不必多禮。」趙長輕淡淡地道。

唐千金等了一下，不見趙長輕前來扶她起身，眼眶裡不禁漾起氤氳之色，楚楚可憐地抬起臉對著趙長輕。

趙長輕視若無睹，準備離開，唐千金的小丫鬟急忙忙地跪到他面前，呼道：「奴婢見過趙王千歲。」

「免禮。」趙長輕眉頭皺了一下，臉上閃過一絲冷意，說道。

那個小丫鬟看了看趙長輕，沒有起身，而是轉向蕭雲這邊。「奴婢見過這位主子。」

「起來吧。」蕭雲懶得跟陌生人長篇大論，便不冷不熱地隨口敷衍了一句，目光從她們主僕二人身上掃過。唐千金陰森森的眼神不斷地在她身上打轉，讓她覺得很不舒服。唉，無緣無故又多了一個情敵，找個帥哥做老公真不安全，全身冷冰冰的也能贏得一大票芳心。蕭雲悻悻地道：「長輕，你和唐千金有事要說的話，我就先回去了？」

唐千金驚駭地瞪著蕭雲。她竟敢直呼趙王的名字，還如此親暱！再看看趙王，一臉平淡無奇，好像一直被她這樣喚著。

「我送妳。」趙長輕緊緊握住蕭雲的手，對唐千金說道：「唐小姐，告辭。」

第六十九章

「趙王。」唐千金似有挽留之意，連忙上前一步，含情脈脈地看著他，聲音柔到了骨子裡。「太后傳喚蕊兒進宮陪陪她，不如趙王與蕊兒一同前去給太后請安吧！上次蕊兒還聽太后念起趙王。」

她對趙長輕的心意未免太明顯了吧！蕭雲翻了個白眼，「矜持」這個詞是古代人說的嗎？而且走長輩路線太老土了吧？

趙長輕語氣中帶著薄怒，道：「本王想去，自然會去，唐小姐自便。」

說完便不再理會她的呼喚，徑直拉著蕭雲走開了。

走了好遠後，蕭雲好奇地回頭，果然……她搖了搖胳膊，調侃道：「唉，你看那個唐美人還在翹首看著你離開的背影呢！她手裡的手帕快被她捏碎了，你現在回頭給她飛個媚眼，說不定她會樂暈過去。」

「是嗎？」趙長輕斜視著蕭雲，朝她眨了眨眼，問道：「是這樣子嗎？」

「不是，是這樣。」蕭雲停下來給趙長輕示範了一下媚眼是怎麼拋的，趙長輕學會了之後，首先給蕭雲拋了一個，蕭雲滿意地點點頭，道：「嗯，有我七、八分的真傳。」

趙長輕又跟蕭雲拋了一個過去，然後仔細地盯著她看。

「看、看什麼？我臉上有東西？」說著，蕭雲抬手去摸臉。

趙長輕一本正經地說道：「為夫在等著娘子暈過去，好及時接住娘子啊！」

「討厭！」蕭雲含笑瞋瞪了他一眼。

兩人有說有笑，站在很遠之外注視著他們的人都能夠感受到他們之間的那分恩愛，不過大多數人並不那麼看好他們。

唐蕊兒身邊的貼身丫鬟就一臉忿忿地道：「那個女子一臉狐媚樣，一看便知會勾引男人。」

「那她美嗎？」唐蕊兒怨怒地盯著蕭雲的方向，問道。她見過狐媚的女子，沒有一個不是美人兒，可是這個女子長得十分普通，只有那身段還說得過去。

丫鬟急忙說道：「怎麼會，她還及不上小姐的一絲一毫呢！」

「是嗎？那趙王為何會對著她笑？還讓她直呼其名？我見過趙王好幾次，都是一臉冷冰冰的，只有皇后與太子在時他臉上才會有微笑，也只有他們才可以如此親暱地喚他的名字。」

丫鬟帶著安慰口吻說道：「顯然是那個狐媚子在勾引趙王。光天化日之下與男子打情罵俏，好不要臉！」

唐蕊兒落寞地嘆了聲氣。公主明明告訴她，趙王性子外冷內熱，只要她大起膽子主動一點，定能博得趙王的注目。她已經放下千金小姐的高貴與矜持，為何趙王還是不肯對她另眼相待呢？

黯然神傷了片刻，丫鬟好聲提醒道：「小姐，我們還是先去太后宮裡問安吧！趙王是太后寵愛的外孫，只要把太后哄好了，還愁什麼？」

唐蕊兒聞言，不禁舒展眉頭，高興地道：「說得對極了，那個女子坊間出身，低賤至極，如今還傳出她是棄婦，太后、公主都不會同意她進門的。我們快走，別讓太后久等了。」

她們上了車輦，趙長輕和蕭雲也快到了南門口。

這時，從另一個方向走來兩個男子。

蕭雲認識其中一個是周瑾安，他今天穿一身官袍，頭戴烏紗帽，神情儼然，和他以前嘻嘻哈哈的樣子截然不同。

好像自從知道周瑾安是趙長輕的眼線之後，蕭雲就再也不會認為周瑾安是那種不諳世事的世家子弟了。

和他並肩而來的，是一個看上去文文弱弱的高個男子，同樣穿著一身官袍，頭戴黑色烏紗帽。單從五官看來，他長得十分俊朗，但臉色蒼白，身體削瘦，那身暗紅色的官袍好像是掛在他身上一樣，氣質太過陰柔了。

周瑾安一抬頭，瞧見迎面過來的人，眼底湧起一層異光，渾身上下在一瞬間迸發出從未有過的認真。他走過來，撩起長襬，跪到地上，恭敬地說道：「下官周瑾安，拜見趙王千歲。」

「免禮。」趙長輕語氣淡然，視線從他身上一掃而過，越過他走到那個男子面前，和聲喚道：「大哥。」

大哥？

蕭雲瞪大眼睛，盯著他仔細端詳了一番——這個就是傳說中那個和趙長輕同父異母，在朝中任職文官的趙太學傳人趙長喻？

將他兩兄弟的臉擺在一起對比一下，眉宇間確實有兩分神似，不過他們兩人的氣質一剛一柔，不像是一個家庭教出來的。

「是長輕啊，這是要出宮去嗎？」趙長喻不但人長得文弱，說起話來也輕聲細語的。

「我送雲兒出宮。」趙長輕回眸，遞了一個眼神過去。蕭雲會意，邁步過去，趙長輕對她說道：「這位是我的兄長，妳隨我一樣喚大哥吧！」

蕭雲努力抑制住心中的好奇，面帶微笑，禮貌地喊道：「大哥。」

「這位便是蕭姑娘吧？這廂有禮了。」趙長喻對蕭雲拱了拱手，探究的目光在她身上流轉了一會兒，說道：「長輕好眼光。」

被他那雙狹長的眼光從身上一掃而過，蕭雲心裡莫名地緊了一下，訕笑兩聲，隨口回答道：「大哥過譽了。」

「蕭姑娘太謙虛了，在下聽家父提起過蕭姑娘，他對蕭姑娘印象極佳。」趙長喻笑吟吟地看著蕭雲，說道。

「他誇我？」蕭雲喜上眉梢，高興地看向趙長輕。

趙長喻溫和地笑道：「家父並不常誇人，除了信得過長輕的眼光，必然還有其他因由。相信蕭姑娘的確有過人之處。」

「嘿嘿，哪裡哪裡！」被誇得有點不好意思的蕭雲撓了撓頭，小謙虛了一下。她嬌憨的模樣充滿了小女兒家的柔美，趙長輕不禁心神一動，想將這樣的她藏起來，不讓別人瞧見一分一毫。

偏偏這個樣子落到了趙長喻的眼裡，他直愣愣地盯著蕭雲，笑道：「長輕要送蕭姑娘，正好與為兄一道出宮去，回去時還可順路過去看看父親大人。蕭姑娘是否介意與我共乘……」

趙長輕暗暗睇了周瑾安一眼，他微微頷首，立即過來說道：「文督師，下官還有些疑惑之處想請教，可否與大人同乘一車？」

「我大哥向來喜歡解決別人的疑難問題，恰好，我與雲兒還有些話要說。你們為御國朝聖準備文獻，在宮裡忙碌了好幾日，早些回去休息吧！」趙長輕隨即開口說道。

趙長喻張開嘴正要說話，周瑾安忙搶道：「下官多謝趙王體恤。」

趙長輕對著他們二人點點頭，說了一句「先行一步」，便拉著蕭雲出宮了。

「事情都忙完了，周宣案，你還有何問題想問？」趙長喻看著走遠的弟弟，皺起眉頭，頗為不耐地問周瑾安。

「呃……下官忽然忘了，邊走邊想吧。文督師，請。」周瑾安一本正經，說完低頭做凝思狀。

趙長喻氣結，但是聲音始終嚴厲不起來，輕飄飄的。「本督忙了好幾日，甚感疲勞，你有問題還是留待下次再問吧！」

周瑾安露出遺憾的表情，說道：「那下官就不叨擾了。」

四人分三批前後出宮，各自坐上不同的馬車往不同的方向而去。

馬車上，趙長輕和蕭雲四目相對，都在等著對方先說。

良久，趙長輕微微低嘆了一聲，直視著蕭雲，問道：「雲兒對我家中之事，沒有一點好奇心嗎？」

「其實我……」蕭雲弱弱地說道：「在不認識你之前，就聽外面的人議論過了。」

高貴的公主嫁給太學做平妻，兒子趙長輕又是舉國皆知的大將軍，一家三口都是名人，他們的家事確實惹人爭議，從大街上隨便抓一個人問都能問出一點小新聞來，她想不聽都難。

只是她哪裡會想到，當年的八卦主角，後來居然成了她生命中的男主角。

「許多真實的事情，經過別人以訛傳訛，早變了原味。」趙長輕斂眸，眉間略染憂色，緩聲說道：「我以前不想再提此事，但我們成婚那日要去給父母敬茶，妳還是知道一點內情比較好。」

「內情？」蕭雲斜眉。豪門裡無非是為地位、為名分、為兒子爭風吃醋這些恩恩怨怨嘍，電視劇裡都演爛了。蕭雲用拇指抹開趙長輕微微皺起的眉，笑道：「不開心的事提它幹麼？我腦容量比較小，複雜的事記不住。反正那天你讓我給誰敬茶我就給誰敬茶，不就行了？」

趙長輕心疼地環住蕭雲的身體。「雲兒，妳真懂事。」

蕭雲咧嘴笑笑。

趙太學大人全名趙髯，字仕寅，他祖上乃洛京人士，五代以內皆從文。當年先帝調派他一家去另一座城為官，他便隨父親離開洛京。

在那城裡，他的家人替他與另一位高官千金立下了婚約。

不到成婚之日，趙太學考中了狀元，進宮面聖。

在宮裡，他見到了平真公主，兩人一見鍾情，但是，先帝不知道他們的事，將他調回那座城，想磨練他兩年，再調回洛京來。

回去沒多久，家人便威逼利誘，以道德壓迫他跟那位女子完婚。令他沒想到的是，兩年後，又突然接到調任回京的聖旨。

一直為他守身如玉的平真聽到他成親的消息，晴天霹靂，幾欲昏厥。後來，她勇敢地請求先帝，願下嫁趙太學為妾。

皇家公主給人做妾，這傳出去不教百姓們笑掉大牙才怪！但是先帝十分寵愛這個女兒，也十分欣賞趙太學的才情，於是，書面上，平真成了趙太學的原配，趙太學先娶的那位原配位分改為妾。

讓原配下堂，平真心裡如何也過意不去，所以她願以平妻之禮與她接受相等的待遇。

但實際上，趙太學偏愛才情絕佳的公主，兩人成婚後感情甚篤，所以逐漸冷落了原配；剛好這個原配先生下了兒子，公主在三個月後才生下趙長輕。

按照洛國的貴族制度，公主生下來的兒子必然是爵爺，可哪個爵爺不是嫡長子？

趙長輕在宮裡受歡迎，在家裡受尊重，和大哥的待遇明顯不一樣，隨著他們的成長，這種不公平的待遇也逐漸加重。凡是庶子不能出席的場合，公主必然會讓他們兄弟兩人一起出席，這才稍微減輕了雙方的矛盾。

可是，沒有家長在的時候，誰能保證那些小朋友不會說些什麼？趙長喻回去一哭喊，後院的矛盾便會加劇，公主只好暗地裡求趙長輕，凡事讓著大哥一點，他擁有的已經夠多了。

正因為這樣，養成了趙長喻什麼東西都要跟趙長輕搶的習慣。趙長輕從小文采出眾，幾乎被大家認定為趙太學的接班人，於是趙長喻和母親一起去苦求公主，弟弟已經是爵爺，而他什麼都不是，若再不能承父業，那他便什麼都沒有了。他的母親已經被搶了位分，難道還要搶他的前途嗎？

平真覺得對不起他們母子，所以苦心培養趙長輕別的才能。趙長輕看出了她的用心，於是十三歲的時候便決定投軍。

只有他離開了，那個家才能和睦一些。

雖然趙長輕不想再提這件事，但是看到趙長喻今天看蕭雲的眼神，他擔心他的雲兒對這個所謂的親人不設防，給傷害了，所以還是將一切都告訴了她。

他所說的，是蕭雲聽到的那幾個版本的綜合。在那幾個版本裡，對平真公主和原配的矛盾描述得比較多一點，對趙長輕的描述比較少一點。

想不到他表面光華，在外面受萬人敬仰，童年卻這麼悽苦。

蕭雲心疼地摟住趙長輕，越想越覺得他大哥陰不陰陽不陽的，一肚子壞水的樣子。「放心吧！以後我要是單獨碰到他，一定躲得遠遠的。」

「真的？」趙長輕一臉不相信的樣子。「妳不會設法替我報仇？」

汗，被他猜到了！

蕭雲心虛地乾笑道：「我……儘量不吧。」

「不是儘量。雲兒，答應我，千萬不要去惹他。」趙長輕正色道。

蕭雲不以為然。「他很厲害嗎？我看他那樣子，好像風一吹就能把他給吹跑了似的。」

「雲兒，」趙長輕顰著眉，嚴肅地對蕭雲說道：「是我太害怕了，我不能承受失去妳的痛苦，妳明白嗎？」

從小到大，只要是他得到了什麼，趙長喻一定會過來與他爭上一爭。因為母親的緣故，最後他得到的那個東西總會被趙長喻占去，所以他擔心，趙長喻對蕭雲也有這樣的想法。

什麼他都可以讓給大哥，但是蕭雲絕對不行。

趙長輕的擔心，蕭雲能夠理解，抓住他的手，誠懇地保證道：「長輕，我的心裡只有你，就算沒有遇到你，我也不喜歡他那種類型的。放心，我發誓，這輩子都不會跟他有什麼。」

趙長輕欣然一笑，將蕭雲抱在懷裡。

「所以，事實上，你喜歡的是舞文弄墨？你去邊關參軍，完全是為了家庭和諧，為了公主？」懂事的好孩子啊！蕭雲溫順地依偎在趙長輕寬厚的胸膛裡，手指把玩著胸前的髮絲。

「曾經是。」趙長輕釋然淺笑道。「如今，我多麼慶幸當年選擇了投軍，若我依仗父母的地位在朝中謀得一官半職過活，或許今日，我便不能選擇自己喜歡的女子為妻。」

蕭雲噘嘴。不就是因為他爹、媽、舅舅、舅媽怕他鬧騰，不顧一切遠走高飛，所以才軟硬兼施，找各種藉口先幽禁，再安排目不暇給的美女跟他相親，希望他能夠改變主意嘛，剛才那個唐千金就是活生生的證據！蕭雲忍不住像個怨婦一樣憂慮道：「可是別人會嘲笑你，娶了這樣一個我。時間久了，或許你也會嫌棄我的。」

「胡說。」趙長輕揉了揉蕭雲的頭，真心剖白道：「我對妳的情意不是一時興起，算來我們也歷經了生離死別，坎坎坷坷，難道妳還看不出來，我早已對妳情根深種，離不開妳了？」

這個麼……他在那樣的場合下公然拉著她的手，向全天下人承認了她的身分，這樣的擔當，如果不是情深意切，是做不到的。想起他對自己的種種好，蕭雲心底甜絲絲的。至於以後會不會嫌棄，欸，人生世事無常，想那麼多幹什麼？

「我真是庸人自擾。」蕭雲自嘲地道。

趙長輕眼裡噙著笑，嗔道：「知道就好。小腦袋本來就不聰明，還胡思亂想。」

蕭雲沒有反駁，撇唇笑了笑，問道：「那你大哥娶妻了嗎？他娶的是哪家的女兒？」

趙長輕回道：「是顧相國家的嫡長女。」

「顧相國？」蕭雲輕聲唸了一遍，感覺很耳熟，絞盡腦汁想了一下，乍然道：「不就是以前上你家退親的那個？」

趙長輕點點頭。「嗯。」

蕭雲不禁悚然。趙長輕當初被退親，其中肯定有這個大哥的「功勞」，這個大哥還真是變態，專門跟弟弟爭，難怪趙長輕會有那些擔心。

想當初那個顧千金還是趙長輕自己看上，主動提親的，蕭雲不免有點酸意，單眼斜著他問道：「你大哥搶了你曾經的未婚妻，你不恨他？」

趙長輕一眼看穿了蕭雲的心思，故意調侃道：「我記得某人曾說過，我與顧千金未曾謀面，沒有感情基礎，所以被退親也沒什麼大不了的，又何來恨意？」

自己曾經說過的話被他用來堵她的嘴，這算不算是搬石頭砸自己的腳呢？蕭雲懊惱地咬住下唇。聽到和趙長輕相關的女人，那時的心情和現在的心情截然不同，光是一個沒見過面的前任未婚妻，她心裡都有點吃醋的感覺，很難想像，如果以後趙長輕真的變了心，她能不能做到雲淡風輕？

第七十章

她沒有想到，真正可怕的，並不是未來的不確定，而是以前的還沒有過去。

當人們在期盼和激動的情緒之中還沒有反應過來時，御國新君主朝聖的日子說來就來了。

沈寂了多日的皇宮一下子熱鬧起來，宮裡所有人都換了一身光鮮亮麗的華衣，盡顯大國繁榮。

這一日，蕭雲帶著玉容閣所有人馬來到皇宮。

進入皇宮的要求非常嚴格，所有外來人員都必須經過嚴格的審查，確定身分無可疑後才能進入。所以蕭雲一確定了參加演出的人之後，便將名單交到了官府，讓官府審查。

到了皇宮西北門口前，蕭雲亮出金牌，守衛們對蕭雲虛行一禮，然後按照名單清點人數，一個一個核對身分，又將他們帶來的所有東西清查兩遍，過程認真嚴謹，沒有絲毫馬虎。

檢查好了之後，守衛卻還是不讓他們進去。蕭雲不解。「我們還有什麼手續沒辦齊全嗎？」

守衛答：「你們不是宮裡人，不懂宮裡的規矩，所以內務府特意為你們安排了一個嬤嬤。等她來了，你們才能進去。」

「把我們當成什麼人了？」蕭雲生氣道。

守衛的頭頭給蕭雲陪笑道：「還望蕭姑娘原諒，卑職也是秉公辦事，宮裡來了御國君主，不容有半點差池，萬一出了什麼亂子，毀的可是我們洛國的臉面，卑職擔當不起。」

「算了。」蕭雲擺擺手，今天心情好，就不計較了。

一大群人站在外面又等了半個多小時，還不見那個嬤嬤過來，蕭雲去問那個守衛頭頭。「請問你可否知道，負責接應我們的那位嬤嬤，到底什麼來頭？」

竟然敢遲到！

這個守衛頭頭覺得蕭雲懂禮貌，跟他們說話很客氣，便將自己知道的如實相告。「卑職聽說，是專門負責教習宮廷舞姬的嬤嬤，宮裡人都喚她沈嬤嬤。按說內務府通知她的時辰不會錯，可能有事耽誤了，卑職馬上派人去找。」

「不必了，我們等著。」蕭雲沈聲說道，嘴角勾出一抹譏笑。什麼有事耽誤了，根本就是心裡憋著氣呢！她們是宮廷御用的溫室花朵，玉容閣是外面的野花，皇上最後用野花裝點盛宴，卻不用她們，她們會生氣很正常。但是這件事可涉及到國家顏面，這個沈嬤嬤只顧著自己的心情，也太把自己當一回事了！

「小姐，奴婢去請王爺吧！」蕭雲受了氣，吟月馬上想到要去彙報趙長輕。她深知主上捨不得小姐受半點傷害，豈可讓這些下人欺負了去？

「這點小事也值——」蕭雲開口正要拒絕，抬眸便看見幾個女子從裡面有說有笑地出來。

所有守衛全部低頭拱手，恭敬地道：「恭送謝側妃娘娘。」

沒錯，來人便是謝容嫣，煦王如今的謝側妃。

她身側兩旁跟著的女子，依舊是她出嫁前的貼身丫鬟，一個倩兒，一個景兒。

蕭雲全都認得，只是那個和謝容嫣談笑著走出來，看上去三十出頭的宮裝女子是誰？她看到門外站著一大堆人，不但沒有一絲驚訝和好奇，反而吊起眼角，傲嬌地掃了她們一眼，和謝容嫣的表情一模一樣。

「你們就是玉容閣的人吧？」她用輕佻的語氣問道。

蕭雲冷然道：「是。是沈嬤嬤？」

「沒錯，我就是負責教你們在宮裡守規矩的沈嬤嬤。這位是謝側妃，你們還不跪下行禮？」沈嬤嬤指了指謝容嫣，道。

沈嬤嬤年紀不小，說話聲音卻嗲嗲的，像嗓子被捏著似的，蕭雲聽得很不舒服，語氣自然也好不到哪兒去。「沈嬤嬤，一切審查已經完畢，我們可以進去了吧？」

「急什麼？你們還沒給謝側妃行禮呢！這是我教你們的第一個規矩，賤民在宮裡遇見主子，就得下跪行禮。」

幽素等人瞧著筆直站著的蕭雲，絲毫沒有下跪的意思。她不跪，他們也絕不能跪下。

「民女見過謝側妃。」蕭雲對著高昂下巴，睥睨著她的謝容嫣微微福了福身，然後對沈嬤嬤說道：「我們可以進去了吧？」

沈嬤嬤凝眉，不滿地訓斥道：「我是叫你們下跪行禮，沒聽清楚嗎？你們不聽我的，我以後怎麼帶你們？」

蕭雲直直地盯著沈嬷嬷，嗤笑道：「我看妳是瘋了。」她已經夠客氣了，如果這是現代，她二話不說掉頭就走，管他什麼演出。

可惜這是古代，她那麼做很可能被砍頭。

但是，她也不可能讓沈嬷嬷說什麼就是什麼。

「妳、妳說什麼？」沈嬷嬷不可置信地猛眨眼睛，指著蕭雲道：「妳竟敢辱罵我？」

「算了，沈嬷嬷，賤民就是賤民！本妃犯不著與這種人斤斤計較，這禮就免了吧！」謝容嫣如施天恩般地揚聲說道。

沈嬷嬷連忙笑臉奉承道：「謝側妃真是心胸寬闊，不愧為宗親命婦之榜樣。你們還不快謝恩？」

謝容嫣高傲地抬了抬玉手，示意免了。她向蕭雲面前邁進一小步，露出譏誚的笑意，說道：「蕭雲？這個名字不怎麼樣，沒有容雪耐聽。不過，與妳現在的身分倒十分般配，一聽便知是賤民。」

「謝側妃，請妳對我家小姐客氣點，她可是趙王宣示天下，要立為正妃的人，身分在妳之上。」吟月見蕭雲被欺負，馬上跳出來維護道。

「放肆！妳算什麼東西，敢教訓我們側妃娘娘？」謝容嫣的丫鬟倩兒也不甘示弱地跳出來護主。

沈嬷嬷跟著幫腔教訓蕭雲道：「妳怎麼教的下人？這麼不懂規矩？」

「她不是下人。」蕭雲鄭重地說道。「她是我的好姊妹。」

「妳這……」沈嬤嬤被氣得直瞪眼，又不好明著罵，只好嘀咕。「賤民就是賤民。」

倩兒鄙夷地睨著蕭雲等人，冷嘲熱諷道：「也不知耍了什麼妖媚手段，竟然選他們這等人進宮唱戲。沈嬤嬤，妳要小心了，別無緣無故地被連累了，晚節不保。」

沈嬤嬤一臉委屈的表情，嘆道：「唉……在宮中當個差……」

「妳們統統給我閉嘴！」想要息事寧人的蕭雲再也忍不住了，一聲冷喝道。她不想為了一點小事吵來吵去的，有損她的形象，但是被這些人諷刺幾句，玉容閣的人都洩氣了，這還怎麼表演啊？

「妳一個婢女，我們主子說話，還輪不到妳插嘴！什麼叫做晚節不保？我們是坊間女子，不乾淨，連累她這個宮廷舞姬的名譽了？是這個意思嗎？」蕭雲逼視著倩兒，冷冷說道：「我給妳個機會，現在就跟我們道歉。」

倩兒被蕭雲冷冽的眼神和咄咄逼人的語氣驚得直愣愣的，忙求助地看向主子。

謝容嫣雙瞳緊縮，隱忍地咬住牙關。她領教過蕭雲顛倒黑白的本事，雖說她掌握著蕭雲的底細，隨時可以揭發她。但是一旦她揭發了，趙王必然會針對謝家，甚至會以謝家為敵。爹爹就是因為害怕這個，所以才對謝家所有人下了禁令，絕不能抖出此事。或許蕭雲正是仗著這層原因，才敢在她面前如此跋扈，態度如此惡劣。

她不服，卻不能不低頭。「倩兒，妳自己掌嘴。」

「側妃？」倩兒委屈地雙眼含淚，抬手就在自己臉上啪啪搧了兩巴掌，沒有猶豫片刻。

估計她這種事做多了，順手了。蕭雲的眼睛伴隨著清脆的巴掌聲眨了兩下，臉上儘量保持淡定，心裡卻一陣無奈，唉……做下人真慘！主人有時候為了維護自己的形象，通常都是把下人推出來了事。等沒人的時候，主人再施點小恩小惠，就過去了。

不過，眼下這件事還沒過去。

教訓完倩兒，蕭雲又對著沈嬤嬤說道：「也請沈嬤嬤對我們客氣點，撇開我和趙王的關係，單是皇上欽點，我們玉容閣就足夠資格被妳們尊重。妳心裡可以不服，但是麻煩妳表面上盡好妳的職責，協助我們在宮裡走動。如果妳能力不足以協助我們，麻煩儘快告訴我，我會向皇上申請換人。如果是因為妳的問題而導致我們做錯了事，影響洛國的顏面，我會如實稟告皇上，來定奪妳的罪行。」

蕭雲冷冷地說完，瞄了瞄沈嬤嬤和謝容嫣僵硬的表情，又涼涼地加了幾句。「還有，如果真的出了什麼事，我有趙王擔著，死不了，妳們麼，可不好說了！」

「妳不要血口噴人，關我們家側妃何事？」倩兒反應極快，那邊剛打過臉，這邊就忘了，第一時間出聲為主子辯護道。

謝容嫣眼裡射出一道怨懟的目光。她已經讓了一步，她還想怎樣？

「是啊，二──蕭、蕭姑娘，我家側妃什麼也沒做，蕭姑娘空口無憑，別冤枉了我家側妃。」景兒嘴巴鈍澀地道。

她一直站在謝容嫣的後側保持沈默，再不象徵性地說幾句話，回去可有得罪受了。

蕭雲皮笑肉不笑地掃了她們一眼。後悔招惹她了嗎？可惜，遲了！她今天一定要讓她們看清楚她絕對不好惹，別以後有事沒事地就給她使絆子。

她盯著沈嬤嬤，繼續追問道：「沈嬤嬤，皇上下的旨意沒有規定妳何時出來迎接我們嗎？」

事實上，聖旨裡的確沒有明確的時間，但所有人都知道這件事的重要性非比尋常，絕對要拿第一等大事來辦才行。沈嬤嬤耽誤了這麼久，若是再往下說，她就是在藐視聖意，這罪可大了，足以致命！

誰都不是蠢貨，其中的利害她們非常清楚，蕭雲更是會巧加利用，借題發揮，將事情放大處理。

謝容嫣懊惱極了，她只顧著一時快意，竟忽略了蕭雲的那張嘴。

沈嬤嬤被蕭雲犀利的眼神盯得心裡直發毛，開口想爭辯幾句，蕭雲不給她機會，繼續說道：「妳在宮裡只是個下人，有時候主子吩咐妳的事，妳推不了。」蕭雲的視線故意從謝容嫣身上慢慢掠過，好聲對沈嬤嬤說道：「沈嬤嬤，是不是謝側妃有事拖住了妳？妳心裡著急，卻也無可奈何？」

「呃……」沈嬤嬤的目光小心翼翼地斜向謝容嫣。其實，是她們兩人都有意給蕭雲一個小小的下馬威。她是宮廷舞姬，不服氣外面坊間的女子；她是宗親命婦中舞姿最優的，有奴才傳言蕭雲比她厲害多了，所以她不服。於是兩人達成共識，趁著今天的機會相互拖延。

謝容嫣心知自己已經處於下風，但仍然放不下架子，驕傲地挑起眉眼，頗為不耐煩地說道：「每日此時，我們尚在練習中，所以當我專注於一個動作時，忘情地讓嬤嬤多教了一會兒，竟忘了這是最後一日，過意不去。」

賠禮道歉還這麼踐？不過，她進宮來學舞蹈幹麼？蕭雲目光閃爍，先把這個疑惑放到一邊，接著剛才的問題。「喔？那沈嬤嬤妳呢？妳也一起忘了？人家的主要職責是伺候男人，忘了我們沒什麼，妳眼下的職責是伺候好我們，這妳也敢忘？」

「妳！」謝容嫣怒瞪著蕭雲，道：「莫要欺人太甚了！」

蕭雲一臉無辜的樣子。「我說錯什麼了嗎？妳是謝側妃，妳的主要職責不是伺候煦王爺嗎？」

謝容嫣氣憤道：「那妳為何要說男人，而不說王爺？」

這個區別太大了，「男人」是一種統稱，青樓妓子也是伺候男人的，蕭雲這麼說她，不是罵她和青樓妓子一樣嗎？

「難道煦王爺不是男人嗎？」蕭雲攤開手掌問道。在字面上討了巧，逼得謝容嫣啞口無言，還真是暗爽！

「妳——」謝容嫣氣得身體發抖。倩兒和景兒已經不敢再開腔，只能默默地扶著她，不讓她跌倒。

她反應這麼大，蕭雲一猜就知道她是在煦王府後院裡橫行霸道慣了，許久沒練過嘴皮子功夫，蕭雲掃興地撇撇嘴。還摩拳擦掌地準備跟她大鬥三百回合呢！

視線從沈嬤嬤臉上掃過，她連忙接著上面的話解釋道：「謝側妃平日裡練習太用心了，她一向我請教，我便想專注地教她，也渾然忘了時辰。」

她倒聰明，順著謝容嫣的話接下去，將自己的過錯粉飾得乾乾淨淨。

蕭雲會就這麼放過她嗎？她故意誇張地說道：「妳們這一忘，我們可等得腿都瘦了。我倒不要緊，反正我又不用表演，最多在趙王面前訴兩句委屈。他們不一樣，他們要給皇上和御國君主表演呢！萬一腿發軟、打晃，那事態就嚴重了……」

沈嬤嬤立刻表明道：「奴婢回去就命人為你們準備上好的緞鞋。」

真不經嚇！隨便唬兩下就變成「奴婢」了。鞋子有他們的現代版舞鞋專業嗎？蕭雲用傲嬌的語氣說道：「我們每個人都有獨屬於自己的舞鞋。」

「那……我給妳們補補？燉豬骨湯如何？這個對習舞的女子非常有益，是御醫專門為我們調出來的秘方，睡前再用些活血的花藥沐浴，定能解除疲乏。」

「那……」蕭雲故作猶豫，擺高姿態。「沈嬤嬤安排好了，保證我們精神抖擻，我就不追究今天的事了。姊妹們，妳們說如何？」

眾人互相望了望，臉上帶著勝利的喜悅，幽素起頭朗聲道：「蕭雲一向教我們大人不記小人過，那便算了吧！」

「算了吧！」

「算了。」

蕭雲抿嘴偷笑了一下，然後繃起臉說道：「那這件事姑且罷了吧！沈嬤嬤，時候不早了，我們就別再耽誤了，進去吧！謝側妃，就此別過了。」從她身邊經過時，蕭雲用只有她們兩人才能聽到的聲音說道：「大家井水不犯河水，以後見到我，記住要客氣點！將來我與煦王正妃喝茶的時候，也會嘴下留點情的。」

謝容嫣狠抽一口氣，語氣森冷地說道：「我就是將來的煦王正妃，等妳坐上正妃了，再來找我喝茶吧！」

「那妳加油喔！」蕭雲一副幸災樂禍的表情，半點不像是在鼓勵謝容嫣。

景兒欲福身恭送蕭雲離開，但看倩兒沒有動，便連忙挺起身體。她差點又犯糊塗了。

「謝側妃，奴婢退下了。」沈嬤嬤對謝容嫣恭敬地彎腰行禮後，跟著蕭雲走了。

等他們一干人等都進去了，氣得渾身發抖的謝容嫣憤恨地從嘴裡吐出兩個字。「瘋狗！」

景兒忐忑不安地瞄了瞄謝容嫣，生怕她一個巴掌抽過來。好在謝容嫣還生著蕭雲的氣，根本無暇想別的事情。

謝容嫣最窩火的，就是煦王正妃一事。她有把握纏著煦王獨寵她，可是她沒有辦法讓皇上和貴妃不給煦王指配正妃。

蕭雲絕對是故意氣她的！她沒想到，蕭雲被休了還能大翻身，趙王那樣的天人之姿，竟會看上她？趙王一定是被她給矇騙了，也不知她從哪兒弄來的假身分！

「側妃說得對，她就是一條見人就咬的瘋狗，側妃犯不上為她氣壞了身子。」倩兒氣呼呼地說道。

「是啊，側妃，身子要緊，奴婢們扶您回去吧！」景兒連忙附和。

謝容嫣黑著臉，滿腹心事地在她們一左一右的攙扶下上了馬車。

第七十一章

前往內務府為他們安排的宮殿的路上，蕭雲問道：「沈嬤嬤，請問謝側妃為何會在宮中？不是只有親王正妃才能自行出入皇宮的嗎？她又為何會與妳在一起？」

沈嬤嬤領教了蕭雲的牙尖嘴利，也不敢再造次了，說話和和氣氣的。「喔，側妃是經過皇上特許的。煦王對這個側妃十分寵愛，上次煦王進宮住了一段日子，便是帶著側妃一同住進來的，這可是開國以來側妃進宮小住的第一例。後來皇上又下令所有宗親命婦獻藝，由皇上親自挑選出一批最優秀的命婦，讓我們幾個舞姬嬤嬤教她們習舞。聽說好像是兩國之間有一些比試。」

比試？蕭雲揚揚眉，就跟電視劇裡那樣，什麼比武、鬥詩？這御國人在戰場上輸了，所以想在別的方面贏回一點面子嗎？不知道長輕到時候會不會被人挑戰？

走了一會兒，他們來到一個有些殘舊的宮殿前，沈嬤嬤指了指裡面，對他們說道：「因為你們其中有男子，很多地方不大方便，所以內務府特意為你們安排得偏遠了些，這兒離廣和殿約有半個時辰的路。」

「半個時辰？」眾人驚呼道。

廣和殿就是他們要演出的地方，他們這麼多人，不可能讓車輦來回接送，要他們走半個時辰的路，然後再跳上一天的舞？

大家如霜打的茄子，頓時蔫了。

沈嬤嬤怕他們鬧情緒，便誠懇地對蕭雲抱歉道：「實在對不住了，後宮裡有眾多妃嬪，有男人在，真真是不方便。」

「好了，妳不用說了。」蕭雲深明大義道。被她訓過一頓，相信沈嬤嬤不敢再糊弄他們了。她對眾人說道：「各位兄弟姊妹，我們將就一下，就一天而已。熬過去了，我讓你們帶薪休假，好好歇上一段日子，好不好？」

蕭雲開口，誰敢不買帳？

「蕭姑娘善解人意，奴婢感激不盡。」沈嬤嬤謝道。

「生活都不容易，相互理解嘛！我們在宮裡時日雖短，但也希望沈嬤嬤多擔待一些，給妳添麻煩的地方，我在這裡先給妳說聲對不起了。」蕭雲禮貌地說道。

蕭雲不計前嫌，以德服人，沈嬤嬤心裡很慚愧。「蕭姑娘說的哪裡話？照顧好你們在宮中的衣食住行，是奴婢的分內事。那奴婢帶蕭姑娘看看這周圍，順道說一說宵禁這些基本宮規如何？」

「好，妳等一下。」蕭雲招招手，將幽素喊過來，吩咐道：「妳分一下房間，準備準備，等我回來帶你們去廣和殿看舞臺。」

幽素點點頭，說道：「放心交給我吧。」

蕭雲和吟月跟在沈嬤嬤後面，將這個有點破舊的宮殿走了一圈，一邊看，沈嬤嬤一邊把宮裡千萬不能觸犯的規矩說了個清楚。

聽著聽著，蕭雲有點頭暈，急忙喊停，豎起食指強調道：「我們就住一個晚上而已。」

「一盞茶的工夫都足以犯下大錯，你們這麼多人，萬一哪個不小心闖錯了地方，那可不得了！奴婢已經揀最緊要的說了，你們千萬要省得。」

不是沈嬤嬤誇大其詞，有些錯在百姓們看來微不足道，但是宮裡的人命如螻蟻，說砍頭就砍頭，所以該講的地方她一定要講清楚了。如果出了事情，她也可以擺脫關係。

沈嬤嬤繼續碎碎唸，蕭雲悄悄問吟月。「她說的妳記得住嗎？」

吟月輕鬆笑道：「小姐無須苦惱，沈嬤嬤說的奴婢都記下了，回去就由奴婢交代他們好了。」

「強！」蕭雲不禁對吟月豎起了大拇指。

大概過去一炷香的時間，規矩講完了，宮殿也差不多看完了，接下來沈嬤嬤要帶他們去廣和殿，熟悉明天要表演的環境。

「沈嬤嬤，如果方便的話，明天給我們安排一輛車輦吧！我們要用的東西比較多。」

沈嬤嬤忙道：「明日大家都要去太和殿前歡迎御國君主，後宮車輦用得少，不難找一輛過來。不過奴婢十分好奇，蕭姑娘帶些什麼來了？宮裡沒有嗎？」

「妳們宮廷舞姬不是可以在後場候補嗎？到時候就知道了。」蕭雲故作神秘地答道。

玉容閣的人聽到他們不用拿那麼多東西走半個時辰的路，全都鬆了一口氣。他們之中沒人來過皇宮，對傳說中的皇宮有著無限的遐想和好奇，為防萬一，蕭雲在去之前連哄帶嚇，千叮嚀萬囑咐，讓他們在去廣和殿的路上別議論，別東張西望，別交頭接耳。

加上進宮前，蕭雲不停地給他們叮嚀，前往廣和殿的一路上，他們表現得都還不錯，沒給玉容閣丟臉。

看完舞臺之後，蕭雲點點頭，誇讚道：「看得出這裡的每一樣布置，都是沈嬤嬤精心設計的。」舞臺很大，比之前他們彩排的地方還大，不用擔心容納不下他們。

「皇上把如此重大的事情交給奴婢，奴婢當然要竭盡所能地完成。」沈嬤嬤驕傲地說道。

這個舞臺代表著洛國，諒沈嬤嬤也不敢偷工減料。

蕭雲給大家半個時辰的時間，讓他們好好看看，熟悉一下。

晚上，沈嬤嬤將伺候自己的婢女帶來，借給蕭雲差遣。「有個宮裡人在身邊伺候，可以省去許多麻煩。」

「那我就先借用一下了，多謝。」蕭雲讓幽素給婢女安排房間。

這一夜，他們睡了一個安穩的覺。早上，東方還沒有泛起魚肚白，玉容閣的人便從床上爬起來，利索地打點裝備，開始進入備戰狀態。

今日天氣非常好，碧藍的天空萬里無雲，一派澄明，洛帝攜皇后、妃嬪、皇子及文武百官來到廣場上，以上禮歡迎御國君主的到來。

趙長輕穿著深紫色的官袍，騎棗紅色大馬，行在隊伍的最前面。當大隊伍穿過宮門到了廣場前，趙長輕縱身下馬，從容不迫地走到皇上面前，單膝跪地，拱起雙手。「微臣幸不辱命，將御國君主安全接來。」

皇上點點頭，上前一步扶他起身。

御國君王從車輦上下來，和他的皇后、皇子及公主、重臣們緩步走來。除了君王，其餘所有人齊齊跪地高呼道：「微臣參見洛帝，萬歲萬歲萬萬歲。」

按理說，趙長輕當日領著軍隊直搗黃龍，攻破了御國的都城，御國戰敗，該為附屬國，御國君王面對洛帝時當以「下臣」自居，但是鑑於兩國百年戰爭的罪魁禍首乃洛國開國皇帝，他留下遺囑，是讓兩國修好，所以洛帝保留了御國「國家」的資格，與御國君王同等身分。

兩國君王會晤，彼此自然不用跪地行禮，但是基本禮數還是要有的。御國君主拱起雙手，參拜洛帝。

洛帝面帶微笑，虛扶一禮。

洛國這邊每個人都穿得雍容華貴，御國人也不差，一身上下掛滿了珍貴的珠寶，比貴氣，雙方不分上下。但是洛國怎麼說也是戰勝國，洛帝底氣硬，自然十分驕傲，盛氣蓋天，相比之下，御國君主的氣場略輸一籌。

朝聖儀式正式開始，所有人按照禮部排好的程序走了一遍，花了一個時辰的時間，儀式才結束，洛帝帶著他們來到了廣和殿。

兩位帝王坐成一排，侍女為各自的主子斟上酒水後，洛帝高舉金馬杯，朗聲道：「朕準備了豐富的節目為你們接風，也預祝我們兩國互結友好之邦，長長久久。來，我們先乾一杯。」

喝完頭杯，皇上讓太監宣布御前表演正式開始。

蕭雲指揮奏樂的人先把音樂送出去，然後安排成員井然有序地上場。

這個舞臺唯一不足的地方就是沒有帷幕，當男男女女從兩旁上來，穿梭而過，最後站成幾列時，不解之色浮現在每個人的臉上。

這是什麼？

御國人更是十分驚訝。竟然還有男人？那些男人中有老有少，有高有矮，有胖有瘦，如果不是穿著清一色的衣服，他們簡直就像是從大街上隨便抓來湊人數的。

御國君主好奇地問洛帝。「敢問這是……」

洛帝雙眉皺起，臉色不大好看。把這樣一件重要的事情交給民間教坊來做，是不是太冒險了？與其支支吾吾答不上來，不如弄點玄虛。「莫心急，看下去便知。」

御國君主乾乾地笑了笑，有點幸災樂禍的語氣道：「拭目以待。」

幽素穿著一身黑色燕尾裙，站在列隊的最前方，她舉起手臂，兩手在空中劃了半圈——大合唱開始。

「請欣賞大合唱——萬民朝皇。」這次蕭雲安排六月坊裡的朦月負責報幕，她的聲音一落下，平緩的音樂停頓了片刻，然後陡然一聲奏起來。

旋律一出來，大家張開嘴巴跟著幽素的指揮開始唱歌。

這就是蕭雲準備的開場節目——大合唱。

這首歌並不怎麼好聽，主要是他們沒見過大合唱的形式，很難懂其中的整齊和氣勢。但是，這首歌唱出五湖四海的朋友齊聚洛京，朝拜洛帝的繁榮盛況，所有人員囊括了男女老少不同的年齡層，代表了普天之下所有人民，也就是說，全天下的人都在朝拜洛帝，洛國成了這個天下的主宰。

聰明的洛帝聽出了其中的寓意，不由得喜笑顏開。有生之年，他不可能統一天下了，但是，哪個帝王沒有一統江山的雄圖壯志？能在駕崩前打敗御國，與其重修友邦，完成先祖的遺訓，他也算欣慰了。

掃了一眼御國君主，他面露尷尬之色，不是很高興的樣子。被洛國打敗，他們御國連第一強國都算不上，何談一統天下呢？

大合唱結束，接下來是〈好漢歌〉。

上場的全部是男子，他們穿著一身大紅色衣衫，手裡提著一個酒罈子，時而耍兩下醉拳，時而仰頭大喝一口——裡面當然不是酒。

擺好陣列，一個稍微壯一點的中年男子穿著士兵服裝走上臺，他穿過眾人走到舞臺的最前面，扯開嗓子就吼道：「大河向東流哇，天上的星星參北斗哇，嘿嘿，嘿嘿，參北斗哇……」

所有人都呆住了。蕭雲發誓，她絕對不是在惡搞，那聲音多洪亮，他的氣勢多麼恢宏，洛國有這樣的好漢士兵在前線廝殺，怎會不贏？

這首歌裡面的大部分歌詞被蕭雲改動過了，歌曲高亢、簡練，反映了梁山好漢的性格，聽到這首歌的人，都會不由自主地激起心中的鬥志。

坐在上面欣賞的人呆愣了片刻，皇上一串響亮的大笑聲打破了死一般的沈寂，洛國人爆發出激烈的掌聲，御國人則面色鐵青，臉上一陣白一陣紅。

他們就是來受辱的！

不管是哪一國的開國皇帝犯了錯，他們敵對的事實已歷經百年，在場的洛國人從生下來開始，就視御國為仇敵，雖然現在表面上和好了，但是根深蒂固的仇恨沒那麼容易一下子就了結，御國人一來便受辱，他們說不出有多痛快。

坐在御國君主側下首的宛露握緊藏在袖子裡的手，眼睛一眨不眨地盯著臺上。

蕭雲，這個名字她記住了，今日御國所受的屈辱，她一定要十倍百倍地從她身上討回來！

視線不由自主地移到趙長輕那邊，一碰觸到那個風華絕代的心上人，狠戾的目光驟然變得溫柔起來。

趙王的目光一直在舞臺左右流轉，他在找什麼？

順著他的視線掃過去，宛露頓時明白了，眼中的恨意不由得更深——她發誓，除非趙王回心轉意，否則，她絕不放過蕭雲！

站在幕後觀望的蕭雲根本無暇顧及別人。她直直地盯著洛帝，看見洛帝龍顏大悅，她才放下心來，擦了擦額頭的虛汗，在心裡狠狠地警告自己記住了，以後如果皇帝問起這首歌，她千萬不能一激動，就說出了梁山好漢的故事。

梁山好漢在百姓心中是好漢，在皇帝心中可是反賊啊！

〈好漢歌〉後，下面是由踢踏舞改編的節奏舞。十六個女子腳蹬軟布鞋，穿著燈籠袖紅舞衣，每人踩著一只花鼓，在上面迎風而展。

踢踏舞的上身動作不多，它的主要功夫在腳下，十六個人必須一致地踩到那個節奏點上，一起發出踢踏聲音，才能顯出踢踏舞的歡快感覺。

慶幸的是，蕭雲挑選的這十六個人職業素質很高，她們一聽到熟悉的韻律，就會很快進入渾然忘我的狀態，正常發揮水準。

踢踏舞結束，洛帝即刻給出了最高評價。「好極、好極！如此輕快的調子，令朕的心情好上加好。眾愛卿以為如何？」

眾位大臣沒有說話，只是以熱烈的掌聲來作答。

「洛國男子英勇，女子才藝過人，男女皆出色，皇上治國有方，臣下欽佩不已！」御國君主恭維道。

管他真心也好，假意也罷，事實擺在眼前，洛帝眉眼上揚，心情好得不得了。

前面幾個節目已經打開了各人的視野，他們對下面的節目不由得更加期待。

朦月報上曲目後，一群男子抬著不同的樂器上臺，擺好之後，他們迅速退下，十二個穿白紗裙的女子從左右上來，分別或站或坐於樂器旁邊。

「那是何物？」

「帶著音弦，是樂器嗎？」

「那個像七弦琴，又不是。」

「怎麼還有樂器是豎站著的？」

觀賞的人指著這些樂器左右相問，好奇心十足，連御國君主也問洛帝，那些分別是什麼，在他們御國從未見過。

洛帝頗為驕傲地道：「我們洛國地大物博，人傑地靈，各行各業鼎力發展，自然繁榮昌盛，你們有所不知，不足為奇啊！」

言下之意，我們一邊打仗一邊發展經濟，兩不落，不像你們，只忙著打仗，結果還輸了。

御國君主癟癟嘴，臉色晦暗。

不用說，這些樂器裡大部分也是這個時代沒有的，蕭雲畫出圖稿，找師傅將它們做出來，費了好多的精力，但是音色和現代的那些始終無法相較，而且她自己只會拉小提琴和吹笛子，所以，這些樂器基本上是用來擺譜的。

這十二個女子在音樂上頗有造詣，利用她們的天賦，再透過蕭雲的描述和她們自身的領悟，最後無師自通，勉強能湊個十二樂坊。

主要目的在於顯示洛國地大物博，各行各業都十分發達，遙遙領先，這樣就夠了。

盛宴一共安排了九個節目，每一個節目都是這個朝代以前不曾出現過的，新穎的曲風，歡快的調子，無一不深深地吸引了在座每一位的目光，尤其對最後一場壓軸大戲，每個人都寄予了很高的期望。

可其實前面八個節目在蕭雲眼中都很一般，隨便拉一個現代人過來看看，都會覺得索然無味，它們的取勝關鍵就是古人沒見過，而且，這些節目的意義呈現出了洛帝心中的想法，這才是洛帝舉辦這場盛宴的目的。

最後一場壓軸戲，儘管也要表現出和前面相同的意義，但是，蕭雲喜歡完美收尾。前面的她自認為不夠精采，所以，後面的她會補足。

「下面請欣賞大型舞曲——萬物生。」

這首歌所配的舞蹈是千手觀音。

黃色的華麗服飾，身上布滿金光閃耀的點綴，當他們隨著音樂出現在舞臺上的一剎那，全場驚豔。

收放自如的手臂動作柔中帶剛，伴隨著音樂的起起落落，手臂一伸一收，耀眼奪目，幾個看似簡單的動作，在音樂的渲染下，使得他們剛柔並濟的舞姿更加氣勢恢宏。

那震撼人心的感覺，無法言喻。

唯一美中不足的就是少了燈光效果。

但是懂得這種不足的只有蕭雲，其他人全都看呆了。

「大開眼界，大開眼界啊！」御國的君主和皇后臉上寫滿了豔羨與折服，御國君主心悅誠服地道：「洛帝治國有方，敗給如此強盛的國家，臣下心服口服。」

不知是誰起的頭，文武百官忽然離座，統統跪在一旁的空地上，朝著洛帝拜道：「洛帝萬歲萬歲萬萬歲。」

洪亮的聲音像海浪一樣一波漫過一波，響徹整片天空，蕭雲終於感受了一回封建制度下的那種帝國霸氣，心裡小小地震撼了一次。

御前演出結束，接下來的事就跟玉容閣無關了，洛帝領著眾位皇親國戚離開了廣和殿。

「你們的表演太……」沈嬤嬤情緒有些激動，想想這個詞、那個詞都不夠用來形容她心中的撼動，最後，只以四個字來囊括。「嘆為觀止！」

「一般一般啦！」蕭雲拽拽地揮了揮手，眉飛色舞地道。

沈嬤嬤一把抓住蕭雲的雙手，聲音微微顫抖。「以前奴婢自恃過高，以為無人能及，今日得以一見蕭姑娘的曲藝，奴婢那些雕蟲小技比之簡直是雲泥之別，奴婢有眼不識泰山，怠慢之處，蕭姑娘千萬別放在心上。」

第七十二章

「妳說過什麼話我都不記得了。」包括那些規矩。蕭雲笑道：「我可沒上臺表演，妳從哪兒比出來的？」

「我們都為教習之人，若本身無真才實學，又怎會教出那般出眾的舞姬來？」

蕭雲抿嘴一笑，道：「伯樂固然重要，但自身不足也不行啊！什麼人有什麼特長，適合行樂還是行舞，我心裡都有計較，摸準方向再稍加調教，可以事半功倍。我的責任是縱觀全局，填補其中的漏洞，如果讓我去頂替她們其中一人的位置，未必做得比她們好。」

沈嬤嬤對蕭雲的印象越來越好，同時，心裡的危機感也漸漸加深。

幾個宮廷舞姬藉著跟沈嬤嬤見禮的機會，跑過來跟蕭雲搭訕，還試探地說道：「蕭姑娘太謙虛了，今日御前表演皇上龍顏大悅，大家有目共睹，皇上一定會宣召你們玉容閣進宮為御前所用，日後奴婢們恐怕要偏安在蕭姑娘的羽翼之下了，蕭姑娘可要多多提點提點奴婢們。」

沈嬤嬤臉色驟然一沈。

蕭雲頗為同情地掃了沈嬤嬤一眼。宮裡果然不乏趨炎附勢之輩，見師傅大勢已去，她們就立刻尋找高枝攀附，淒涼啊！

蕭雲搖搖頭，轉過身向幽素她們走去，閒閒地道：「的確會有一批人進宮，不過，沒有我。」

「啊？」

「為何？」

跟在蕭雲身後的舞姬們錯愕道。進宮做總教習嬤嬤，是一個多麼好的機會，她不想？

沈嬤嬤眸光一閃。她不進宮和她爭地位嗎？思忖一下，突地，她停下腳步，舉起手掌，啪地對著那三個舞姬臉上一人搧了一巴掌，怒聲斥道：「妳們亂嚼什麼舌根子，蕭姑娘要嫁趙王，又豈能做教習嬤嬤？別在這裡胡言亂語，辱了蕭姑娘的清譽，小心趙王要了妳們的命。」

舞姬個個委屈地捂住臉，眼底湧動著恨意，但是臉上表現出怯生生的表情，對蕭雲鞠躬道：「對、對不起，奴婢嘴拙，說錯了話。」

「妳怎麼隨手打人啊？妳有暴力傾向？」蕭雲難以置信地指著沈嬤嬤，質問道。

沈嬤嬤被蕭雲問懵了。什麼……暴、暴力傾向？是何意？「奴婢是在維護蕭姑娘的清譽啊！」

「神經病！」

蕭雲無語。沈嬤嬤不是吃素的，這幾個舞姬也不是，就讓她們自己內鬨去吧！她跟這群古人真是難以溝通。

幽素她們面面相覷，蕭雲走過去，皺眉喊道：「都愣著幹什麼？趕緊清場，準備回去。」

眾人回神，趕緊收拾。

沈嬤嬤湊過去還想說些什麼，突然看到一個人從蕭雲身後走來，她連忙跪到地上，畢恭畢敬地行禮。後場的人除了蕭雲，全部都跪了下來，恭恭敬敬地做了個萬福。

蕭雲回頭一看，不禁訝異。

「長輕，你怎麼來了？」

「免禮。」趙長輕淡淡地應了一聲，然後走到蕭雲面前，抓起她的手，說道：「我們去那邊說話。」

蕭雲跟著趙長輕離開人群，走到一旁，只聽他雲淡風輕地說道：「後日便是吉日，妳回去準備一下，我們後日成親。」

蕭雲直愣愣地看著趙長輕。趙長輕不禁失笑，捏著蕭雲的臉頰，道：「高興得傻了？」

「什麼呀！」蕭雲拿開趙長輕的手，不滿地問道：「就這樣，沒啦？」

趙長輕不解。

「哪有你這樣求婚的？一點都不浪漫，沒有戒指，連束花都沒有。」蕭雲嬌聲控訴道。

「戒指？花？」趙長輕顰眉想了想，正色問道：「你們那兒，要有這兩樣東西才可成婚嗎？」

「也不是非要這兩樣不可，但是，也不能……」蕭雲不知道該怎麼跟他說，唉，古代人，就是難溝通！蕭雲白他一眼，埋怨道：「反正你就是不浪漫。」

趙長輕抱住蕭雲的肩膀，柔聲哄道：「那妳告訴我要做些什麼，我一定依照妳的意思去做，可好？」

「有人看著呢！」蕭雲推開他一點，撒嬌地故意找碴道：「我說出來還有什麼意義嘛？」

趙長輕像個受委屈的小媳婦似的，為難道：「娘子可真是難倒為夫了。娘子不說出來，為夫又如何得知娘子想要什麼呢？」

「你可以知難而退啊。」蕭雲涼涼地道。

趙長輕頓時臉色一沈，道：「不行。」

蕭雲抿緊雙唇，斜他一眼，他緊鎖眉頭，落寞地轉過身欲走。蕭雲傻眼了，愣了片刻，恨恨地跺了一腳，著急地指著他，道：「喂，你你你、你真的知難而退啦？」

趙長輕臉上劃過一絲笑意，轉過臉時，已變得一本正經。「為夫回去好好想想，如何讓娘子浪漫地出嫁。」

「唉呀！」蕭雲過去拉住他，極力忍住心中的甜蜜，說道：「傻瓜，我跟你開玩笑的啦！」

「一輩子只此一次，娘子的要求一點也不為過。」趙長輕卻無比認真地說道：「為夫回去會想清楚，安排好了，改了吉日，再行通知。」

他不是在逗她，他真心這麼覺得。他一定要給她一個完美的回憶，讓她做這世間最開心的新娘。

蕭雲拽住他，展顏笑道：「說了跟你開玩笑的。好了，我收到你的通知了。我覺得日期有點緊促了，你有時間嗎？朝廷上上下下都在忙著招呼御國人，你抽得出空來嗎？」

「整個皇宮都在招呼御國人，不差我一個。」趙長輕臉上掠過歉意，他握起蕭雲的雙手，說道：「我們的婚宴，他們不會出席。所以，成親的過程會比較簡單。」

蕭雲當即明白，「他們」指的是他的親朋好友，以及雙親。沒人參加他們的婚禮，很多程序都可以免了，難怪說結就結了。蕭雲倒無所謂，開心地笑道：「那太好了，沒人鬧洞房，我們正好可以兩人世界。」

「妳真的不介意得不到他們的認可？」

在這片時空之下，公婆不認可兒媳，對新娘來說，是一件非常羞辱的事情。好在蕭雲不是這個時空的人。她搖搖頭，說道：「只要你認可我，將來不會後悔就行。趙長輕，你一定要考慮清楚了，得不到親人的祝福，你將來不會後悔娶我？」

趙長輕堅定不移地說道：「沒什麼可後悔的，妳不在意他們對妳的看法即可。」

蕭雲狡黠地笑了笑，自我打趣道：「你剛才不是摸過了嗎？我臉皮厚得很，不是隨隨便便就能打擊到的。」

那層暗湧的傷感瞬間被擊破，趙長輕忍俊不禁，又伸手捏了捏蕭雲的臉頰，評價道：「嗯，皮是挺厚實的。」

「討厭！」蕭雲佯裝生氣地掄起空拳捶了捶他，忽然一下子想起了一件事。「唉呀，我明天要和玉容閣的人一起去春遊。」

「春遊？」趙長輕挑了挑長長的劍眉，語氣微酸道：「沒有我，妳的生活也過得豐富多彩。」

蕭雲嘿嘿笑道：「你不是要上班嗎？如果你有空，也可以一起過來啊！」

「不好，我要與妳單獨出遊。」趙長輕孩子氣地道。

「可我先答應他們的。」蕭雲歪著腦袋瞄了玉容閣的人一眼，開心地笑道：「我告訴你喔，他們中有些人看對眼了，我安排明天大家一起出遊，就是為了撮合他們。下次我們單獨約會，好不好？」

趙長輕寵溺地揉了揉蕭雲的頭，笑道：「我的娘子真是一副熱心腸。不逗妳了，我明日還有事，脫不開身，妳與他們一起出遊吧！」

「你明天不會是要準備我們的婚禮吧？就我們兩個人，別費心了。我是個新時代的女性，既然不用應酬親朋好友，我提議，我們旅行結婚，正好連著度蜜月。」蕭雲舉起手，雀躍道。沒有長輩參與婚禮，正好省去繁文縟節了，越想越覺得開心。

「旅行結婚？蜜月？」趙長輕揚眉。

蕭雲高興地搖晃著趙長輕的手臂，說道：「就是以遊山玩水的方式，來慶賀我們結為夫妻啊！」

趙長輕當即贊同。「如此甚好。」

「所以你明天別多費心了，就吩咐廚房備一桌好酒好菜就行了。喔對了，我要請我們玉容閣的人胡吃海喝一頓，你也請你府裡的人大吃大喝一頓吧！」

趙長輕點點頭，緩聲說道：「這些我會遣人去辦。除了此事，我還另有事要做，忙完了若趕得上，我去玉容閣找妳。我是趁空偷溜過來的，御國人還在宮裡，我不能失禮於人前，我過去了。」

「嗯。」蕭雲看看玉容閣的人。「正好他們也收拾得差不多了。」

清好廣和殿的場地，蕭雲和玉容閣的人回到住的宮殿，幫她們卸下舞妝，換上舒適的衣服，將帶來的東西都打點好後，蕭雲大聲說道：「收拾妥當，我們打道回府。」

「沒有人能留下來嗎？」其中有個名不見經傳的女子高聲問道。

「我們做御前表演，不正是為了讓皇上御賜為宮廷舞姬嗎？」有個人也附和道。

也有不願意留下來的人嚷道：「我們這麼多人不可能全部留下來吧？方才看沈嬤嬤那般對待舞姬，我可不敢留下來。」

「我也不要留下來，在沈嬤嬤手底下做舞姬一定很慘，天天挨打。」

朦月驚奇一聲，天真地說道：「喔，難怪我瞧那些舞姬個個滿面緋紅，原來是被打的。」

聞言，一直安靜地聽她們說著自己心聲的蕭雲忍不住噗哧笑了出來。拜託，那是胭脂水粉抹出來的好不好？

大家捂住嘴憋笑。

朦月哼了聲，嘟起嘴霸道地說道：「我就是故意逗妳們開心呢，妳們不准笑我！」

「妳有時候傻得很可愛，這種性子要是待在宮裡……」蕭雲斂起笑容，重聲說道：「會死得很慘。」

氣氛陡然冷了下去。那些想進宮發展的人閉上嘴巴，陷入了思索中。這幾個字飽含深意，像一記警鐘，敲響了她們心中的美夢，她們無法不認真考慮。

「愣著幹什麼？趕緊收拾。記住了，收拾得乾淨點，來時什麼樣就恢復成什麼樣，懂嗎？皇上暫時有公務纏身，沒空管別的事，我們先回去等通知。」蕭雲大聲囑咐道。

有個男子舉起手來，怯怯地問道：「蕭、蕭老闆，我們可不可直接回家？」

「沒說不讓你們回家，但總不能在這裡分工錢吧？像話嗎？」蕭雲瞟了他一眼，嘀咕道：「真念家！」

一聽到要分工錢，每個人臉上都洋溢著興奮之色，手腳特別麻利地開始收拾行當。

蕭雲走到幽素面前說道：「妳記得點好人數。」

「嗯，我記得，走之前我還會檢查一下他們收拾得乾不乾淨。」幽素給了蕭雲一個放心的笑容。

蕭雲滿意地笑笑，然後去收拾自己住的那個房間。

他們住的宮殿離宮門口較近，半個時辰之後，他們便來到了門口。

和進來時一樣，門口的守衛將人數點清楚了，確定和之前記錄的人數相同，然後才讓他們出去。

二十輛馬車已經等候多時，幽素讓他們先排隊站好，再逐一安排上車。他們全部上車後，蕭雲和幽素幾個人坐上了最後一輛馬車。

宮門口的幾個守衛指了指他們離開的方向，敬佩地議論道：「怪不得是趙王中意的女子，帶著這麼多人出來，卻安排得有條不紊，一點不亂。」

「有大將風範啊！」

「比那些千金小姐們更配得上趙王爺。」

「嗯。唉……可惜啊，我們說配得上沒用，太學大人和公主未必肯認這種出身的兒媳。」

守衛們一臉惋惜的表情，為這對苦命鴛鴦嘆息。

和蕭雲分開後，趙長輕很快找到了正在參觀皇宮的洛帝眾人。

他悄無聲息地走過去，趙太學和平真夫婦斜睨了他一眼，平真低聲問道：「去哪兒了，也不說一聲？御國君主方才提到了你的婚事。」

趙長輕正欲啟齒，宛露公主的聲音已然砸了過來。「素聞洛國乃禮儀之邦，遠道而來想學習一番，趙王未交代一聲便獨自離開，這就是洛國的待客之道嗎？」

她的聲音，引得一行人齊刷刷地看向趙長輕。

太子開口欲替他解圍，皇上的聲音提前響了起來。「宛露公主言重了。朕才是東道主，下臣為了瑣事私自離開，無須報備。」

「洛帝言之有理，若一點小事都要彙報，那豈不是問不過來？小女初來乍到，不懂規矩，失言了，望洛帝莫怪。」御國君主馬上為女兒辯護道。

宛露忙不迭地走到趙長輕面前，滿面愧疚地說道：「趙王殿下，是臣女不懂事，言之有誤，過於冒失，還請趙王殿下多多包涵。」

宛露弓著腰，保持半蹲的姿態，趙長輕視若無睹地從她身側走過，冷淡地道：「一點小事，宛露公主不必多禮。」

在場的人都看出了趙長輕對宛露的漠不關心，御國君主臉上無光，乾乾地笑了笑，給自己打圓場。「本王接觸趙王多在戰場之上，還以為戰場之外的趙王會有所不同，沒想到依然保持這性情，難得、難得！」

宛露忙含羞地低頭說道：「非也，趙王與女兒獨處時並非如此。」

眾人聞言，不禁露出曖昧的笑意。

御王哈哈一笑，道：「那許是人多，才至如此。」

「本王與宛露公主迫不得已之下曾獨處過幾個時辰，其間未曾有過交談，宛露公主何出此言？」趙長輕不悅地皺起眉頭，澄清道。

御王和宛露一臉訕訕，表情頗為尷尬。

「犬兒天性確實如此，在家中也這般，御王莫見怪。」趙太學見狀，及時開口笑道，打破僵局。「習慣就好，內子也常說他木訥無趣，不懂說笑。」

「太學大人客氣，此乃真性情也，日後宛露嫁於趙王，本王倒不擔心了。」

趙長輕眸光一沈，鋒利地從宛露身上掃過，說道：「御王弄錯了，與宛露公主和親的，並非小王。」

平真幾不可聞地嘆息了一聲，將臉偏開。

除了洛帝、皇后，以及趙太學和平真公主之外，所有人都大吃一驚。他們記得很清楚，歸降時談的和親之人，就是洛國的趙王和御國的宛露公主啊！

「這……」御國君主訝異道。兩國談判時他在場的，和親的人明明是趙王和宛露。「趙王當時可是親口答應的？怎可出爾反爾？」

這件事情上反悔了，那談判中其他的事呢？也一併不作數了嗎？

這才是身為王者最擔心的問題。

事態嚴重，若解決得不好，傳出去只怕讓人笑話。洛帝威聲說道：「關於此事，趙王所為的確欠妥，朕以為雙方有必要就此事坐下來詳談一次。來人，擺駕御書房。」

聽言，宛露急忙大跨幾步到趙長輕身邊，小聲道：「趙王，可否借一步說話？」

「本王與宛露公主並無私交，單獨說話恐怕有損公主名節。」趙長輕嚴聲拒絕道。

宛露不顧一切地猛抓住趙長輕的衣袖，阻止他離開。「趙王難道不想聽聽糧草一事？」

趙長輕驀地轉眸，視線冷冰冰地射向宛露，厲聲呵斥道：「此事休要再提！」

「若我非提不可呢？」宛露決絕道。

兩人僵持間，洛帝等人已先行離開，他們終於可以放心說話了。

趙長輕憤然甩開宛露的手，語氣裡不帶一絲溫度。「非提此事不可，妳意欲為何？」

宛露流露出哀傷的神情，嬌聲哭訴道：「你為何對我冷若冰霜？難道是在責怪我方才在眾人面前責難於你嗎？我實乃情非得已而為之啊！我來洛國多日，想盡各種辦法求見你，可是一直未能得償所願，方才我一時情急才出此下策，故意想引得你的注意，為何你看不到我？」

「公主若想追究本王退婚一事，便隨本王一同前往御書房吧！皇上會給你們一個合理的交代。」趙長輕依然是那副態度，一邊說著話，一邊轉身欲隨洛帝等人而去。

第七十三章

「你還在為糧草的事怪我嗎？」宛露衝著趙長輕離開的背影痛聲喊道。為了這件事，她悔得腸子都青了。「這件事已經過去了，我們御國也敗了，你為何還要耿耿於懷？」

趙長輕半側身體，毫不留情地撲滅了宛露心中最後的幻想。「宛露公主，本王希望妳清醒一點，若公主覺得這件事可以威脅到本王，公主待會兒不妨開門見山直接說出來。本王不懼。」

「趙王、趙王？」宛露深情地呼喚，仍然喚不回趙長輕決然離去的心。

她慢慢收起脆弱的表情，緊緊咬住唇，眼底升起一抹狠意。

既然你不仁，別怪我不義！

御書房裡，參與這次談話的，只有和親一事的關鍵人物。

「有關和親一事，今日就此機會，洛、御兩國正式會談一次。朕先表明立場，和親雙方各代表我們兩國，為表兩國交好的誠意，和親一事必須執行。御王，你意下如何？」

「臣下也正有此意。」御王點頭贊同道。

趙長輕撩起長襬，行至御王面前，拱手致歉道：「此事上，小王確有不周之處，願一力承擔御王的問責。兩國和親一事不會變更，只不過，小王已有正妻，無法另娶宛露公主。」

宛露冷靜地問道：「那趙王當初為何應承和親之事？趙王這般作為，分明是有意戲耍我們御國。」

洛帝端起茶杯，抿了一口茶，精銳的眸子在當事人身上來回流轉，似在謀算什麼。

「本王忙於邊關一事，忘了家中訂下的婚約，回來之後才憶起此事，宛露公主，實在對不住。願以茶代酒，向宛露公主賠罪。」不管宛露接不接受，趙長輕把禮數做全了，很真摯地道歉道。

趙太學連忙說道：「都怪微臣不好，替犬兒盟了婚約在身，他臨去邊關前微臣才匆忙地告知於他，許是他心繫公務，所以引發了這種誤會。」

平真拿眼乾瞪趙太學。她還沒同意這樁婚事呢！心裡雖然這麼想的，可是卻沒有開口否認趙太學的話。

但宛露根本不買帳，她憤懣地道：「那為何我們來了，趙王才說這樣的話？趙王不是想羞辱臣女嗎？」

趙長輕眼底閃過一絲冷冽。御王頗為緊張地瞥了瞥洛帝等人，瞧他們不動聲色，似乎是想讓當事人自己來解決此事，於是識趣地閉上嘴，沒有插話。

「本王曾寫信致歉，將此事坦誠相告，並且推薦了我朝中出類拔萃之輩以供挑選，望宛露公主另擇良緣。這番計較，足以表示本王道歉心誠，又何來有意羞辱一說？」

宛露矢口否認道：「趙王何時寫過信件？臣女沒有收到。」

趙長輕冰利的鋒芒冷冷掃了宛露一眼。「公主以為，本王會懷疑手下的人辦事不力嗎？」

「那是趙王的事，臣女沒有收到，就是沒有收到。」宛露耍賴道。

趙長輕失去了耐心，冷聲說道：「沒有收到不要緊，現在通知，為時未晚。」

平真咂了咂嘴，一眼瞪過去，低聲提醒道：「長輕，注意你的語氣。」

「兒子大了，自有考量，妳說他做何？」趙太學暗暗地扯了一下平真的衣袂，輕聲道。

「洛帝陛下方才也說，和親關乎兩國交好的誠意，並非你我二人的私事，趙王怎可擅自作主？」宛露步步緊逼道。

趙長輕毫不動容，一雙深若幽谷的眸子淡淡地看著宛露，緩聲說道：「宛露公主似乎曲解了皇上的意思，兩國和親勢在必行，只要能代表著各自的皇朝，誰與誰和親，意義都是相同的。」

「強詞奪理！」宛露恨聲道。

御王看不下去了，憤恨地說道：「這未免欺人太甚？宛露好歹是公主，御國固然戰敗，也不至於讓一個公主出來受委屈。洛帝？」

洛帝輕抿一口茶，看了御王一眼，慢聲說道：「洛國一向注重德禮，趙王有婚約在先，豈可食言於人？若教宛露公主為妾，這才是委屈了公主之尊，朕怎能答應？不過御王大可放心，我朝中未婚的皇親大有人在，出色的不在少數。」

「敢問那位女子何等身分？宛露是公主，應該比任何女子都更能配得上趙王，洛帝為何不讓那位女子另嫁旁人？難道他們已經完婚？若不然，叫她為妾也可。」御王不服氣地替女兒爭取道。

「父王，別說了。」宛露哽咽道。「定是女兒自身不足以媲美趙王的妻子，所以趙王才如此對待女兒。趙王是出色的男子，合該出色的女子相配。」

「宛露啊，趙王這般待妳，妳還要為他說好話？」御王恨鐵不成鋼地氣道。

洛帝與皇后對望了一眼，兩人臉上不約而同地浮出尷尬與惋惜的複雜之色，越看宛露越覺得順眼。如果長輕要娶的那位女子，能如宛露公主這般體貼懂事那就好了。

「陛下。」宛露忽然撲通跪到地上，痛下決心道：「臣女願仿效太學大人與平真公主，與趙王的妻子共事一夫。」

眾人始料未及，御王皺起眉頭，沈聲喚道：「宛露？」

他們是戰敗國沒錯，但是洛國開國皇帝有錯在先，他們大可不必敗得如此沒有尊嚴。

「女兒心意已決，父王莫再相勸。」宛露堅定地看著御王。

「宛露公主，不管妳聽什麼人說了什麼風言風語，朕要明明白白地告訴妳，在我們洛國，自建國以來，從未有過『平妻』。平真公主貴為公主，怎會與別人並肩，同為正室？這像話嗎？趙太學的正妻從來只有她一人。」洛帝語氣頗為不悅地說道。

民間有流傳「平妻」的說法，是有些商賈之家因為家族利益會發生這種事情，但是在洛國的律法上，從來不承認「平妻」的地位。平真是先皇最疼愛的女兒，她執意要嫁給已有正室的趙仕寅，先皇拗不過她，最後在趙家的族譜上抹去了正室的名字，改成了平真。

嚴格說來，「平妻」只是平真一廂情願用來安慰自己良心的說法。

平真有些尷尬地低下了頭。趙太學在袖下按了按平真的手背。這是他們兩人共同犯下的罪過，理應由他們一起承擔。

「那……」眼看著徹底沒希望了，宛露索性豁出去，置之死地而後生地道：「臣女甘願為妾。」

「宛露！」御王夫婦同時訝異地喊道。

洛帝和皇后相視一眼，皇后柳眉輕蹙，雙眸轉了轉。宛露雖然是戰敗國的公主，可是比起那個坊間出身的女子，她當然更寧願長輕娶的人是受過宮規禮儀教育的公主。如果宛露配不上長輕，那蕭雲就更沒有資格嫁給他。

略微思索了一下，皇后開口說道：「那倒不必為妾，趙王被御封為外姓王爺，除正室之外，還可立側妃，況且他們尚未完婚。」

宛露的臉上立即浮出喜悅之色。「如此說來，一切還有轉圜的餘地？」

趙長輕怨惱地看著皇后，悶悶地說道：「後日便是我們的婚期。」越到緊要關頭，越易節外生枝，不知後日的婚禮還能否順利進行。

「什麼？後日？」皇后驚詫地看向趙太學夫婦，他們二人一臉迷茫的表情，顯然也是才知道。

「不管是哪日，他們還未完婚乃事實。」御王輕鬆愉快地說道。「敢問她是哪位大人家的千金？可否宣她進來與本王商談一番，或許可以讓這位千金嫁到我們御國來。」

趙長輕雙瞳猛然緊縮，帶著怨懟逼視著御王，一字一頓地冷聲說道：「她只能嫁給我。」

御王被趙長輕突然散發出的戾氣懾住了。他的反應如此強烈，莫非，他與那位女子已經有了很深的情意？

那又怎樣？一切未成事實之前，就有挽救的機會。

「那為何不讓她做側妃？沒錯，和親是我們御國先提出來的，可趙王當時並未反對，宛露才因此對趙王寄予如此高的期望。」御王拱手對洛帝請求道：「請洛帝宣召那位大人進來，臣下要與他好好商談一番。」

洛帝和皇后對視一眼，遲疑了一下，洛帝遺憾地說道：「那位女子的父親，並非朝中大臣。」

「非朝中大臣？那是商賈之家？」

洛帝和皇后一臉訕訕，趙長輕直截了當地說道：「她是平民女子，雙親不在這個世間。」

「平民女子？」御王大為震驚，愣愣地眨眨眼睛，問道：「怎麼洛國皇族娶妻，隨隨便便什麼人都可以嗎？」

趙長輕直視著御王，惱怒道：「她不是隨隨便便的什麼人，她是小王要娶的女子，請御王不要以輕蔑的語氣批評她。」

御王不以為忤，嚴肅地說道：「據本王所知，自古以來不論哪一國，王爺立妃都有著嚴格的標準，身世、相貌、才藝、品格，無一不精挑細選。皇室血統何其高貴，豈能娶個普普通通的平民女子？難道洛國不是如此？」

洛帝立即否認道：「趙王要娶的女子曾救過他的雙腿，這等恩情太重，所以朕准許破例一次。」

經過這樣一說，趙長輕娶蕭雲，似乎完全是為了報恩。

宛露堵在心裡的那口氣終於釋懷了。

「原來如此。趙王真是重情重義之人，是本王錯怪趙王了。不過，一個平民女子，趙王欠她天大的恩情，許以側妃之位也足夠償還了。」御王說道。「在我們御國，若有人同爭一個心上人，三方無法達成一致時，可來一場比試，輸的一方自願退出。洛帝，你看可否這樣，讓那位女子和宛露來一場才藝比試，輸的人指為側妃。」

「這個辦法不錯。」洛帝說道。

趙長輕寒聲指明道：「這是洛國！」

御王輕鬆地說道：「但宛露是御國人，還是位公主。」

宛露聞言，及時開口請求道：「陛下，臣女方才說過，趙王該由出色的女子相配，臣女願意與那位女子比試，若臣女輸了，願屈居她之下。」

「萬萬不可！宛露公主身分金貴，怎可屈居平民女子之下？不可、不可。」趙太學漠然說道。

宛露覺得這位未來公公是在替她說好話，不禁信心倍增。

御王開心地笑道：「哈哈，太學大人盡可放心，宛露自小學習琴棋書畫，在御國無人可敵，一介平民，豈是她的對手？」

「御王此言差矣。」洛帝眼裡滿是濃濃的興味。「我們洛國人才比比皆是，隨便挑一個出來，都能拿得出手。若宛露公主輸給了平民，有失顏面。不好，不好。」

他嘴上雖說不好，但是語氣在別人聽來，更像是在故意刺激宛露無論如何都要跟蕭雲比試比試。

趙長輕用埋怨的眼神看著洛帝。

御王果不其然地說道：「洛帝恐怕言之過早了吧？御國人在戰場上不如你們，在才藝上卻未必。想當年，你們洛國的開國皇帝正是因為看過我們御國女子歌舞，才會……嗯？」

御王點到為止，洛帝與皇后悻悻地垂眸，頓覺面上無光。

百年前，洛國開國皇帝看了御國皇后的表演，情不自禁地癡迷上了她，為了得到她，不惜大開殺戒，血洗御國都城。最終，御國皇后在他眼前自刎，他才醒悟過來，可是御國人的怒火已經被點燃，仇恨像埋下的種子，一代一代地傳了下去。洛國開國皇帝的懺悔，使得他留下了這樣的遺言：若最終洛國贏了，一定要和親，娶御國女子回來，以彌補他心中的遺憾，並且好好對待嫁過來的御國女子。

「那事已過去百年之久，還提它做何？」洛帝微惱道。如果不是開國皇帝犯下了滔天的殺孽，他用得著在這裡受一個戰敗國人的氣嗎？

皇后見氣氛有些僵硬，便柔聲提議道：「正好後日兩國有才藝比賽，不妨讓她們比試一下，助助興也好。」

如果蕭雲輸了，想必她自己也會覺得自慚形穢，不配做正妃。

趙長輕不疾不徐地阻止道：「皇后娘娘，微臣答應過那位女子，終生只娶她一人。這件事，皇上已經應允了。」

「什麼？」皇后一怔，狐疑地看向皇上。皇上怎麼可能會答應如此荒唐的事？

趙長輕將希望投注到皇上那兒，等他說句話。

洛帝眼底的興味正濃，一副看熱鬧的姿態。趙太學瞧他這副模樣，不禁皺眉思忖起來。

「朕頭疼得厲害，還有一大堆國務等著朕操持，你們小輩的事，就交給你們自己來解決吧！」洛帝揉一揉額頭，假惺惺地說道。

「既然如此，那兒女之事就交由臣妾來主持，皇上意下如何？」皇后以為皇上真的頭疼，便想為他分擔一些事。

「皇后就不必為此事操勞了。既然他們不信，便依他們，比試一回又何妨？」洛帝滿不在乎地說道。

御王見好就收，拱手感激道：「多謝洛帝成全。」

「皇上？」趙長輕以似帶哀怨的眼神看了看洛帝。

洛帝單手支著額頭，暗暗給趙長輕一個稍安勿躁的眼神。

皇后與皇上夫妻多年，她瞭解皇上這麼做，多半是出於朝政方面的考量，既然這樣，那就讓她來決定吧！

「本宮覺得，還是將那位女子喚來，聽聽她的想法。或許，她與趙王想的並不一樣呢！」

御王和宛露對視一眼，心中奇怪。那個女子方才在宮裡？問了以後，他們才知道，原來那場歡迎他們的歌舞就是蕭雲準備的。以那場歌舞的水準看來，這個女子可不簡單哪！御王擔心地看向宛露。女兒會不會輸得很難看？

宛露給他一個安心的眼神，不以為然。蕭雲那麼厲害，為何不自己表演邀功呢？她只不過是安排了整場歌舞曲目，真正厲害的是那些能歌善舞的女子。

「來人，宣蕭雲。」皇后即刻朗聲宣道。

趙長輕怨惱地看著眾人，心不由得沈重起來。事態似乎正在偏離他預想的道路，即使皇上答應過他與蕭雲的婚事，但是皇上也說過，他不會明確地承認，更不可能在御國人面前承認。現在御國人來橫插一腳，無疑是給稍微有點好轉的僵局來個猛烈的打壓，他已經阻止不了什麼，為今只有一計……

「報——」須臾，太監跑來稟報道：「啟稟皇上、皇后娘娘，蕭姑娘已經離開皇宮。」

「離開了？」皇后看向皇上，希望他下個旨，讓蕭雲再返回宮裡來。

就這樣，蕭雲在半路上被喊了回去。

第七十四章

左邊的簾子微微動了動，那是御書房的內間。

太子站在重重紗幔後面，有人從他身後過來，帶動一陣輕微的風。太子轉頭看去，不禁訝然道：「子煦？」

「皇兄？」洛子煦看到太子，一樣驚訝。

兩人不約而同地將視線投向外間剛進來的那個女子身上，又收回來彼此對望了一眼。看來他們的目的一樣。

「什麼？比試？」聽到喊她回來的原因，蕭雲感到好笑。來的路上，太子已經派人給她通風報信，在御書房發生的事情，她全部都知道了。到了御書房，她給在座各位行了禮。禮畢，皇后將事情的重點告知她。

蕭雲看著趙長輕，趙長輕給了她一個鼓勵的眼神。

拜託，你那個眼神是什麼意思啊？蕭雲氣惱地白了他一眼，低下頭說道：「啟稟皇上、皇后娘娘，民女不想比試。」

洛帝的眼神充滿了看戲的意味，語氣慵懶地說道：「從來沒有人，敢跟朕說過一個『不』字。」

「回皇上，民女是用心來敬重皇上，不像那些表裡不一的人，只會嘴巴上阿諛奉承。何況，想要比試的人是宛露公主，所以民女拒絕的是宛露公主，而並非皇上。」蕭雲圓滑地回道。

洛帝呵呵大笑了幾聲。這個女子的確很有趣！

蕭雲掀起眼簾瞄了瞄皇上，暗暗地咬了咬牙，心裡非常不爽。他這是什麼態度？真教人捉摸不透！跟戰敗國公主比試，萬一她沒那個實力輸了，洛國會很沒面子的，他身為皇上也會很沒面子，他一點也不擔心嗎？

盯著洛帝仔細瞧了瞧，他臉上、眼裡滿是戲弄的意味，蕭雲頓時明白，這個皇帝明顯是當皇帝當得太無聊了，到處找樂子呢！

他們這些人儼然成了他眼中的小丑。

無聊！

宛露揚著下巴，挑釁地看著蕭雲。「怎麼，蕭姑娘不屑與本公主比試，還是怕了？」

蕭雲斜睨了宛露一眼，又看了看洛帝，深深地吐了一口氣。想拿她尋開心？找錯人了！她語氣平靜地說道：「沒什麼可比的，就當民女輸了吧！趙王愛娶誰便娶誰，恕民女不能奉陪。」

「莫惱，這並非我的意思，是他們一廂情願的想法。」趙長輕過去抓住蕭雲的手臂，誠懇地解釋道。

蕭雲將趙長輕的手拿開，冷冷地瞪了他一眼。

「喔，對了，趙王方才說過，妳不准他娶第二個婦人，可有此事？」洛帝悠悠地說道。

皇后怒瞪著蕭雲，嘀咕道：「簡直荒謬！」

趙長輕埋怨地掃了上首一眼，用眼神拜託他們，就別再添油加醋了。

洛帝癟癟唇，一副餘興未消的樣子。

「世間哪有男子終身只娶一婦的？荒唐！」御王眼神直逼著蕭雲，指責道：「妳這個女子，心胸狹隘，沒有氣度！趙王只不過欠妳一個恩情，妳卻要毀了趙王終身！」

趙長輕一把將蕭雲拉到自己身後，維護道：「這是小王的家事，還請外人勿要指手畫腳。」

宛露一個箭步衝上前，杏眼緊緊地瞪著趙長輕，不甘心地問道：「她到底有什麼好？出身姑且不提，論樣貌，蒲柳之姿；論品德，眼裡不容人，自私自利；論才藝，連與我比試的勇氣都沒有，她根本不配做王妃！」

「她配不配，本王說了算。」趙長輕冷冷地道。說完，他轉身抓住蕭雲的手腕欲離開。

「我們走。」

「慢著！」兩行清淚自宛露的臉頰流淌下來，她含著淚說道：「就算輸了，至少讓我心服口服。但輸給這樣的女子，教我如何甘心？」

趙長輕不想再與她浪費唇舌，索性不回答，抬起腳步繼續往外走。

宛露的視線越過趙長輕投向蕭雲，大聲質問道：「妳有何資格讓趙王只娶妳一人？妳到底有什麼能耐，霸著趙王獨寵？」

蕭雲頓住腳步。

趙長輕停下來，側身說道：「別理她。」

蕭雲愣怔地站著，咬咬牙根，眨了眨眼睫毛。

靜默片刻，她甩開趙長輕的手臂，轉身走到宛露面前，有條不紊地說道：「愛情，本來就是自私的，容不下第三者。當妳跟心愛的人在一起，他心裡卻想著別人，妳心裡舒服嗎？當妳獨守空房，知道自己的丈夫現在懷裡抱著別的女人，妳心裡舒服嗎？心裡明明很不舒服，還要裝出一副大度的樣子，不覺得虛偽嗎？」

「妳休得胡言！」宛露厲聲呵斥道。她表面上故作鎮定，眼底浮起的漣漪卻出賣了她內心的慌亂。

蕭雲已經停不下來了，繼續說道：「自己心裡難受得要命，還要在自己的丈夫面前偽裝成寬容大度的樣子；丈夫不在，就跟那些女人鬥來鬥去，玩心計、爭地位，不覺得累嗎？遇見一個好男人就想把握住這沒錯，但是男人再好，對妳不好有什麼用？」

蕭雲這番話，激起了御書房內所有女子心中的起伏，她們都是切身體會過那種虛偽所帶來的痛楚的人。

洛帝挑挑眉，渾濁的雙眼猶如湖水般深不可測。後宮的妃嬪愛鬥法，他心如明鏡，不過膽敢將內心的想法直言不諱地說出來的人，寥寥無幾。

這個女子好大的膽子！若是生在後宮之中，必然是個狠角色。

再說下去，是不是要指責皇權了？

洛帝收起戲謔的心態，陡然嚴肅起來，警告的眼神看向趙長輕。

趙長輕肅穆，過去阻止蕭雲。他心知蕭雲不是這個時空的人，思想觀念駭人聽聞，若不加以管制，非闖出大禍不可。

「讓我說完！」蕭雲躲開趙長輕伸過來拉自己的大手，要求道：「我說完最後一句就不說了。」

「不管如何，我對妳的心意不會改變，妳對外人說那麼多，有何用呢？」趙長輕說道。

蕭雲不管三七二十一，指著宛露說道：「我告訴妳，如果趙王願意娶妳，我沒意見，管妳正妃、側妃、小妾的，我是絕對不會跟別人分享一個丈夫的。我寧願終生不嫁，也絕不會委曲求全！」

蕭雲一鼓作氣，不計後果地一通亂吼，說完看看愣住的眾人，不禁身形一抖，嚥了嚥唾沫，暗叫糟糕。她瘋了嗎？說多少回了，要入鄉隨俗，這是男人主宰的世界啊，她在挑戰男人的權威嗎？

「如此大逆不道的話，妳也說得出口？反了妳了！長輕，本宮不許你娶她，絕不允許！」皇后伸出蘭花指指著蕭雲，顫抖地說道。

「皇后娘娘息怒！雲兒一時口無遮攔，說錯了話。」趙長輕低頭拱手向皇后求情道。

蕭雲撇撇嘴，不想自己的言行連累了趙家的人，所以很沒骨氣地附和著低頭認錯道：「對不起，我一下子情緒過於激動了，皇后娘娘大人大量，千萬別生氣，氣壞了身子不好。」

「哈哈，朕還以為妳初生牛犢不怕虎呢！剛才的膽子哪兒去了？」洛帝適時地打圓場道。

「皇上，她分明是在擾亂朝綱，絕不能輕饒了她！」皇后指著蕭雲對洛帝說道。

洛帝佯裝記性差，故意跳過了話題。「大家不是在談比試才藝的事情嗎？蕭姑娘、宛露公主，妳們還想不想比試了？」

「不想。」蕭雲說道。

「當然想。」宛露說道。

蕭雲和宛露一齊說道，兩人偏頭斜了對方一眼。

「臣下以為，最好比試一場。王爺選妃並非隨意之事，若王妃的出身差強人意，那麼，總該有些優於常人的地方，才配得上王妃之尊。如若不然，天下百姓會以為在洛國，坊間女子也可以為妃。」御王傲聲說道。

聞言，洛帝終於拿出強國帝王該有的威嚴來，冷冷地說道：「以御王的口吻，似乎坊間女子的地位，十分低下？」

御王反問道：「難道不是嗎？」

「一個國家的文藝發展，代表了此國的文明與百姓的生活水準。方才那齣表演，可不是普通本領。我們洛國經濟繁榮，百姓衣食無憂，自然有那閒情逸致，家家男兒習武強身，女兒烹縫學舞。這一百多年來，洛國不僅防著外患，更加注重百姓們的安康。」

幾個在場的御國人不禁啞口無言。

「我們洛國的坊間女子並非你們御國那般，以妓為生，以歌輔之。在洛國，以歌舞營生的作坊統稱為歌舞坊，若沒有一點實力，是進不去的，尤其是朕欽點的，裡面的女子潔身自好，才藝過人，並不輸於你們御國的世家千金。」

說得好！

蕭雲不由得兩眼發亮。皇上剛才一直保持著隔山觀虎鬥的態度，現在涉及到國家大事，他便一百八十度大轉變，極力維護歌舞行業。他的這番話足以表明他對歌舞行業的未來發展有多重視，這個時空的舞者終於快有出頭之日了。

御國人一臉悻悻，不高興洛帝拿坊間女子與他們御國的世家千金相比。在他們的觀念裡，作坊女子始終是身分低賤的婢子。

但身在別人的地盤上，不得不低頭，御王說道：「臣下初來乍到，對洛國瞭解不深，言語不當之處，望洛帝陛下息怒。」

洛帝拿出驕傲的口吻道：「光顧著打仗，荒廢了其他，是自取滅亡之路。御王，你我兩國締結友好之邦，日後不再有戰事，你們有時間休養生息，可要好好復興百業。」

「洛帝說得極是，御國許多行業荒廢多年，遠不及洛國發達，御國要向洛國虛心討教的地方還多得是。」

洛帝滿意地點點頭，笑道：「御國日後附屬洛國而存，繁榮共生才是兩國發展之道啊！」

「父王，那御國也要學習洛國的婚俗，讓皇親國戚與作坊女子隨意婚配嗎？」宛露伺機裝無知地低聲問御王。

她的聲音很小，可是剛好夠在場幾個人聽見。

洛帝等人的臉色刹那間變得鐵青。趙太學和平真更是覺得無地自容。趙長輕和蕭雲相視一眼，蕭雲噘噘嘴，無聲地埋怨他：都是你招惹來的。

趙長輕表情訕訕的，很無辜地對蕭雲眨眨眼。

「說的什麼胡話？快些閉嘴！我們的世家子弟怎可與作坊女子婚配？胡鬧！」御王低聲怒斥道，然後佯裝惶恐地瞄了瞄眾人。

父女兩人一唱一和，配合得天衣無縫。

洛帝肅著臉冷聲問道：「御王、宛露公主，此下我們正在商討兩國之事，二位在嘘聲嘀咕，似乎於禮不妥？」

「洛帝息怒，小女妄言，臣下便教訓了她兩句。」御王曼聲道：「臣下只有一事尚不明確，關於趙王妃選拔……」

他故意拖長尾音，其用意在座眾人都明白。

洛帝正色道：「洛國的王妃選拔有嚴格的要求，不是隨隨便便什麼人都可。蕭姑娘雖然出身草芥，但是鑑於她有恩於趙王，所以朕允許她破例一次，獲得參加王妃選拔的資格。只要她能技壓群芳，無人能比，趙王妃當之無愧！」

聞言，皇后不禁眼眸一亮，心中暗喜，皇上這麼說，就是還有轉機。於是急忙開腔附和道：「皇上所言極是。趙王乃皇親國戚，身分非比尋常，若娶個普通女子為妻，恐怕難堵悠悠眾口。倘若蕭姑娘才情絕佳，無人能及，別人也無話可說。」

「臣妾贊同。那依皇上、皇后娘娘之意，當如何呢？」平真也忙不迭地跟上話。

宛露見機行事，忙開口問道：「洛帝陛下的意思，還是要我們二人比試的對嗎？」

洛帝不理會趙長輕射過來的眼光，滿臉興味盎然地說道：「既然趙王執意要娶民間女子，那必須是非常出色的女子才能服眾。朕看，不妨在民間擺一場別開生面的擂臺賽，比『才』招親。民間不是常有『比武招親』，共爭一女嗎？」

眾人面面相覷，一副提不起精神的樣子。

「朕這個辦法，是否別出心裁啊？」洛帝得意地問向大家。

皇后和平真對望一眼，不知道該說什麼好。她們恨不得皇上直截了當地下個聖旨，給趙長輕配個千金小姐省事，偏要弄個什麼「比才招親」？皇親國戚去市井擺擂臺招親，像什麼話？

不過——平真退一步想想，如果兒子堅決不娶門當戶對的貴族千金為妻，那麼娶一個十分出眾的民間女子也算一種彌補。就讓她看看，這個蕭雲到底有何可取之處。

「臣下以為洛帝這個主意妙極！」御王高興地說道。

宛露滿是自信地說道：「若有人能勝過臣女，臣女甘願屈居人下為妾室。」

蕭雲嗤笑一聲，無力吐槽。都說了她不會和別人分享一個丈夫，聽不懂嗎？她帶著酸意斜睨向趙長輕。這個妖孽，上輩子是拯救銀河系了嗎，這輩子居然有眾多美女為他比才招親，爭得頭破血流？

趙長輕一副很無奈的表情，扯了扯蕭雲的手臂，蕭雲白他一眼後不再理他。他將視線轉向宛露，眼神裡毫不掩飾地帶著厭惡，蹙眉不悅地說道：「宛露公主，希望妳清醒一點，本王說過不立妾室。」

宛露當沒聽見。「臣女只聽洛帝陛下的話。」

「不要自取其辱。」趙長輕最後提醒道。

御王黑著臉癟癟嘴，面向洛帝拱手說道：「婚姻大事向來聽從長輩之命，既然洛帝與臣下達成了一致，還請洛帝及早定下比賽事宜。」

「就五日後吧！朕覺得午城門下是個好地方，將擂臺擺在那兒再合適不過，皇后、太學、平真，你們覺得如何？」

被洛帝點到名的三個人互相看了看，皆是無可奈何的表情，異口同聲道：「一切謹遵聖意。」

「既然無異議，那好。」洛帝雙臂垂放在腿上，高興地說道：「長輕，你們後日的婚禮就暫且取消吧！若五日後蕭姑娘能拔得頭籌，朕親自為你們證婚！」

「皇上，微臣早已向皇上稟明心意，堅決不變。」趙長輕堅定地說道。

洛帝跟他打著哈哈，朝他使使眼色，說著別人聽不懂的暗語。「就比試比試，其他好說嘛！嗯？」

趙長輕別有深意地道：「皇上，我們當初可說好的。」

洛帝說道：「那個自然不變，五日後，兩國辦完了國事，正巧也要來一場文采比試，不如就此機會，讓雙方預先登場，也當為他們餞行。」

餞行？人家才剛來，還要過半個多月才走呢！現在餞的什麼行呀？

皇后別開臉。她身邊的這個男人雖然年過不惑，是一國之帝，但時常會像個小孩一樣玩心大起，她已經習慣了。

平真早就對洛帝的忽然興起見怪不怪了。眾多皇子中，子煦的玩性最像他，所以子煦犯了天大的錯，他最寵愛的皇兒依然是子煦。

「趙王，我們相處時日尚短，臣女有許多過人之處趙王還沒有看到，請求趙王給臣女一展所長的機會。或許趙王看了臣女的才藝，會改變初衷呢？」宛露含情脈脈地看著趙長輕，大膽表露心跡。

趙長輕黑著臉，避開宛露的直視。

蕭雲假裝清嗓子哼了兩聲，伸手揉了揉鼻子，低聲對趙長輕說道：「既然人家無謂做大做小都嫁定你了，衝著這份癡心，你就從了唄！」

「那妳願意統領我的小妾們嗎？」趙長輕唇角噙著笑，斜睨蕭雲低聲回問道。

蕭雲沒好氣地白他一眼。「想得美！」

「既然妳不願意，那我只好委屈自己，獨選妳一人了。待會兒我們一出去，我便帶妳離開洛京。」

「要走你走好了。」蕭雲帶點賭氣的口吻道。

趙長輕疑惑道：「妳還有何顧慮？」

蕭雲的雙眸劃過一抹委屈，埋怨般地斜了他一眼，沒有回答。

洛帝說道：「此事就這樣定下了。今晚的晚宴依舊，這幾日的行程也不變，御王，朕為你們安排了一處宮殿，你們先回去小憩片刻，晚宴時，朕會派人去請你們過來。」

第七十五章

說完後，洛帝故意露出疲態，起身離開。大家不歡而散。

退出御書房後，平真傾向一邊，作勢欲倒下，趙太學眼疾手快一把扶住了她。

「唉……」平真單手揉著心口，傷心地搖頭嘆息道。

「娘？」趙長輕面色一緊，欲宣太醫。

趙太學衝他擺擺手，掃了蕭雲一眼，說道：「你娘這是心病，得心藥醫。」

趙長輕頓時明白過來，平真也不兜圈子了，轉過頭來質問趙長輕。「你們私定終身，連日子都選好了，居然對我們隻字不提，你眼裡還有沒有父母？」

趙太學左右看看，低聲說道：「不是已經被皇后娘娘拆散了嗎？」

「爹、娘，不管皇上與皇后娘娘如何決定，孩兒都會娶她為妻。」趙長輕緊緊抓住蕭雲的手，說道：「希望二老能體諒孩兒的決心。」

「你們沒有父母之命便私定終身，若不是今天此事，恐怕我的兒子成親了，我這個當娘的都還不知道。」

趙長輕微微低下頭，道：「即便孩兒說了，爹和娘也不會去，不是嗎？」

「你？你這個不孝子！都是妳！」平真指著蕭雲，氣道：「長輕以前從不會忤逆本宮，妳到底給他灌了什麼迷魂湯？」

趙長輕不高興地喚道：「娘！」

蕭雲無辜地低下頭，懶得和她頂嘴。她心裡的問題還沒解決，哪有空跟她解決婆媳問題啊！

「孩兒十分敬重父母大人，行禮之後，孩兒會攜雲兒去太學府上參拜二老，希望二老能夠尊重孩兒喜歡的女子。」

「長輕，你為何要這般著急？再給我們一點時間接受不可嗎？」趙太學走近趙長輕，低聲說道：「為父正在勸服你娘，你為何不再等等？」

趙長輕瞥了瞥平真，直言道：「孩兒擔心會有變數，不想節外生枝，希望爹能夠明白孩兒的苦心。日後若能博得娘的同意，我們可補辦一次婚宴。」

趙太學雙眸閃了閃，猜測道：「莫非皇上這邊……」

這時，平真在一旁嚴肅說道：「反正皇上已經下旨，你們的婚事暫且推後。長輕，跟我們回去，為娘有話與你說。」

不等趙長輕說話，平真已吩咐身邊的丫鬟去稟告皇上，她身體微恙，不適宜參加今晚的宴會。

看來她不跟趙長輕好好談一談不會甘休了。趙長輕於是點頭答應道：「好。娘先回去，孩兒稍後便到。」

平真看看他，又看看蕭雲，明白兒子是想先送蕭雲回去，氣得將臉轉向另一個方向。

蕭雲不想趙長輕夾在中間為難，便主動勸趙長輕道：「你還是和他們一道回去吧！有吟月在，你不用擔心我。」

「不急於一時半會兒。妳方才似有疑慮，我尚未問清何事，怎能安心？」

蕭雲拽了拽他的衣袖，對他擠擠眼，小聲說道：「不是什麼大事，以後有的是時間慢慢說，你先跟他們回去吧！不然你娘對我意見更大了，嗯？」

趙長輕皺眉想了想，掂量了一下，最後妥協道：「那好，我過一會兒再去找妳。」

商量好之後，雙方分道揚鑣。

剛上馬車，平真的臉色馬上變了。她露出睿智的目光，道：「皇上的態度一會兒一變，令人費解。這到底是怎麼一回事？」

趙太學看著趙長輕，問道：「你是不是與皇上達成了什麼協定？」

趙長輕眸光微閃，直言不諱道：「二老果然明察秋毫。」

「到底為何事？」

「是兵權的問題嗎？」平真推測道。

趙長輕點點頭，緩緩說道：「讓出一半的兵權，並且終生輔佐帝王，不離開朝廷，以此來與我交換婚姻自主的權利。」

「原來皇上已默許了這樁婚事，難怪他對這件事一副心不在焉的態度。」平真了然道。

「你手握重權，唯有削弱，皇上才能安心，這是身為一個帝王的無奈。他首先是洛國的皇帝，其次才是你的舅舅，你應該理解皇上的深謀遠慮。」

「孩兒明白，所以皇上一提出此事，孩兒便乘機提出婚姻自主的要求，用以交換條件，拱手讓出兵權，並且主動立下毒誓，終生絕無二心。相信皇上對孩兒不會再有任何猜忌之心。」

「嗯，做得好。在位者猜疑心重，此舉正可打消他心中的顧慮。」趙太學拍了拍趙長輕的肩膀，讚賞道：「長輕，為父以你為榮。你手裡掌控著那麼大的權力，卻沒有貪妄之心，不愧是我趙仕寅的兒子。」

平真撇撇嘴，似有不甘地嘟囔道：「那也不用終生只娶一房啊！人丁單薄，如何開枝散葉？」

趙長輕無奈地看向趙太學，用眼神請求父親大人幫幫忙。趙太學對他擠擠眼，像在說：交給我吧！

趙長輕把厚望全部寄予在父親身上。

皇上的這個提議也未嘗不是一件好事，至少為他爭取了一點時間說服母親。若非迫不得已，他絕不想冷冷清清地舉辦婚宴，得不到公婆的認可，雲兒心裡肯定不好受。如果有他們二老證婚，雲兒一定會很高興的。

「她最好是才藝卓絕，無人可及，否則，別想為娘承認她。」平真最後鬆口道。

趙長輕無奈地道：「要娶她的人是孩兒，孩兒覺得她無人可及不就行了嗎？」

「長輕！娘已經退讓一步了，你們身世背景不同，若她一無是處，將來如何在王孫族人面前與你共榮？不僅你會被人取笑，你們的子嗣也會被人看不起。長輕，你與娘說實話，她的才藝究竟如何？」

趙長輕皺皺眉，嘆了口氣，如實說道：「孩兒娶她過門又不是為了日日觀看歌舞表演，雲兒性情溫柔，善良體貼，與她在一起輕鬆自在，孩兒想日夜與她為伴。至於歌舞，她會不會孩兒根本不在乎。」

平真語氣微急道：「那她到底會不會？本事如何？」

「孩兒少有看她歌舞。」趙長輕對歌舞方面實在沒什麼鑑賞能力。「不過，每看一次，都覺得她舞姿卓絕，無人可及。」

平真沒好氣地斜了他一眼，道：「行了，你從小就不喜看歌舞表演，答案豈能作數？還是等為娘親眼見識了再說。」

趙太學幫襯道：「夫人，剛才的表演妳不是也看到了嗎？聽說都是她親手調教出來的，其能力可見一斑。」

「耳聽為虛，到底是不是她親手調教的，還是背後有人相幫，妾身要親眼見到才能下定論。」

「不管結果如何，孩兒都娶定她了。」趙長輕堅定地說道。「且終生只娶她一人。」

平真氣上心頭，指著趙長輕質問道：「你！她到底給你施了什麼妖術？從邊關回來時，你還說要先迎娶公主，這會兒又如此堅定地只娶她一人？你說，你是不是有什麼把柄落在了她手裡？」

「長輕，不會是真的吧？」趙太學被平真的話驚了一下。他原本也覺得蹊蹺，長輕回來後對他們說起和親一事時，表面上雖然沒有特別歡喜，但是也沒有特別反感，可見他對此事並不在意；現在他如此反對此事，應該是蕭姑娘執意不肯妥協。她敢如此，不怕長輕厭她野蠻無禮，最終拋棄她？

如此有底氣，極有可能是因為抓住了長輕的痛處。

「爹、娘，你們想哪兒去了？雲兒不是那種人。」趙長輕無語地搖搖頭。

平真不解地問道：「那你為何怕了她？難不成，不是她不讓你娶的？和親不是你親口答應的嗎？」

趙長輕有些支吾。「二老當時不在邊關，不知其間內情。」

「還有內情？與蕭姑娘有關？」趙長輕越遮掩，平真心中的擔憂越甚。

趙長輕看了看滿臉焦急的父母，搖了搖頭，低聲說道：「是孩兒違反了聖令……」

「什麼?!」

平真激動地險些從座位上站起來，趙太學按住她的手臂，往外掃了一眼，嚴肅地說道：「此處不宜說話，還是先回去吧！」

違反聖令可是殺頭的死罪，如果這件事讓有心人聽了去，後果不堪設想。蕭雲極有可能就是知道了這件事，所以以此威脅長輕。

思及此，平真臉上浮出一抹狠意。

「娘，不是妳想的那樣。」趙長輕看平真一眼，便知她心裡在想什麼。平真待人一向溫和，但是宮廷出身之人，狠起來也不得了，趙長輕擔心她誤會了蕭雲，所以低聲辯解道：「此事與雲兒毫無干係，娘萬不可牽涉她。待回府中，孩兒定向娘好好解釋。」

平真的表情瞬間恢復了平靜，三人默默無語，耐著性子等待馬車駛回太學府。

玉容閣裡，那些參加演出的男子們已經各回各家了，蕭雲喜笑顏開地對大家揮手，說道：「姊妹們，我回來了。」

跟在身後進門的吟月愣了一下。回來的路上，小姐悶悶不樂的，一聲不吭，滿腹心事的樣子，怎麼一下子就好了？

眾人圍上去，一致曖昧地對蕭雲笑了笑。

蕭雲一頓，奇怪地挑眉，問道：「妳們怎麼了？什麼意思？」

幽素抿嘴一笑，拿出一張大紅色的帖子在蕭雲面前晃了晃，嗔道：「妳可把我們騙慘了。如果不是這張婚帖，我們都不知道妳後日要出嫁。」

「對啊！妳瞞得我們好苦。原來妳早已有主了，還是我們的大英雄趙王。」有人不滿地嚷嚷道。

蕭雲將婚帖要過來，打開看了看，內容是趙長輕親筆寫的，邀請玉容閣所有人前去觀禮，落款有趙長輕的印章，千真萬確。他可真心急，人還沒到，事情已經安排好了，應該是去御書房之前準備的吧！

「我們一直在為御前表演準備，什麼嫁妝都沒有呢！就剩明日了，夠我們準備嗎？」

「恐怕來不及了，怎麼辦？怎麼辦？」

眾人歡天喜地，紛紛為這場婚禮出謀獻策。唯獨當事人愁眉不展，一副心不在焉的樣子。

幽素見蕭雲表情懨懨的，誤以為她也在擔心，便安慰道：「妳放心，雖然時間緊迫，但是我們人多，一天之內定能為妳準備好豐厚的嫁妝，讓妳風風光光地出嫁。」

蕭雲面無表情地將帖子撕了，對幽素淡淡地說道：「妳告訴她們，婚禮取消，明天按計劃行事，春遊。」

各種聲響戛然而止，蕭雲轉身走向後院，頭也不回地說道：「準備點好吃的送到我房間來，我餓了。」

大家疑惑不解，齊刷刷地看向吟月，問道：「到底發生了什麼事？」

「是皇上不同意嗎？」

「宣她回宮就是為這件事嗎？」

吟月點了點頭，停了一下，又搖了搖。御書房裡的談話她聽得清清楚楚，可是太複雜了，教她如何跟大家解釋呢？猶豫片刻，她丟下一句話。「照小姐說的去做吧！」然後走開了。

準備好膳食後，吟月藉著送飯的機會，假裝隨意地問道：「小姐明日要跟她們一同外出遊玩嗎？想帶什麼吃食，奴婢好去準備？」

「我以前做過壽司，妳還記得吧？就那個吧！」蕭雲邊吃邊回道。

吟月目光一頓，實在憋不住了，問道：「小姐真的要出去，不在家練習舞藝嗎？」

蕭雲動作一滯，抬眸睨了吟月一眼，暗讚她聽力好。「我跳舞時，妳一直在旁邊看著，我的實力妳最清楚不過了，妳認為我有必要練習嗎？」

「那小姐為何一路上心事重重的？」不是擔心會輸給宛露公主嗎？

「我那是鬱悶！」蕭雲強調道。

「小姐何事如此鬱悶？」

蕭雲鼓起腮幫子，轉了轉眼，斜向吟月，猶豫半晌，忍不住開口問道：「吟月，妳認識趙王應該有很多年了吧？」

吟月點點頭，等著她後面的問題。

蕭雲咬咬下唇，終於下定決心問道：「那趙王和宛露公主傳緋聞時，妳在趙王身邊嗎？也就是說，妳有沒有親眼看到他們來往？他們到底有沒有過……」

「事情過去如此之久，小姐仍然耿耿於懷嗎？」吟月反問道。

蕭雲低落地垂下腦袋，抓住心口，糾結地說道：「我也想算了，誰能沒個過去呢？緊緊抓住過去不放，怎麼擁抱將來？可是，一想到長輕曾經用對待我的樣子去對待別的女人，我的心就好像被刀砍了一樣，難受得想死。我真的很害怕，長輕對宛露公主曾經的愛，和現在對我的愛是同一個程度，我只是在時間上占了優勢而已。」

「絕對不是。」吟月很肯定地說道。「正如小姐所說，奴婢跟隨王爺多年，即便對王爺瞭解得不夠深，也看得出王爺遇到小姐之後驚人的變化。王爺以前從未開懷大笑過，面對家中親人，也只是溫和相待，直到跟小姐在一起，奴婢才知道，原來王爺也有深情似海般的溫柔一面。」

「真的嗎？」被吟月這麼一說，蕭雲心裡似乎好受多了。「那他幹麼答應和親啊？」

吟月為難道：「這個奴婢也不知，主子的私事，我們做屬下的不敢過問。小姐心中若有疑慮，還是當面向王爺問清楚較好，免得產生誤會。」

「誤會？這是鐵錚錚的事實，人家都找上門來了！」一提這個，蕭雲不由得再次火大。

吟月安撫道：「可王爺態度明確呀。依奴婢看，分明是宛露公主有意挑撥，小姐可別上當，雖然奴婢不清楚他們過往如何，但奴婢敢肯定，王爺現在眼中只有小姐一人，對宛露公主絕無半點私情。」

那心裡呢？蕭雲不由得暗問道。仔細回憶著趙長輕看宛露時的眼神、說話的語氣，的確，別說愛了，連恨都沒有。趙長輕對宛露公主，猶如對一個陌路人。

可是，話又說回來，趙長輕是資深的軍事家，喜怒不形於色是他的強項，內心感情如何，會輕易表現在臉上讓別人看到嗎？

唉……說到底，她就是在糾結兩人以前的事。

蕭雲用筷子撥了撥碗裡的米粒，凝思良久。最後，她放下碗筷，起身說道：「我還是先去睡一覺吧！最近太累了，腦子一片混沌，老愛鑽牛角尖。吟月，麻煩妳替我守著，不要讓人打擾我睡覺。記住，任何人都不行，一切等我醒了再說。」

她刻意強調「任何人」，傻子也聽出她指的是誰了。

「若王爺問起……」吟月有點為難，這可是趙王吩咐她要問的事情。

蕭雲白了她一眼，沒好氣地說道：「萬一他心裡還有宛露公主，跟我承認了，我還活不活了？反正這件事最好暫時別提，等我過了自己這一關，這件事也就過去了。說出來，或許會給大家心裡留下隔閡。」

「那奴婢要如何跟王爺回稟？」

蕭雲非常信任地拍了拍吟月的肩膀，說道：「妳那麼聰明，我相信妳。」

第七十六章

回到趙太學府，三人經過後花園時，碰巧遇到了趙長喻和正妻顧氏。雙方打了招呼，可不知是有意還是無意，趙長喻將自己與顧氏的恩愛表現了出來。

敏銳的平真覺察顧氏看著趙長輕的眼神中夾雜著一抹複雜之色，再看趙長喻，一雙犀利的眼眸隱藏在蒼白的面色之下，深不見底。

趙長輕臉上卻未有絲毫起伏，趙太學則有些滄桑和無奈。

幾人心情不一，唯獨趙長輕置身事外，平真滿意地斂了斂眼眸。

欲分開時，趙長喻突然開口對趙太學說道：「爹，母親近來身體抱恙，爹與孩兒一同前去看看可好？」

「姊姊病了？」未等趙太學說話，平真驚訝地道。「怎麼沒聽人說起？老爺，你快去看看，妾身便不去了，以免姊姊看到妾身，心情不好，加重病情。」

趙太學兩頭難，一直默不作聲的趙長輕說道：「爹、大哥、大嫂，我過幾日要成親，還有好些禮節方面的事要問問娘，先走一步。」

「你要成親？」顧氏訝然，意識到自己的反應可能過大了，急忙努力地擠出笑容，來掩飾內心的失望。「是哪家的姑娘？這麼大的事，怎麼沒有聽到一點風聲？」

平真尷尬地笑了笑，說道：「還在商議中呢！你們也知道，皇上對長輕有多重視，沒有定下來的事，豈能草率宣布？定下來，你們自然便知。」

五人分道離開。走了很遠，平真頓住腳步，轉頭望了望身後，黯然地嘆了口氣，搖搖頭，遺憾地說道：「顧氏瞧你的眼神，分明透著不甘呢！當初若不是長喻橫插……」

「娘！」趙長輕鄭重地打斷了平真的話。「緣分自有天定。」

平真沒好氣地白了他一眼，用頗為不甘的語氣說道：「你以前可不信什麼緣分，你總說，人定勝天。這才多久就變了想法？你是不是還很感激當初為娘病重，讓你著急趕回來以致雙腿受傷？」

趙長輕沒有否認。若不是娘當初病重，他心急趕回來，放鬆了戒備，也不會半道上遭人暗算，以致雙腿受傷，讓雲兒走進他的人生。

說話間，兩人已到了平真住的院落主廳，丫鬟們給他們請安後，分別為他們斟上茶，平真點點頭，示意她們退下。

「如果不是那個蕭雲，顧氏如今就是我的兒媳了。」平真憤然道。多好的一個女子，想想兒子和蕭雲的姻緣還是她促成的，平真心裡之堵啊！

趙長輕冷然說道：「娘，您知道的，即便沒有雲兒出現，孩兒也不可能娶顧氏的。」

平真語塞，對兒子的愧疚再次湧上心頭。為了不和長喻爭長子之位，他那麼小年紀便義無反顧地投身軍旅，但凡是長喻插手的事情，長輕都會主動讓出，不與他爭，這都是為了替她贖罪。

這個罪責，他們母子要背負一輩子嗎？

「長輕，娘對不住你，都是為娘執意要嫁你爹，是娘對不起他們母子，這一切，就讓娘一人來承擔吧！你以後無須……」平真慚愧地說道。

「娘。」趙長輕拉住平真的手，難得露出笑容，說道：「孩兒現在很幸福，若娘能同意雲兒為兒媳，善待於她，孩兒會是世間最幸福的人。」

「那個蕭雲就這般好？」平真從趙長輕懇切的微笑裡感受到他的驚人變化。兒子臉上的笑容，比以前明朗許多。

「娘起初見到雲兒時，不是也歡喜得緊，想向孩兒討了去嗎？」趙長輕說道。

平真轉轉眸，遲疑了一下，問道：「你真的沒有把柄讓她抓住？」

「娘！」趙長輕不高興地皺起眉頭。這句話還要他重複多少遍？「其實在潛回邊關之前，孩兒便已贈她髮簪，許下正妻之言。」

平真微怔。「什麼？那個時候你便……那你為何又要答應娶宛露公主呢？難不成你想讓宛露公主做妾？還是，想像我們家這樣？」

「此事說來複雜。兩國停戰談判時，正巧西疆大亂……」趙長輕懊惱地蹙起長眉，頓了頓，思緒慢慢回到以前——

據說西疆王找到了自己失散多年的兒子，父子兩人攜手，將趙長輕安插在西疆的細作全數抓了出來，關在大牢裡嚴刑拷打，生命垂危。倘若趙長輕不及時前去救人，不但西疆疆土難以控制，恐怕洛、御兩國的機密都會走漏，最終落入西疆領域。

他答應過雲兒，回來後便不再出征，與她永不分離。

因此一番斟酌之後，趙長輕找了一個身形與他相似的屬下，裝扮成自己的樣子，代替他出席兩國談判。

實際上，兩國談判的內容除了和親一事，其餘的跟趙長輕都沒什麼關係，但有前車之鑑，洛帝擔心御國人又耍什麼花招，為免夜長夢多，洛帝特意下旨，令趙長輕一定要出席談判。

換言之，他現身就行，其餘的交給談判官即可。

誰料御國談判大臣竟突然提出和親一事，那個假扮趙長輕的人對內情並不瞭解，只聽過一些緋聞，加之那幾個洛國談判大臣也說兩國和親百利而無一害，他想，反正就一個女人，趙王以後要娶無數個女人呢！多一個不多，更何況是對洛國有利的？

不過，雖然他這樣想了，但因為趙長輕治下一向嚴謹，他不敢擅自作主，所以並未當即答應，而是推說要上報洛帝，以此來爭取幾天時間，傳書請示趙長輕。怎料御國大臣馬上拿出一封宛露公主的親筆信給他看，看完信後，他再不敢拒絕，立刻答應了和親。

等趙長輕直接從西疆回到洛京時，婚事都準備得差不多了。

「到底是什麼信？」平真表情凝重地問道：「莫非是宛露公主抓到了你的把柄，以此要脅？」

趙長輕的眼底湧出一抹歉意，稍縱即逝。「娘可還記得，幾年前朝廷送往邊關的糧草丟失一事？」

平真回想了一下，點點頭。「記得，那批糧草當初是由太子負責送過去的。可惜，快到胸陽門時卻被劫匪劫了，皇上大怒，要嚴懲太子，還是皇后來找為娘，一同向皇上求的情呢！」

「其實這件事，是孩兒與皇上、太子密謀，故意被劫的。」

「什麼？」平真甚感驚訝，腦子飛速運轉了一圈後，她睜大了雙眸，道：「你與宛露公主一同掉入山崖下，也是你一手計劃，目的就是為了讓她主動向你刺探軍情，從而教她毫不懷疑地相信自己得到的消息？」

趙長輕點了點頭。如果娘是男兒身，或許現在會是一位足智多謀的大將軍。「我軍得知御國培養了一批奇兵，但不知他們究竟藏匿何處、實力如何，所以一直不敢輕舉妄動。後來經過多方刺探未得結果，便出此下策，以糧草相送，從而跟蹤到他們的位置。宛露公主至今仍被蒙在鼓裡，不知那是孩兒刻意為之。她以為，一旦皇上知道是孩兒走漏了風聲，便會嚴懲不貸，所以拿這個寫信威脅假扮孩兒之人。那人不知曉內情，以為孩兒真的犯了軍法，便立刻應下了和親。」

至今宛露都不知道，決定了御國勝敗的那批奇兵，是因為他的故意相告和她的自以為聰明，才暴露了藏身的位置，從而被洛軍一網打盡。宛露一直認為趙長輕是因為這件事而恨著她的，沒承想真正被利用的人，其實是她自己。

趙長輕也因為利用了她而感到有些愧疚，所以回洛京後沒有立即阻止婚事，而是試圖讓蕭雲接納宛露，希望彌補她一下。

如今回想起來，他的這個想法實在太荒唐了。他對宛露毫無感情，可是宛露對他並非如此，若是婚後她強行插入他與雲兒之間，那三個人的日子不就如父親母親現在這般，三方都痛苦了嗎？

幸好雲兒態度堅定，他才不至於釀成大錯，好險！

一想到心愛的人，趙長輕的心都快融化了。他看向平真，準備告辭去找蕭雲，一抬眼，見平真眼眶微紅，也正看向自己。

平真伸手過來，狠狠地掐了一下趙長輕，怒嗔道：「你這個不孝子！娘當時聽到這個消息，差點嚇得魂都沒了，好後悔當初答應讓你投軍，也恨皇上，更恨自己，現在想起來還心有餘悸呢！娘身為一國公主，即便你出事，人前也不能失態地痛哭流涕，還要裝出很榮耀的樣子，你知不知道娘心裡有多難過？」

趙長輕過去扶住平真的肩膀，安慰道：「是孩兒不孝，教娘擔心了。有生之年，應該再不會有戰爭了吧，孩兒日後定在母親身邊好好盡孝，只要娘答應讓雲兒……」

「等看完五日後的比試再說吧！」平真收回眼淚，推開趙長輕的手臂，頓了一下，睨了他一眼，道：「雖然是你有目的而為之，但掉入懸崖共度一夜，傳出去會傷了女兒家的清譽，你既不能娶，為何不阻止這種流言傳出？多難聽！反正糧草這件事你有愧於她，不如將就……」

「孩兒當時已經下了禁令，不准有人再提此事。」趙長輕輕蔑地笑了笑，道：「可是這件事竟瘋了一樣地傳開了。」

「你是說，是宛露公主自己……」平真挑挑眉，不以為然道：「用心良苦啊！看來她很中意你。」

趙長輕埋怨地看著平真。

「皇族出身，會耍點小心機用以自保也不算什麼壞事。況且，蕭雲那個丫頭看來也不像是好欺負的。」平真不冷不熱地說道，心裡卻微感擔心——將來兩人共爭一夫，長輕夾在中間，日子難免不消停。

趙長輕起身，語氣不軟不硬地說道：「唯獨這件事，孩兒不能全依了娘，希望娘能讓孩兒自己作一回主。但是孩兒可向娘保證，不管孩兒娶的是誰，都會奉養雙親，只要你們願意。爹那邊，麻煩娘說一聲，孩兒告退。」

平真伸出手，想叫住轉身離開的兒子，張了張嘴，心頭湧出一陣愧疚，欲言又止。從小到大，兒子確實沒有幾件事是由著自己的喜歡去做，每件事都是在她的權衡與考量之後，按照她希望的樣子去做的，他何時教父母操心過？反倒是她這個做娘的，讓這個兒子操心太多。

這一次，就放手吧！

退一步說，兒子的態度如此堅決，她不放手又能怎樣？這不，飯都顧不上吃，剛從太學府出來，他便直奔玉容閣。

「王爺，小姐已經歇下了，吩咐不准任何人打擾。」吟月站在門口，大著膽子如實說道。

趙長輕皺皺眉，問道：「問出什麼了嗎？」

吟月低頭不敢看趙長輕，語氣低沈地說道：「許是王爺多心了，聽小姐語氣，應該是近來繁忙，身子有些乏了，所以精神不好吧！」

趙長輕不以為意，點點頭，交代一句「好生伺候著」便走了。

屋子裡面的蕭雲翻身坐起來，斜眼看著門外撇嘴埋怨道：「還坐鎮指揮的大將軍呢！讓你走你就走？也太聽話了吧！」

她嘟囔完後呆呆地坐了一會兒，最終失落地躺了下去。

腦袋空白了片刻，身體猝不及防被包圍住。

「誰？」蕭雲猛然一驚，差點喊出來，幸而被來人及時捂住了嘴，沒有驚動到外面的人。

「老婆大人，是為夫。」趙長輕主動報上家門。他吻住蕭雲的耳垂，在她耳旁吐著曖昧的氣息挑逗她。

蕭雲心裡一甜，嘴上卻說：「我不是說要睡覺，旁人勿擾嗎？還來幹麼？」心裡暗讚，這個人的輕功已經到了出神入化的地步了，她竟然一點聲音都沒聽到。

趙長輕柔聲哄道：「為夫知道老婆大人生氣了，擔憂老婆大人寢食難安。」

「呿，我幹麼寢食難安，我吃得不知道有多香！」

「嗯，正好，為夫還餓著。」趙長輕不由分說地脫下蕭雲的褻衣，開始上下其手。

蕭雲使勁拉緊衣襟，奈何她顧得了上面顧不了下面，趙長輕輕而易舉地便讓她上下失守。她生氣地說道：「你餓了找我幹什麼？討厭，走開，大色狼！唉呀，別……嗯……」

就在蕭雲所有的意識幾乎要迷失之前，趙長輕卻突然停了下來。

兩人喘著粗氣沈默了一會兒，神志逐漸清晰過來，蕭雲掄起拳頭砸過去，怨唸道：「你什麼意思呀？」

趙長輕有些抱歉地說道：「明晨要去大理寺執行公務，今夜……」若吃乾抹淨就離開，是不是不好？

「忙你就去吧，不用理我，我好著呢！」蕭雲帶點賭氣的口吻說道。她拽過棉被裹上，轉過身去。

「雲兒？」趙長輕將蕭雲抱起來，擁在懷中，耐心解釋道：「莫氣了，好不好？明日之事與趙氏家族的世代榮譽息息相關，我不放心別人，我想去那邊守一夜，確保明日行程無誤。或許這是我能為趙家做的，最後一件事。」

從他的語氣裡，蕭雲明白事情的重要，所以不再使小性子，認真地問道：「為什麼是最後一件事？」

趙長輕揉了揉蕭雲的臉蛋，笑道：「我們不是說好，成親之後去遊山玩水，四海為家嗎？忘記了？」

「小女子可配不上您的雄威。」蕭雲酸酸地說道：「你還是和那些多才多藝的女人成親吧，我贏不了她們。」

「傻瓜，誰讓妳贏她們了？皇上閒著無聊，跟我們鬧著玩的，不必理會。等忙完了明日的事，我們照常舉行婚禮，然後離開洛京。」

「皇上可不像鬧著玩的。天下之大，莫非王土，萬一他一個令下將我們定為通緝犯，到處抓我們，那我們就不叫遊山玩水，而叫亡命天涯。我才不跟你去亡命天涯呢！」

趙長輕呵呵笑道：「傻瓜，我與皇上私底下早就商議好了，趙王妃只會是妳。皇上天性好玩，一刻閒不得，拿我們消磨時間呢！五日後的事，他只是想看看熱鬧罷了，我們遠走高飛，他絕不會去管的，最多口頭上敷衍幾句。相信我，嗯？」

說皇上是鬧著玩的，這個她信。在御書房的時候，蕭雲看皇上眼裡滿是玩味，就知道他老人家閒得慌，在行風起浪呢！但是，說私底下商議好的，她不信。「皇上同意了？他不嫌棄我配不上你？」

「我自有我的辦法。當了這麼多年的將軍，有了一定的威信，說的話自然有點重量。」趙長輕寵溺地摸著蕭雲的秀髮，說道：「凡事有我在，不必顧慮什麼，想怎麼做就怎麼做。明日不是要去玩嗎？好好玩吧！」

一種強烈的安全感包圍著蕭雲，有他在，真好！可是，她真的可以肆無忌憚、隨心所欲嗎？

五日後，她到底該不該去呢？

蕭雲失眠了。

翌日，不到平時的起床時間，玉容閣的人就陸續起來了，大家來到前廳，開始張羅吃的喝的。

本來她們是打算替蕭雲準備嫁妝的，可是蕭雲說要照原計劃進行春遊，按她說一不二的性格，幽素拿不準到底該怎麼做。

今天清晨，蕭雲在院子裡敲鑼打鼓把大家吵醒，嚷嚷著要去春遊。大家無法，只得按原來說好的辦。

等大家把東西都收拾妥當了，男舞者之中的一個跑到玉容閣，告訴大家他們已經準備好了，等著出發呢！

「那我們也出發吧！走。」蕭雲喊道。

第七十七章

話音剛落下，從外面走來兩個家丁模樣的男子。蕭雲定睛一看，很面熟，像在趙王府裡見過。

果然，他們稱是趙王府的人，特奉王爺之命前來送補品的。

眾人羨慕地看著蕭雲，弄得蕭雲挺不好意思的。「唉呀，他真是……行了行了，你們放下吧，我們趕著出門呢！」

「王爺吩咐，留我們在這裡伺候小姐。等小姐回來，小姐派人吩咐一聲，奴才們就給小姐燉好送屋裡去。」家丁畢恭畢敬地說道。

蕭雲無語，翻了翻白眼，道：「隨你們便吧。」

幽素忙喊來看家的保鑣，讓他們將人帶到廚房去。

眾人笑道：「趙王好有心啊！」

蕭雲臉龐緋紅，嗔道：「廢話真多，快點上車吧！」

又一大群人高調出行，這在這條街上已經不是新聞了，旁邊人家或多或少聽說了一些，總是很羨慕能在玉容閣做活的人。

她們在路人豔羨的目光下緩緩離開城區。

今日一同出來遊玩的，幾乎都是因為各種原因沒成親的熟齡單身男女，他們在無拘無束的郊外，不再那麼拘謹，敞開心扉想和誰聊天就找誰，性格扭捏一點的，蕭雲就以支使他們幹活為由，給他們製造相處的機會。

蕭雲一邊支著烤架，一邊看他們配合幹活，抿嘴壞笑。

今天的天氣格外的好，不冷不熱，初夏的微風吹在臉上好舒服，正是因為如此，前來郊遊的人不止他們這一群，還有一些陌生人。

有幾個人聽說他們是玉容閣的，目光有點輕蔑。蕭雲停下烤肉，對幽素說道：「幽素，妳去叮囑一下大家注意安全，避免和陌生人發生口角。」

「沒事，雖然我們沒帶保鏢來，但是我們這麼多人，不會被欺負的。有了矛盾，我們也不會吃虧。」幽素開玩笑地說道。

蕭雲無奈地解釋道：「我不是怕起衝突，而是玉容閣人多勢眾，一人一拳能把人捶死，事情鬧大了會破壞我們春遊的好心情。何必為了那些不相干的人把自己的心情弄得不好呢？別人看我們一眼我們又不會少塊肉，眼睛長在他們身上，他們愛看讓他們看去，妳說是不是？」

幽素點了點頭，同意道：「嗯，出來玩該是件好事的，別因為什麼事鬧得不愉快了。我去跟他們說說。」

她剛走，蕭雲身後便響起了一個女人的聲音。「施主好悟性。」

蕭雲轉頭一看，是個慈眉善目的師太，約五十歲左右，她身後跟著一個十一、二歲的小尼。

蕭雲對她點點頭，笑道：「謝謝誇獎。您是來化緣的吧？請等等啊。」她扯開嗓子正要喊吟月，被師太制止了。

「可否化齋？」師太和藹地笑了笑，開門見山地說道：「小徒餓了，聞著香味而來。」

「化齋啊？」蕭雲低頭看看烤架上的東西，有素的，但是燒烤她們吃嗎？蕭雲將五根烤香菇遞了過去。「這個行嗎？」

小尼姑瞄了一眼別的食物，眼底劃過一絲失望，但表面上仍然笑嘻嘻地將香菇接了過去，道：「多謝施主。」

瘦巴巴的可憐小女孩，應該是沒得選擇才當尼姑的吧？蕭雲雖然同情她，但也不敢當著師太的面把烤肉拿給她吃。

蕭雲喊來吟月，說道：「我們不是帶了羊皮袋嗎？給師太倒一點水吧，我再給師太烤一點素食。」

「施主有心了，貧尼正在辟穀（注）之中。」師太慢聲道謝。

蕭雲訕訕地點了點頭。「那我再烤一點給這位小師父吧！吟月，找兩個草墊子來給師父們坐吧！」

「不必，我們席地而坐即可。本不該多坐，但妳我有緣，貧尼便逗留片刻。」師太盤腿坐下，緩慢說道。

「有緣？呵呵，有緣。」蕭雲乾乾地笑了笑。「有緣」是出家人的專用詞彙吧？

坐好後，師太開始說話。「施主看貧尼這位小徒，是否不像佛門中人？」說著，師太慈

注：辟穀，源自道家養生中的「不食五穀」，是古人常用的一種養生方式。源於先秦，流行於唐朝。通常在辟穀期間，不吃用火烹製的食物，只喝水，吃一些天然食物。

祥地看了看那個小女孩，那個小女孩吃得香噴噴的，無心顧及其他。

蕭雲有點摸不著頭腦。「這個不能談像不像吧？」

「是也是也，像而非之，非而是之。」師太一副高深莫測地說道：「就像施主，看著與世間人無異，實而非之。」

蕭雲思維一滯，腦袋裡空白了刹那，轉而看向師太，驚駭地道：「妳說什麼？」

師太神秘地笑了笑，指了指胸口，說道：「答案自在施主心中。」

蕭雲看她，頓時有一種看著地獄死神的錯覺，嚇得腳下踉蹌，險些摔倒。一身冷汗出來後，她穩下心神，繼續埋頭烤肉。

片刻，她又猛然抬頭，指著那個小女孩。「她、她不會也是和我一樣吧？」

那個小女孩繼續吃著手裡的烤串，對她的話充耳不聞。蕭雲立刻搖頭否定了自己的猜測。如果她也是，應該也很驚訝地看向她才是。

師太像是窺探到了蕭雲的內心，竟主動說道：「她來此間時不過三、四歲光景。」

一個三、四歲的小女孩，能有什麼記憶呢？

「妳想說什麼？」

「妳們應該是同一處的，否則，今日，她不會憑感覺便尋到了此地。」師太說道。

蕭雲已經釋懷了。這個小女孩活得安然無恙，證明師太不是那種怕鬼神說的人，她承認了又何妨？「那又如何？莫非師太想將她託付給我？」

師太搖了搖頭，深奧地說道：「她該回去了。」

「回去？」蕭雲的心緊了緊。「回哪兒去？」

「貧尼對天文地理有些研究，按照她來時的星辰推算，三日後，該是她回歸原位的時候。」師太眼神清朗地說道。「難怪上天指引貧尼今日來到此處，萬般皆是緣。」

蕭雲神情劇變，慌亂地說道：「三日後？那我……不可能的，我來這裡沒她時間長，我……我是不是會和她一樣長的時間，還是同一天……不，我不想回去。」

「萬般皆是緣，來去自有定數。」師太繼續深奧地說話。

良久，小尼姑吃飽了，問師太何時走。師太起身，拂了拂身上的乾草，向蕭雲告辭。

「等一下。」蕭雲遲疑地問道：「妳們是哪家尼姑庵？」

小尼姑報上了地址，然後走了。

一整日，蕭雲都心神不寧。她不想影響大家遊玩的心情，便假裝若無其事，直到晚上回去，她正準備好好思考，趙長輕提著一個盒子進來了。

他將盒子擺在桌子上，對蕭雲揮揮手，說道：「做了好久，快些過來試試如何。」

「是什麼？」蕭雲不解地走過去，定睛一看，是小提琴的盒子，愣住了，疑惑地看向趙長輕。

趙長輕笑吟吟地扶著她的肩，將她推到盒子前，催促道：「打開看看。」

蕭雲打開盒子，一把小提琴呈現在眼前，卻不是之前王府工匠給她製作的那一把。那一把因為音色不對，所以她拉了幾次，就被束之高閣了。

她慽慽地說道：「你幹麼又讓人給我做一把？這裡的弦和我來的那個地方不大一樣，做多少把，都彈奏不出我要的那個效果。」

她已經不抱著任何希望去拉小提琴了。

「這把琴的弦不同，妳且試試。」趙長輕溫柔地看著她，說道。

不忍他的一番苦心付之東流，蕭雲順從地將琴從盒子裡拿出，放在肩膀上試了試。果然，音準非常好，和在現代用的那把相差無幾，她不由得萬般驚喜。「你在哪兒找到的？」

「喜歡嗎？」趙長輕笑道。

蕭雲很用力地點點頭，高興地摩挲著嶄新的琴身，上面的每一處細節都做得精緻到位，毫無瑕疵，讓她愛不釋手。

「此弦乃千年玄絲所製，起初用於製成極柔軟堅韌的利器，我讓人找來，用在琴上試了試，果然有效。」

蕭雲感動地看著趙長輕。原來他把她的事一直記在心裡呢！「這把琴是你親手做的，對嗎？費了很多功夫吧？」

「妳喜歡就好。」趙長輕深情款款地看著蕭雲，道：「早該做好的，奈何最近太忙，無暇分身，今日終於得以完成，見還有時間，便急不可耐地過來，想親眼看到妳收到它時高興的模樣。」

蕭雲動容地露出笑，想著他在背後默默地為自己付出，內心滿滿的甜蜜。「長輕，謝謝你。」

趙長輕但笑不語。

蕭雲的手珍惜地在琴身上下流連……咦，後面右下角好像有凹凸不平的痕跡。她不假思索地將琴翻過來，仔細盯著那行凹凸的印記看了看，原來上面刻了一排小字。

「有字耶？」蕭雲好笑地看向趙長輕。古人啊，送個什麼東西就愛在上面留個字什麼的。

趙長輕別有深意地提示道：「妳仔細瞧瞧，是哪些字？」

蕭雲腹誹道：還能有什麼，不是名字就是詩詞唄？但眼睛還是專注地看著它，慢慢將字辨認出來。「別、有、深、琴？一、萬、重……這把琴？」

一愣，立刻明白了趙長輕的用心，眼中的笑意不由得更濃。

「我為它取了個名字——深琴，妳看可好？」

「深琴？」蕭雲歡喜地贊同道：「很有意境，我喜歡。」

趙長輕終於放心了。「來之前還在惴惴不安，怕仍舊不是妳要的那種聲音。」

「絕對是我要的那種。我還以為再也聽不到那個聲音了，太開心了！」蕭雲有點激動地道。

趙長輕擁住蕭雲，曖昧地開玩笑道：「那妳該如何答謝我呢？」

蕭雲羞澀一笑，扯著粗嗓子豪言道：「公子想要什麼儘管開口，我一定上刀山下火海，萬死不辭。」

趙長輕故意繃起臉，捏起蕭雲的下巴調侃道：「本將軍揮軍百萬，要妳一個小女子上刀山下火海做何？」

「那你要什麼嘛？」蕭雲噘嘴假裝委屈。

趙長輕撫過蕭雲的側臉，視線緊緊鎖住她，深情告白道：「我只要妳，生生世世與我相守。」

蕭雲明亮的眼眸閃了閃，瞬間又黯了下去。生生世世嗎？她也想，可是，恐怕今生今世都難。

默然對視片刻，趙長輕眉頭微微一挑，心頭染上一抹陰鬱。

「不想與我生生世世？怕我纏住妳？」趙長輕雖然心裡有些受傷，但仍然安慰道：「傻瓜，我只是隨口說說而已，下輩子的事誰能預料到？就此一生，我亦足矣。」

只此一生？蕭雲黯然。

趙長輕看著蕭雲的神情，不禁長眉一擰，肅然問道：「到底發生了何事？」

蕭雲聞言，緩緩推開趙長輕，思忖著該怎麼說出口。

趙長輕意識到有事發生，心驀地一沈，連連追問，蕭雲最終禁不住，將白天遇到的事情和盤托出。

聽完，趙長輕一把抓緊蕭雲的手臂，好像她眨眼間就會從他眼前消失似的，惶然喚道：「雲兒！」

蕭雲第一次從趙長輕臉上看到如此慌亂的神情，便連忙應聲道：「別緊張，我還在，我不會走的。」

趙長輕皺眉不語。良久，他逐漸冷靜下來，開始問那個尼姑的來處，又問：「妳來洛國之前，可曾去寺廟參拜？」

蕭雲搖頭否定，知道他想說什麼。「我雙腿殘廢，哪還爬得了山？我是因為一個突發事件才來到這裡的。」

「是何事件？若三日後避免同類事件發生，是否就相安無事了？」趙長輕像抓到了關鍵，忙驚喜地問道。

蕭雲訕笑。「在這裡，應該不會發生那種事。」車禍耶，撞到馬車算嗎？

趙長輕左思右想，不能安心，於是道：「不行，我們還是趕緊離開此處，越遠越好。」說著，抓起蕭雲的手便往外走。

蕭雲拖住他，道：「那還不如窩在家裡，哪兒都不去，以免路上發生什麼意外。」

「妳說得也有道理，我們哪兒都不去，就在這裡。我調兵過來將這裡團團圍住，誰也別妄想帶妳走。」趙長輕如臨大敵，周身突然散發出一股駭人的戾氣。

蕭雲緊張地環住趙長輕的腰，柔聲喚道：「長輕。」

趙長輕一把將蕭雲擁入懷中，緊緊抱住，霸道地要求道：「哪兒也不准去！」

「嗯，我就待在你身邊，哪兒也不去。」蕭雲反手緊緊抱住趙長輕，保證道。

兩人相擁，久久沒有分開，直到敲門聲輕輕地叩了兩下，趙長輕也沒有動，外面的吟月不敢再敲，退了下去。

「你是不是還有事要做？去忙吧，我沒事的。」蕭雲輕輕推開趙長輕。

趙長輕緊抓蕭雲的手，斬釘截鐵地說道：「沒有任何事，比守住妳還重要。」

「長輕……」蕭雲十分動容，思索了一番，她提議。「不如，我們去尋找那根源吧？與其在這兒等死，不如主動出擊。」

「妳是說，去找那位師太？」趙長輕當即否決。「不行，若妳主動送上門，正中她下懷，我豈不是得不償失？不能冒這個險。」

蕭雲不認同，反問道：「你打仗的時候也喜歡坐以待斃嗎？」

「若是打仗，至少我熟知戰術，可以運籌帷幄，更承擔得起戰敗的結局。但是妳……」趙長輕深深地、深深地凝視著蕭雲，聲音清晰地說道：「妳來的那個地方，完全在我意料之外，脫離我能掌控的範圍，我更承擔不起萬一失去妳的後果。」

「但是……」蕭雲看到自己在趙長輕心中的分量，頓時沒了說話的底氣。

知道她順從了，趙長輕撫摸蕭雲的臉頰，柔聲說道：「乖。」

決定了之後，趙長輕喚吟月進來，拿出他的權杖交給吟月，讓她調派兵馬過來，守在玉容閣周圍，不經同意，不准任何人進來打擾他們。

吟月沒有一點驚訝，也沒有疑問，說一聲「是」便出去辦了。

果然是好屬下啊！

萬般事情一下子全都放下，彷彿世界就只剩下彼此了，趙長輕落在蕭雲身上的視線逐漸變得曖昧起來。蕭雲看到他的眼神，腦海中也不由自主地閃進一些兒童不宜的畫面，臉唰一下紅了。

「你——看什麼看！」蕭雲不自在地閃躲著趙長輕的注視。

趙長輕不由分說地過去捧起蕭雲的臉，像一頭狂野的獅子遇到了人間美味，瘋了似的掠奪著她唇齒間的芳香。

一次一次，不停地索取著。好像剛剛經歷了一場生離死別，又好像即將面對生離死別，帶著強烈的需要與不捨，將所有如火般的熱情傾洩出去。

本已決定相守到最後再說，但到了第二天，蕭雲看著外面光亮的世界，覺得孤男寡女關在一個屋子裡，大白天也不出來，而且一大群官兵圍在外面，百姓們瞧見不議論才怪呢！

蕭雲想讓趙長輕帶她走遠點，趙長輕卻突然道：「我們還是去吧！」

「啊？」蕭雲一愣，不解地問道。

第七十八章

「我想了一整夜，妳說得對，與其坐立不安地等待，不如主動出擊。那位師太既然能看出妳的真身，說不準她有什麼好法子，我們或可一問，總比每過幾年就擔心一次的好。再者，妳我形影不離，即便離開，我也可以隨妳而去。」

蕭雲不由得眼眸一亮。她也是這麼想的，時空隧道說不定過幾年就變幻一次，難道他們每隔一段時間就要膽戰心驚一次嗎？

不，他們都不喜歡把命運交給別人，他們喜歡將主動權掌握在自己手裡。

「長輕，你煩了一夜嗎？」蕭雲依偎在趙長輕懷裡，心疼地摸著他的臉。他似乎瘦了一點，眉間有些疲色，看得出這幾日很忙碌。不想他再為別的事情操心，蕭雲安慰道：「不用擔心，我就不信老天還能派天兵天將把我抓走。我一個小人物，犯不著老天爺為我大費周章，折騰來折騰去的。」

「我無事。我的士兵素有神將之稱，即便對敵天兵天將，也絕不怯場。」

「嗯，我相信我的老公是最厲害的。」

心情一下子好了很多，蕭雲喊呤月準備快馬，趙長輕嗔笑道：「那倒也不必著急，反正還有兩日時光，我們一路遊玩而去。」

兩人遠離塵囂，像度蜜月一般，短短的路程，花了兩天時間才到。

第三日將近傍晚，蕭雲找到了那位師太，原來她法號慧靜。

慧靜看到蕭雲身邊站著一位風姿卓絕的男子，便心裡有數了。「看來施主，是不打算回去了。」

「可以任由自己作主嗎？」趙長輕喜道。

「貧尼並未參透其中玄妙，且看機緣吧！或許施主在此處有一段情緣未了，當緣分盡了，便自然需要離開。」慧靜說道。「你們隨貧尼進來。」

在她的特許下，趙長輕被允許進了尼姑庵的後院。

師太說的那處湖水，就座落在尼姑庵後，穿過庵堂就到了。

那個小女孩已經坐在了竹筏上，準備划進湖中。

「師父。」小女孩懵懵懂懂地看著慧靜，眼中沒有不捨，她的眼裡充滿了對未知未來的憧憬。

慧靜翹起手指，默默計算著時辰，良久，她道：「妳我師徒緣分已盡，去吧！」

蕭雲和趙長輕一同看向湖中央，竹筏到了那裡，平靜的湖水突然翻湧起浪花，逐漸產生漩渦，漩渦由小變大，小女孩大聲驚呼。「啊——」

趙長輕心頭一驚，顧不上什麼佛門淨地，一把緊緊抓住蕭雲的手。

輕輕的風慢慢捲起來，三人衣袂飄飛，教他們睜不開眼睛。迷惘中，蕭雲感到一股巨大的吸力拉著自己往湖中央去，趙長輕也感覺到了，他立刻背著風向擋在蕭雲身前，將她包裹在懷裡。

在狂風中，他們相擁在一起，沒有被吹散。

過了很久，逐漸風平浪靜，慧靜面帶微笑，雙手合十地對他們說道：「兩位情比金堅，感動天地，希望你們好好珍惜這段異世奇緣。」

「我們真的能永遠在一起了？太好了，耶！」蕭雲抓著趙長輕的手臂開心地跳躍了起來。

趙長輕終於吐了一口氣。剛才那股看不到、抓不著的吸力真真實實讓他冒了一身的冷汗。「幸而只是虛驚一場。」

了卻了這件心事，兩人頓時感覺一身輕鬆，之前那些身外事瞬間都不重要了，沒有什麼比在一起更重要。

出了尼姑庵，面對朗朗的天空，趙長輕心情大好，不禁提議道：「不如就此離去，遊山玩水如何？」

「就這樣撒手不管，不大好吧？」蕭雲想了想，說道：「做人得善始善終，我們走了，他們等於失去了主心骨，不知道接下來該怎麼辦。」

趙長輕知道蕭雲放不下玉容閣的人，自己也確實得給跟隨他一路走過生死的屬下一個交代，不告而別，的確有點不負責任了。趙長輕打趣道：「我的雲兒了不起了，會領兵帶將了。」

「哼！」蕭雲揚眉吐氣道。

「那好，我們先行回去，各自安排一下，再商議此事。我大概需要兩天時日，妳與我一起回王府，還是……」

蕭雲突然跨前一步站在趙長輕面前，凝視著他的眼睛，語氣淡淡的，卻很堅定。「我要去午城門應戰，為你而舞。」

「妳不必理會……」

「我愛上你之後，似乎都是你在為我付出，我從來沒有為你做過什麼，犧牲什麼。你小心地呵護著我的自尊心，讓我保留從那個世界帶來的、所有與這裡格格不入的習慣，讓我盡可能地遠離傷害。我知道，是你在我面前替我擋著一切。」回憶起以前的點點滴滴，蕭雲眼眶有點發紅。「趙王是洛國的大英雄，卻為了娶我，飽受非議，從一個萬人敬仰的大人物淪為世人笑柄。」

趙長輕淡然一笑，言道：「是妳的好，別人不知道而已。我很高興別人不知道，這樣，我才可以好好地將妳收藏起來，不被別人覬覦。」

蕭雲搖搖頭。「我不能再讓全天下的人笑話趙王娶了一個無德無能的女子，我不能讓你的一世英名被我毀於一旦。你是趙王，所向披靡，他的老婆，怎麼能是沒有膽子迎戰的鼠輩呢？」

趙長輕態度冷硬地道：「管別人說去，我們自在我們的。」

「不，你為了娶我這個棄婦，不知揹了多少罵名。這一次，我一定要站出來告訴全天下的人，我沒那麼差勁！」

蕭雲的臉上綻放出灼灼光芒，趙長輕內心微微一震。她如此有靈韻的一面，趙長輕真不想被別人看去，但不論他如何相勸都無濟於事，蕭雲鐵了心要為他掙回一點面子，向全天下的人證明，他的眼光不差。

「更要讓那些暗戀你，到處說我配不上你的女人們自、慚、形、穢！」蕭雲恨聲說道。

「她們怎配與妳比？」趙長輕捧起蕭雲的臉，抵住她的額頭，低聲喃喃道：「難道妳不知道，我的眼中除了妳，誰也看不到嗎？」

蕭雲伸手勾住他的脖子，嫵媚一笑，柔聲道：「那就只看著我，不就好了？」

趙長輕無可奈何，勉強先答應下了。

回去的路上，他一臉正經地駕著馬，卻故意讓馬兒慢悠悠的，像散步一樣。蕭雲心裡好笑，從這裡回洛京總共就那麼短的路，走回去也趕得上。

果不其然，當他們回到洛京時，比試時間已經到了。

城中空空蕩蕩的沒有半個人影，百姓全部集中在午城門前，等待著這場盛大的比才招親。

「我們直奔午城門那裡吧！」蕭雲指著前方說道。

趙長輕故意舉頭望了望當空的太陽，道：「已經過了時辰，去了也會遭人埋怨，不如不去吧？」

「我不要。我敢保證，宛露公主一定在等著我。」蕭雲鬥志昂揚地說道。

趙長輕揚揚眉，夾著馬腹慢吞吞地繼續往前去，邊走邊「好心」提醒道：「身上染了一路風塵，妳是否要回去梳洗一下，換身衣裳？」

「等我回去換身衣服再去，恐怕太陽已經下山了。」蕭雲說道。

「別人準備了五天，今日必然盛裝而來，妳兩手空空，真的確信可以擊敗對手？」

蕭雲斜斜眼眉，得意道：「你老人家就少替我擔心啦！幽素肯定早就為我準備好所有東西，在那裡等我了。」

趙長輕無言以對，忘了她有個好幫手了。

到了午城門不遠處，四面的道路被圍得水洩不通，裡三層外三層，蕭雲伸長脖子朝裡面看，隱約聽到嘈雜的議論聲中有人提到了自己。

「肯定是不敢來了。」

「嗯，嚇跑了。」

「人家可是公主，這還用比嗎？」

「真給我們洛國丟臉啊！」

蕭雲翻了翻白眼，扯扯嗓子打算大吼一聲，叫他們讓讓路，碰巧此時，人群中不知是誰指著他們這裡大喊了一句。「是趙王！」

所有眼睛齊刷刷地向他們二人看去。

趙長輕面容冷峻，抖了抖手中的韁繩，人群自然而然地讓開一條道。

午城門之下，是一個豪華氣派的大舞臺，搭建在正對面的看臺也非常氣派。洛帝和太后坐在最中央的地方，他們右邊依次坐著御王、御后，以及宛露公主。左邊是洛皇后、太子、昫王，後面是平真公主及趙太學。

宛露揚起下巴，目光森然地看著趙長輕擁著蕭雲駕馬而來。

湊熱鬧的人群最前面是玉容閣的人，蕭雲一出現，她們立刻興高采烈地圍過去。哈月帶頭向趙長輕行禮，眾人欲伏身，趙長輕抬手一揮，淡淡地道：「都免禮吧。」

她們便將所有注意力轉移到蕭雲身上。幽素最先說道：「妳果然還是來了。妳若再不出現，不知又要惹出多少難聽的流言呢！」

「是不是把我的戰袍都準備妥當了？」蕭雲自信地指著幽素問道。

眾人一致點頭。

「謝了。」蕭雲會心一笑。幽素的能力毋庸置疑，以後玉容閣交給她打理，她可以放一百二十個心了。

「這是我理應做的事，謝什麼？妳也是為了給我們玉容閣爭光，我們該謝妳才是。」幽素說道。「我還將妳屋子裡頭的小葫蘆帶來了，不知能否用得上？」

「小葫蘆？」蕭雲笑抽了。「那是小提琴。」

趙長輕嘴角抽搐了兩下。

幽素憨然一笑，道：「喔，我也不知那是何物，看著像七弦琴，又不像，只覺得像葫蘆形狀，便稱其為小葫蘆，想著對妳有用，就帶來了。」

「何止有用？簡直是我的殺手鐧，妳考慮得實在太周到了！」蕭雲想不到幽素連這個都帶來了，實在天助她也！

幽素被誇獎，很是開心，卻一不小心撞上趙長輕投來幽怨的一瞥，不覺心裡一嚇。戰神的眼神好冷，她做錯什麼了嗎？

「妳終於現身了。本公主以為妳怕了，不敢來了呢！」宛露緩緩走下看臺，挑釁地道。

蕭雲轉身迎上她的目光，挑著眉眼上下打量了一番盛裝出席的她。

正如趙長輕所預言，對手精心打扮，盛裝出席，使得本來就很美的外貌更加楚楚動人。那些仰慕趙王的女子原本想賭一把，上臺比試比試的，但看到宛露公主傾城的容顏，頓時失了勇氣，連試都不敢試。

蕭雲跟宛露站在一起，簡直就是綠葉襯紅花。

明眼人一看，都覺得蕭雲是個丫鬟，趙長輕和宛露才是郎才女貌，天生登對。

蕭雲卻無所謂地笑了笑，說道：「不過如此，沒什麼可怕的。」

「走，我們去後臺梳理一下，換身衣服。」幽素上前一步，對蕭雲說道。

蕭雲目視宛露，抬手阻止了身後的幽素，傲然說道：「我們比的是才藝，不是衣物。技不如人，穿得再好看，也只會更丟臉。」

「好大的口氣！」宛露冷然道。「衣衫襤褸，不重修飾，不用比也知道妳輸定了。」

「既然妳如此認為，那敢不敢跟我打個賭呢？」

宛露不解地皺皺眉，問道：「賭什麼？」

「很簡單，如果我讓妳輸得心服口服，妳就永遠斷了嫁給趙王的念頭，不論妻妾，都、不、行。」蕭雲眼神沈著，語氣冷硬地說道。

宛露嗤之以鼻。「妳憑什麼！」

「怕了嗎？」蕭雲用激將法。「不敢比了？」

「這可不行！我們之前明明說好，輸了為妾的。」看臺上的御后聽到後，急忙說道。

御王不滿地斜了她一眼，責怪道：「閉嘴！洛帝還沒說話，妳著什麼急？沒得規矩！」嘴裡又嘟嘟囔囔地道：「宛露何以見得就會輸？」

洛帝笑而不言，眼中的興味越來越濃。

宛露冷笑，不屑一顧。「若妳輸了呢？也一樣嗎？」

「對，如果我輸了，我此生不會再見趙王。」

後面的趙長輕聞言後忙跨步向前，瞪了蕭雲一眼，低聲呵斥道：「說什麼胡話！我讓妳別來，妳偏要來，居然還拿我當賭注！」

蕭雲給他一個安心的眼神，語氣輕鬆地安慰道：「放心，我不會輸的。以前都是你維護我的面子，現在，該我為你挽回點面子了。」

趙長輕仍然擔心。「妳當真輸了就永遠不見我？」

「當真啊！誰讓你是個妖孽呢，我怎能不費點心就妄想嫁給你，得把那些眼紅的人給打敗了，才能走到你身邊，不是嗎？我也不能永遠躲在你身後，讓你受世人指手畫腳。」

即使趙長輕不在乎，她也要憑實力告訴天下，沒有人，比她更有資格和趙長輕站在一起。

「我不允許，妳這是把我賣給別人！」趙長輕有點哭笑不得，他堂堂一個大將軍，居然成了別人賭博的彩頭了。他抓起蕭雲的手腕想將她拖走。

「對我有點信心好不好？」蕭雲對他擠擠眼，湊過去悄聲說道：「我好歹是別的世界過來的，當然會一些她不會的特殊才藝啦！」

這又不是考試，按照分數決定名次，只要趙長輕認可她就行了，她只不過是藉此機會堵住眾人的口，別以後動不動就去攔門，口口聲聲討伐她，很沒面子耶！

「賭就賭，誰怕誰！」宛露受不了他們在她面前舉止親暱，完全無視她的存在，生氣地大聲打斷了他們。

「這可是妳說的，成交！」蕭雲見機，馬上說道。

事已至此，趙長輕不由著蕭雲也沒辦法了，只得對她說：「就當是來玩玩，心裡不要有負擔，不管輸贏，我都只娶妳一個，知不知道，嗯？」

「放心吧！」蕭雲讓趙長輕站到旁邊去看著，然後走到舞臺中間，對洛帝行了禮，接著朗聲說道：「既然今天重量級人物都在，就請各位一起為民女方才與宛露公主立的賭約做個見證。同時，希望皇上答應民女，天下間只要沒有未婚女子能贏得過民女，從此，不能再給趙王納偏房，除非他自己樂意。」

所有人唏噓不已，更是不解，這什麼女人呀，什麼身分，居然不讓趙王納偏房？趙王怎麼會喜歡這種野蠻的潑婦？

太子與煦王同時神情複雜地盯著蕭雲，此時此刻的她全身煥發一股自信的力量，璀璨而耀眼。

「妳何來的自信？」洛帝饒有趣味地問道。

蕭雲斂了斂眸，然後斜眼掃了掃舞臺下方的人，倨傲地說道：「全天下的人不是都罵我配不上趙王嗎？我只不過是低調做人，真人不露相罷了。趙王替我挨了不少罵，今日，我要藉此機會讓全天下的人知道，除了我，沒有人更有資格站在趙王身邊。不僅民間女子，官宦之女也可以來挑戰我。我與宛露公主的賭約，同樣對別人有效。」

坐在洛帝身側的皇后竟然有些佩服蕭雲的膽量，不禁說道：「如果妳的文采贏了全天下的女子，本宮第一個服妳。」

第七十九章

趙王不僅英勇無敵，氣質卓絕，更生於書香世家，樣樣出類拔萃，這樣的男子，排著隊想嫁他的人多不勝數，蕭雲此舉絕對是自尋死路。

不過宛露公主氣勢凌人，普通女子看她一眼便自嘆不如，如果蕭雲贏了她，那便也不用比了。

擂臺賽正式開始了。

蕭雲不想出風頭，但是在世人眼中，她配不上趙長輕，趙長輕也因此被別人取笑，今天，她要一雪前恥，讓天下的人看看，她可不是那麼好惹的。

第一局比的是文。

蕭雲盜用了詩聖杜甫先生的大作〈登高〉，配上得自趙長輕真傳的娟秀毛筆字。兩個太監各拎著紙張一角，將她們各自寫好的詩拿起來讓大家一同欣賞。

當「無邊落木蕭蕭下，不盡長江滾滾來」的詩句被人唸出來之後，立刻贏得了眾人激烈的讚美。

趙太學也忍不住連連讚道：「雋永如斯，難得好句啊！」

「妙哉，妙哉！」

「字寫得也非常不錯，秀氣中帶著一股剛強，既有女子的溫婉，也有男子的英豪之氣。」

蕭雲低著頭，默默地在心裡禱告：杜甫高人，小女子被人欺負到牆角了，實在無可奈何呀！您看看宛露那個德行，我要是再不來點猛的，恐怕她的眼睛要長到天上去了。您老人家是不是也看不下去了？所以呢，您就大公無私地借一點才給我，小女子我在此發誓，以後絕對絕對不會再借了，我對天發誓！您老人家大人大量，晚上千萬別來找我算帳啊！拜託拜託！

大家都在為〈登高〉驚奇，沒有注意到蕭雲。

趙長輕對歌舞沒什麼欣賞能力，但是鑑賞詩文的能力不比趙太學差多少。看到這首詩後，他不由得為之一震。蕭雲的字是他教的，她的文采如何，他自然知曉，可是，她竟然能作出此等佳句來，太不……等等，趙長輕猛然想起蕭雲方才說的話，對了，這首詩極有可能是她來的那個世界之人所作。

差點被她騙了！

掃了一眼大家驚詫的神情，應該是都被騙到了吧！趙長輕忍不住竊笑，看向蕭雲，她現在低著頭，是在向原作詩人懺悔嗎？

他知曉內情的笑容，落在洛子煦眼中，卻成了得到蕭雲的勝利之意。

長輕的字自小便寫得好，經常被父皇拿來誇獎，他的字體風格，他們兄弟幾個都很熟悉。蕭雲的字帶著他的風格，不似那些名家書體，自成一派，顯然是長輕親手調教出來的。

看她寫字時的流暢樣，應該學了很久吧！

是長輕的腿受傷時，他們便在一起了嗎？

長輕一般不會輕易接受陌生人的靠近，除非是他非常欣賞的人，難道他看了一眼，便識出蕭雲是塊寶嗎？

是的，蕭雲是塊寶。自休棄之後的每一次遇見，都教他刮目相看。是他沒有慧眼識珠，毫無所謂地將她親手推開。是他……不，明明是她使計詐他，騙得休書，她一直都在騙他，什麼詩詞歌賦無一精通，根本就是在糊弄他！

洛子煦越想越氣，眼神緊緊地看向蕭雲。

「注意點，別太明顯，讓御國人看出馬腳來。」太子笑得如沐春風，嘴唇一直抿著，但是提醒的聲音卻不輕不重地傳到了洛子煦耳裡。

洛子煦瞥瞥他，冷哼一聲。「是該學學皇兄，寬容大度，該忘就忘。」說完，他低下頭收斂起情緒。

太子依舊笑若春風，沒有辯駁，揚起的嘴角有幾許僵硬，深藏在眼底的惋惜與落寞被眼睫毛掩著，沒有人看得見。

〈登高〉的出色，宛露作的詩相比之下就平淡多了。

御王面子上掛不住，不服地說道：「我們御國自有我們御國的文化精髓，洛國人沒有在御國生活過，不懂欣賞我們御國的詩，也不足為奇。臣下認為如此評斷輸贏，有失公正。」

「呵呵。」洛帝粲然一笑，大方地道：「我們姑且先不定輸贏，等所有才藝結束了，再來一一定奪，如何？」

御王點頭。「也好。」

琴棋書畫，三局兩勝，這個時代崇尚詩文與琴藝，舞蹈則不被大家閨秀所推崇，但是蕭雲最擅長的就是這個。參加這次比試，她也懷著想發揚舞藝的目的，所以經過蕭雲和宛露的共同協商，她們將才藝先後定為詩、琴、舞三項，若前三項打平，難以定輸贏，便再加一項作畫。

宛露揚手一揮，她的侍女捧來一把長箏擺上案桌。

幽素將蕭雲的小提琴也送了上去。

「咦，那是何物？」

「有點像七弦琴。」

大家沒見過小提琴，紛紛好奇地指著它問道。

「哼，故弄玄虛！」宛露不屑地揚起眉角，說道：「我們要比的是箏，妳手中所持乃何物？做何之用？」

蕭雲很真誠地向她介紹道：「這個叫小提琴，也是一種樂器，是我最擅長的樂器。」

宛露以為蕭雲是在摸她的底，很是質疑。「樂器？呵，本公主精通各類樂器，從未見過妳手中那種。」

自取其辱！蕭雲不客氣地傲聲回道：「洛國地大物博，公主沒見過的事多了去了。」

「妳！」宛露惱怒。

「廢話少說，我們開始吧！」蕭雲的氣勢瞬間升了上去，贏得了一片叫好。

局面開始逆轉了。

宛露盛氣凌人，試圖挽回一點面子。「我會的妳不會，樂器不同，如何相比？」

「很簡單。我們一起彈奏，不設定曲風，隨自己的心意，各彈各的，誰被對方干擾了，誰就輸了。」

說著，蕭雲已經拿著小提琴站到舞臺中間偏左的位置，將琴放到肩膀上，閉上眼睛調整狀態。

宛露長襬一揚，坐到了古箏之前。

她一上來便彈奏高山流水之曲，想用激昂的調子三兩下把蕭雲打敗。而蕭雲拉的是〈梁祝〉，聲音清揚婉轉，像個溫賢的女子以她曼妙的舞姿，優雅地跳躍著。

兩種截然不同的曲風和音調同一時間奏起，許多人難受得堵上了耳朵，看臺上的人皺皺眉，聽不清她們到底在彈些什麼，只感覺出一個字，亂。

不過舞臺上的兩個人似乎並不受對方干擾，完全沈浸在自己的世界裡。

趙長輕坐在趙太學身邊的位子，微微斂目，靜心凝聽著蕭雲手裡的小提琴發出的樂聲，但也免不了會受到外界聲音的擾亂，聽不全整個調子。

不過須臾，兩人之間的爭執便初露端倪。宛露的額頭沁出一層薄薄的汗珠，手指的動作開始錯亂，腦子裡熟悉的旋律在急躁地跳動，她有點力不從心，手指越來越不受控制。

終於，她忍不住抬眸，瞄了蕭雲一眼。

蕭雲一身素色傘裙，柔順的長髮束著半髻，烏黑的髮絲隨著微風飄揚。她的站姿穩固如山，頭偏著，放在琴上方，低垂眼簾，全然自我的姿態，清雅純潔，像一幅靜態的少女圖，讓人有賞析的慾望。

就是這看似無意的一瞥，洩漏了宛露心裡的沒自信，更因為這一瞥，讓她身體裡最後一絲堅持蕩然毀滅。

噗的一聲，琴弦瞬間斷裂，宛露一口鮮血從嘴裡噴出，身體失去力氣地倒在染了血跡的古箏上。

「公主！」她的侍女驚呼一聲，跑過去查看她的情況。

宛露手一揮，阻止了她們。

她已經夠丟人了，不能再丟了姿態。剛才，她感覺腦子有點混沌，所以作弊，用了一點內力強行支撐下去，即便贏了，也勝之不武。

但是，用上內力竟然還沒無法贏，這說明什麼呢？

「琴藝，本公主自嘆不如。」宛露抬起下巴，咬牙說道。

蕭雲正沈浸在小提琴的琴音之中，突然被人打斷了，相當不開心，停下來聽宛露講完話，便繼續將琴放到肩膀上，重新拉起〈梁祝〉協奏曲。

至此，人們才集中精神，聽清這首曲子。

美妙的音符好似在剛融化的河流上漂流，經過之處，青草新生，楊柳抽新枝，隨著陽光的照射，音符升入了天空，冬天的灰暗成了春天的碧藍，跳動的音符越來越活潑。終於，小提琴的柔和成了揚琴的跳動，一群可愛的小石頭一一跳入燦爛的湖中，激起一圈圈的漣漪，另一群不安分的小傢伙一下子飛入雲霄，過沒多久，便噼哩啪啦地往下掉，一會兒叮咚，一會兒叮噹，一會兒噼啪。

人們的心情彷彿也跟著飛揚了起來，眼睛不自覺地閉上了，像在作一個甜美的夢，不願意甦醒。

當纏綿的曲調結束，大家的意識漸漸回來，現場沈寂了片刻，只是片刻，便在瞬間爆發出雷鳴般的掌聲。

蕭雲拎起裙子，右腿退到左腿後面，兩腿一彎，淡然向臺下的觀眾施了一禮。她的笑容雲淡風輕，沒有驕傲得不可一世，贏得從容而優雅，讓人不由自主地為其折服。

最後，是比舞。

「洛帝陛下，這舞不如改日再比？宛露乃千金之軀，身子有些受不住啊！」御王見形勢不對，心裡直打退堂鼓。

「不，父王！」要強的宛露厲聲否決了。儘管她已經預料自己會輸，但仍然抱著一絲僥倖之心，況且，自尊心不允許她沒比就認輸了。

她高傲地揚著下巴趾高氣揚地說道：「誰輸誰贏，還未嘗可知！」

蕭雲哂笑。看來宛露已經鑽牛角尖了，心高氣傲的人遇到比自己強大的對手就會這樣，亂了方寸，失了理智，可悲。「無謂的堅持，就是愚蠢。」

洛帝讚許地笑了笑。這個女子睿智驚人啊！

御王臉色鐵青，皺眉瞪著宛露，拚命朝她打眼色。眼看著就快輸了，還不趕緊尋個理由退出比試？那樣也不至於輸得太難看啊！

比舞之前，雙方各自去搭建的小棚子裡換衣服。

蕭雲那方，幽素指指幾個大箱子，對蕭雲說道：「妳那些戰袍我都帶來了，所有要用的飾物都齊全，妳以前教過的曲子我也吩咐樂師們重新練習了，妳要跳哪支舞？」

「哇，裝備齊全啊！對了，那個準備好了嗎？」

幽素自信地點點頭。「放心吧，都準備好了，沒問題。」

「玉容閣有妳打理，我可以放心地去遊山玩水了。」蕭雲話中有話地道。

幽素一愣，不只她，在場的玉容閣姊妹都愣了一下，隨即笑著恭喜幽素。在她們看來，即便蕭雲身在玉容閣裡，玉容閣的瑣事也是幽素在打理，玉容閣交給她，是遲早的事。

「謝謝妳的信任，我會全力以赴的。」幽素儘量壓下內心的激動，但眼眸中熠熠生輝，想遮也遮不住。

「我當然相信了。」蕭雲衝她擠擠眼，拍了拍她的肩膀，然後轉身坐到梳妝檯前，嚷嚷道：「快點快點，幫我上妝，我要跳〈白狐〉。」

在跳〈白狐〉之前，蕭雲穿了一身紅色古裝，跳一段現代舞作為開胃菜。

這支舞，蕭雲融合了踢踏舞的元素在裡面，配上歡快的節奏，跳出那種愉快的心情，讓大家的情緒跟著飛揚起來。

隨著柔媚的身姿，飄揚的舞帶，蕭雲的身體不停地跳躍、轉動，從舞臺的這端到那端，最後，現代舞結束，她身上竟已換好了一套潔白的紗裙，而那鮮紅的紅裝早已不知去向。

眾人驚奇，翹首張望。最後，大家終於看明白了，原來是她將紅色的絲帶裹在身上，然後隨著旋轉的動作，一層一層地蛻變，紅色絲帶散落在紅色的地毯上，不仔細看根本看不出來。

別出心裁啊！

「我是一隻守候千年的狐，千年守候千年孤獨……」

中間沒有片刻的停頓，紅衣一落下，纏綿悱惻的音樂便接連響起，蕭雲長袖曼舞，投入到那種傷感之中。

進入最深情的旋律之後，無數嬌嫩的花瓣輕輕翻飛而下，點點櫻紅花瓣圍繞在她的身邊，猶如一朵盛大的、綻開的花蕾，向四周散開。漫天花雨中，穿著白衣的蕭雲姿態美若天仙，如空谷幽蘭，隨著她輕盈優美、飄忽若仙的舞姿，寬闊的廣袖開合遮掩，襯托出她儀態萬千的絕美姿容。

眾人如癡如醉地看著她曼妙的舞姿，幾乎忘了呼吸。

蕭雲美目流盼，眼中清澈，如仙界的女神。

曲調微轉，她便以左足為軸，輕舒長袖，柔若無骨的身軀隨之旋轉，越轉越快，忽然自地上翩然飛起。樂音又漸急，她的身姿亦舞動得越來越快，如玉的素手婉轉流連，裙裾飄飛，一雙如煙的水眸欲語還休，流光飛舞，整個人猶如隔霧之花，朦朧縹緲，閃動著美麗的色彩，卻又是如此遙不可及。她舞姿輕靈，身體軟如雲絮，雙臂柔若無骨，步步生出蓮花般的舞姿，如花間飛舞的蝴蝶，如潺潺的流水，如深山中的明月，如小巷中的晨曦，如荷葉尖的滴露，眾人不覺為如此唯美的畫面感到十分震撼。舞蹈竟是如此清新脫俗，女兒家該有的嬌媚一覽無遺。

音樂停下，掌聲四起，驚讚之聲不絕於耳。

蕭雲在百姓心目中的形象成功逆轉了，由一個受人厭棄的被休棄婦，到教人頂禮膜拜的凡塵仙女，華麗地變身。

蕭雲微微喘著氣，對眾人盈盈一欠身，準備謝幕，對於大家崇拜的眼神沒有絲毫反應。身分逆轉，她竟如此淡然，沒有委屈的眼淚，沒有勝利的歡呼，就那麼淡淡地面對著所有的一切。

只有蕭雲自己知道，在這樣的掌聲背後，她經歷過無數次的辛酸，從臺下十年磨一劍的練習，到臺上大家認可的掌聲，她到底流過多少淚？經歷過生死、殘廢、貧窮，一生中最波折的大起大落後，還有什麼能讓她的情緒起伏不定呢？

已經沒有了。

享受完蕭雲帶來的視覺盛宴，宛露跳的舞遜色不止三分。

如果文化有國界差異，那琴和舞完全不分種族、國界、語言，比試結果不言而喻。

連平真都露出了難得的欣賞之色。

趙太學為自己的眼光自豪。「老夫果然沒有看走眼。夫人覺得如何啊？」

平真撇撇嘴，一語雙關地說道：「老爺眼光向來好，賤內自嘆不如。」

趙太學瞋了她一眼，一臉樂呵呵的。

「還比嗎？」宛露跳完，蕭雲走上來，沒有驕傲，只問道：「還比嗎？」

蕭雲只對兩樣東西有自信，一是琴藝，二是舞蹈。這是她從小苦練的，舞蹈方面，占了些優勢，有一點勝之不武；棋藝和書法是趙長輕親授的，修練的時間不長，難以贏得宛露，不過，相信她把最優秀的東西展現出來，從心理上給宛露施加壓力，後面即使宛露能略勝一籌，也已失了先機。

好在宛露已經被徹底懾服，她猜不出蕭雲的底，所以害怕比得越多，敗得越多，最終成為今日最大的笑話。

第八十章

「我不信，我不信……」宛露含著淚看著蕭雲，搖頭說道。

她就這樣敗了……本想給蕭雲難看，結果卻是自取其辱，在趙王面前丟了所有，反而襯托了蕭雲的完美。

她可是公主啊！怎麼輸給了一個青樓女子呢？

「事實勝於雄辯。不過，我倒是要謝謝妳，給我一個堵天下人之口的機會。」蕭雲微微一笑，轉身問臺下。「還有沒有人想上來比試比試？」

原本躍躍欲試的幾人嚇得身體拚命往後縮。

既然沒人敢，蕭雲也不必再多說什麼了，大家心裡有數就是。

她對看臺上的人福了福身，說道：「民女告退。」

「嗯，天色不早了，該回了。」洛帝抬頭望望天空，閒閒地說道：「御王，今晚還有宴會呢，隨朕一道回宮吧！」

「呃，今日太陽曬得有些乏了，臣下就先回宮休息了，明日再去給陛下請安。」御王面如菜色，勉強擠出一個笑臉，推辭道。

洛帝也不勉強。聰明的人，不必說太多的廢話。「那好，擺駕，回宮！」

「起駕——」太監扯開嗓子大喊一聲，眾百姓跪到地上，高呼萬歲，然後起身，各回各家。

蕭雲回棚子裡卸妝，趙長輕忙攔下身邊的父母，想打鐵趁熱。平真瞋怪他一眼，含笑道：「知道你要說什麼，回府再說吧！」

「那擇日不如撞日，孩兒這就讓雲兒梳洗好妝容，晚上一同拜見二老。」趙長輕高興地說道。

「瞧把你樂的！」平真忍不住又酸了一句。

趙太學推搡著她，道：「兒孫自有兒孫福，走走走，我們趕緊回去備菜吧！」

趙長輕會心一笑，轉身去找蕭雲。

在蕭雲的棚子前不遠處，宛露杵在那兒。

她臉上的濃妝和華服還沒有換下，像在專門等誰。

趙長輕一出現，她黯淡的眼神驀然一亮，殷切地看著他。

趙長輕似乎沒看到她，徑直從她身邊走了過去。

「趙王！」宛露告訴自己，他是真的沒有看到，所以鼓足勇氣喚了一聲。她相信，沒有男人受得了女人含淚欲滴的眼神。可是，她忘了，趙長輕不是一般的男人，他在戰場上殺人無數，流淌的鮮血可能比他喝過的水還要多。他僅剩的一點心軟和溫柔早就全部給了蕭雲，他的眼裡看不到別人，也聽不到別人的呼喚。

他只想馬上看到蕭雲。

轉彎到了棚子的正前面，趙長輕看到一個男子站在外面，心陡然一沈，走近一看，是洛子煦的侍從。

「趙王，我家王爺……」侍從對趙長輕拱手行禮。

「滾開！」趙長輕一揮長袖，一股氣將侍從掀了過去。

還沒進棚子，就聽到洛子煦的質問聲。「妳不是說妳琴棋書畫，無一精通嗎？」

玉容閣的人都在裡面，吟月也在她身邊，趙長輕鬆了一口氣。

「是不精通，每樣略懂一二而已。」蕭雲隨口答道。

「妳騙我！一直都是妳在騙我！」洛子煦忿然跨前一步，抓住蕭雲的肩膀責問道。

一旁的吟月正欲出手，趙長輕已經快她一步地飛身過來，將蕭雲拉到自己身後，不再客氣地對洛子煦微笑，而是冷冷地說道：「原來子煦在這裡。」

「這是我跟她之間的事，你少摻和！」洛子煦發狠地指著趙長輕說道。

趙長輕屹然直立，一字一頓地告訴洛子煦事實。「她是我的妻子，她的事，便是我的事。」

「哼，她明明就是我八抬大轎娶進門的側妃謝容雪，別以為給她換了個名號，就能否認！」洛子煦直言不諱地也翻出事實來。

蕭雲氣不過，推開趙長輕質問洛子煦。「就算我是謝容雪又怎樣？關你什麼事？你有什麼資格對我家相公大吼大叫的？」

「妳不知廉恥！」洛子煦氣罵道。

「不知廉恥的人是你！」蕭雲即刻還嘴道。今天，她要是不把話給他說清楚，他還沒完沒了了。「你八抬大轎要娶的人是謝容嫣，從來都不是我。當你發現進門的不是謝容嫣，你是怎麼對我的？打我罵我，把我關進馬房，還讓你那些小妾來欺負我，我是側妃嗎？我有享受過煦王側妃的待遇嗎？我有享受過一天嗎？」

洛子煦啞口無言。

「我以前不想跟你囉嗦，是因為我有水準，你還真當我好欺負了？我相公對你客氣，是因為他度量大，不想跟你一般見識，他打不過你嗎？你以為你是誰呀？」蕭雲一手插著腰，一手指著洛子煦，越罵越上口。「煦王爺，我告訴你，我本來不想嫁給你的，可是我在謝家沒有地位，連丫鬟都不如，事情根本就由不得我自己作主；後來嫁給你，我也認了，能將就過我就將就過了，可是你呢？對我非打即罵，還認定是我設計代嫁，在你心裡，可曾有一天把我當成是你的妃子？」

洛子煦語塞，再無話可說。

蕭雲戳著洛子煦的胸膛，咬牙問道：「你今天有什麼資格來指責我和長輕?!」

「雲兒。」趙長輕將蕭雲的手拉回來，他可不想她的玉手碰別的男人。「我們回去再換衣服吧！換好了，晚上隨我去太學府用膳。」

「啊？見家長啊？」蕭雲的憤怒立刻消失得無影無蹤，像個羞澀的小女孩，緊張地道：「我什麼都還沒準備呢！我害怕。」

「怕什麼，醜媳婦遲早要見公婆的。」趙長輕調侃道。

蕭雲噘嘴反駁。「你才醜呢，人家緊張嘛！」

「不必緊張，他們是對妳滿意，才邀妳過府的。妳什麼都不用管，只管吃得飽飽的就行。」趙長輕柔聲撫慰道。

「那多不好！」

「我覺得好就行。」趙長輕點點蕭雲的鼻子，旁若無人地跟她說起了甜言蜜語，一邊說著，一邊相擁著往外面走。

一場緊張的對峙輕鬆地化解了，所有人都暗暗鬆了一口氣。

唯獨洛子煦，漠然低著頭，心情低落到了谷底。

現在後悔，一切都已經來不及，要怪就怪他當初太武斷了。連姑姑和太學都接受了蕭雲，他還能改變什麼呢？

晚上，太學府裡，趙長輕和蕭雲攜手而來，到了客廳外面，兩人聽到屋子裡傳出幾個耳熟的聲音，不由腳下一頓，互相對視一眼。

趙長輕問侍女。「府上有客？」

「是，是統領府來人。」侍女低頭，支吾地答道。

趙長輕皺眉不悅。

蕭雲嗤笑。他們送禮去玉容閣，被她原封不動地退了回去，現在居然想到了曲線救國。

「呵，找你爹娘來打關係了。」

「我們走吧！」趙長輕拉著蕭雲轉身就走。

蕭雲一愣，笑道：「你怎麼了？忿然轉身的人不應該是我嗎？」

「我知道妳不喜歡看那些人的嘴臉，但是可能礙於顏面，我爹娘無法推卻，否則他們也不會找到這兒來。」

「你怕我會委屈自己？我才不呢！」蕭雲挽起趙長輕的手臂，擺出姿態。「想見我，沒門兒！早知今日，何必當初？我們走。老公，你支持我嗎？」

趙長輕笑了，真心地撫摸著蕭雲的頭髮說道：「我希望我的雲兒能把自己的心情擺在第一位，不要為了任何人而委屈自己。即便日後有人為難妳，妳也不必顧慮什麼趙家名利、地位，想如何便如何，隨妳的心，隨妳的性情。」

他會為她展開羽翼，將她庇護在沒有任何痛苦的環境之下，盡他最大的努力保護她的真性情不被世俗所改變。

「老公，你真好！」蕭雲由衷地說道。

趙長輕抿嘴一笑，攬起蕭雲的腰肢，一躍上了空中。

透過這次比試，也在洛國吹起了一股學跳舞的狂潮，而洛國，迎來了真正的太平盛世。

不過，趙長輕卻下明令禁止蕭雲再跳舞。

「為什麼嘛？」蕭雲叫屈道。

趙長輕摟著她的腰，將她的身體貼著自己，霸道地說道：「只能在我面前跳，聽到沒有？我不想讓別的男人忘乎所以地盯著妳看。」

那天比試，幾乎全洛京的人都看到蕭雲令人驚豔的一面，而他，竟然也是頭一次看到蕭雲像仙子墜入凡間那樣，美到不可方物。他悔得腸子都青了，恨不得將那些直勾勾看著她的人眼珠子都挖出來。

「好了好了，不吃醋了，我答應你就是了。我以前跳舞純粹是為了不讓姑姑失望，後來跳舞純粹是為了賺錢，現在玉容閣快賺瘋了，我吃喝不愁的，才懶得動呢！」蕭雲正求之不得呢！

不過，看到趙長輕吃醋的樣子，心裡好開心啊！

「那雲兒覺得，是玉容閣賺的錢多，還是趙王妃賺的錢多？」趙長輕誘惑道。

「嗯，這個麼……」蕭雲走到窗櫺旁，望著天空假裝思考。「應該是趙王妃賺得多一點吧？」當然了，玉容閣賺的錢不是分給玉容閣的員工了，就是拿去做善事了，她現在就是吃趙長輕的、喝趙長輕的。

趙長輕從背後摟住蕭雲，俯身貼著她的側臉說道：「那雲兒可千萬不要錯過這麼好的賺錢機會喔。」

「你這是在求婚嗎?沒鑽戒，沒誠意。」蕭雲故意刁難道。

趙長輕不假思索地從懷中掏出一個玉扳指，在她眼前晃了晃，問道：「我只找到這個，妳看行否?」

「什麼嘛!這是男人戴的東西，我不要，醜死了。」蕭雲推開它，嘟嘴表示不滿。

「我也覺得有些粗獷了，不適合女兒家佩戴。娘子放心，為夫會儘量尋找的，一定保證讓娘子滿意。」

蕭雲回眸，親吻趙長輕的唇，含情脈脈地說道：「不用了，有那把琴，足矣，比戒指好。」

趙長輕全身一鬆，暗自慶幸終於不用再去找那些奇怪的圓圈了。

「我們快商量商量去哪兒度蜜月吧！我想去找秀兒，我答應過她的。」

「急什麼，我有一輩子的時間陪妳。我先帶妳去沙漠看星星吧！我以前答應過妳的。」

蕭雲抬頭仰望星空，想起兩人剛認識的時候，心裡感慨萬千。那時候無論如何也沒想到，自己最後會嫁給他這樣一個帥氣逼人又超級多金的將軍王爺呢！「你真的為了我，不回軍營了？」

「國家若有難，自當萬死不辭，但依目前的局勢看來，我有生之年應該不會再有戰事了。」趙長輕在蕭雲耳旁親暱道：「一身功名不過三尺塵沙，權傾天下何若相守天涯。」

一身功名不過三尺塵沙，權傾天下何若相守天涯。

今天，對洛國人來說，是個大好日子。

洛國有兩件大事同時發生，一件是民族英雄趙長輕成親，還有一件是煦王立正妃。

整個洛京城內一片歡騰的敲鑼打鼓聲，地上撒滿了花瓣，空氣中瀰漫著芬芳。

兩隊娶親的人馬在洛京城裡最繁華的街頭，正好從相對的兩個方向迎面而來，隊伍中最顯眼的自然是新郎官。他們一個氣質高貴，一個丰神俊逸，各自騎在掛著紅色繡球的駿馬上，亮如星辰的眸光在空中撞上了。

僅僅對視片刻，洛子煦便將視線越過人群，望向前方的花轎。

曾幾何時，裡面的女子也坐在大紅花轎裡，向他而來。若他真心相惜，或許便不會有今天。

洛子煦的眸光瞬間一黯，迅速收回視線，抖了抖手中的韁繩，準備離去。

趙長輕收起嘴角的淺笑，想拱手道賀的念頭在腦海中一閃而過，終是沒有隻言片語便擦肩而過。

當洛子煦經過趙長輕身邊時，趙長輕微微側眸，輕聲道了一句。「多謝。」

洛子煦沈著臉容，冷冷地回道：「不是為了你。」

「不管為了誰，意義都一樣。」趙長輕話中有話地道。

洛子煦不再理他，駕著馬往前而去，到了花轎旁，他胯下的馬竟然自己停了下來。

跟著花轎隨行的吟月迅速挺身擋在中間，大有護主的意思。

「吟月，到底發生什麼事了？怎麼停下來了？」坐在轎子裡已經好奇了一會兒的蕭雲壓低聲音問道。

吟月沒有回答，皺著眉看洛子煦，用眼神拜託他快點走。

洛子煦也想快點離去，他的心每時每刻都在滴血，天知道他做了多大的努力，才壓制住想劫持新娘的衝動。

可是，該死的火影，偏偏要在這裡停下來！

「到底怎麼了？」蕭雲終於忍不住疑惑，撩起紅蓋頭，微微掀起簾子的一角，探出頭。洛子煦的視線不由自主地隨著那道清亮的聲音看過去。

她今天終於不是素面朝天，精緻的妝容，火紅的唇色，有別於兩年多前的樣子，臉上的稚氣被女兒家獨有的魅力取代，嬌豔中透著一股柔媚的韻味。

但是她的性格仍然那般——大膽出奇，敢無視繁文縟節，沒到婚房就自己揭開紅蓋頭。

蕭雲看到洛子煦時，愣了一下，眼裡閃爍著訝然之色，瞬間即逝。

洛子煦微感尷尬，伸手指了指馬兒，說道：「是、是火影。」

「火影？」蕭雲一怔，看向馬兒，這個當初在煦王府馬房裡認識的馬兒朋友，如今也高大了不少呢！雖然她認不出牠和別的馬兒有什麼區別，不過倒是瞬間勾起了她幾年前的記憶。

時光，過得真是快。

咦，這個名字他怎麼知道？

轉而一想，蕭雲自嘲地笑了笑。呵呵，那已經不重要了，不是嗎？

兩人同時沈默了一下，蕭雲露出友善的笑容，像普通朋友般地問候道：「這麼巧，你今天也成親？恭喜了。」

洛子煦愣怔地看著蕭雲，複雜的神情似有千言萬語要訴說。

「按禮節，不是該回一句『同喜』嗎？」蕭雲訕訕地笑了笑，道。

洛子煦不答，蕭雲聳聳肩，無所謂地笑了笑。她只是出於禮貌才搭理他一聲，不回答就算了。

正當她準備放下簾子時，洛子煦忍不住問了一聲。「妳不想知道我娶的是誰嗎？」

蕭雲眉頭一挑，依舊禮貌地微笑。「今天是我的大喜日子，沒有多餘的閒心過問別人家的事。總之，恭喜了。」

說完，她便放下了簾子，坐直了身體。

如此絕情嗎？

洛子煦拽緊手中的韁繩，緊緊咬住牙，沈沈地說道：「是宛露公主。」

「宛露公主？」蕭雲詫異地重複了一遍，頓時捂住嘴竊喜。謝容嫣啊謝容嫣，妳機關算盡，最後還是嫁給了煦王，做了他的側妃，有宛露公主做大老婆，恐怕她永遠也沒有出頭之日了。真是個好消息啊！她以前就曾經惡毒地想過，讓謝容嫣那個壞女人遇上個厲害的正妻，天天活在鬥爭中，哈哈，想不到成真了。

「無話可說嗎？」洛子煦見蕭雲無動於衷，失望地問道。

蕭雲壓住笑意，不解地問道：「不是已經說過恭喜了嗎？」難道還要再加一句「真同情你，以後永無寧日了」？

洛子煦如當頭一棒，頓時清醒了。他還指望什麼呢？

趙長輕滿意地露出微笑，對身旁的隨從吩咐道：「走吧！」

自此，天涯兩路，各自為家。

——全書完

樸實純粹　演繹種田精髓／芭蕉夜喜雨

嫌妻當家

全套五冊

妻令一出，誰敢不從？

現代OL魂穿古代，竟然成了有夫有女的農村婦？
丈夫好不容易從軍歸來，這下卻帶了城裡的小三一起回家？
她想乾脆讓位逍遙去，卻發現脫身不易，丈夫還想勾勾纏……

文創風 237 **1**

她穿成農家媳婦喬明瑾，但丈夫軟弱，婆婆苛刻，女兒受欺，
還有愛看好戲、扯後腿的妯娌，平凡娘家也不給力，
她雖然無依靠，但古人身現代心怎能委曲求全？
既然此處不留人，她自己重建一個家！
但古代求生大不易，該怎麼發揮穿越女的本事？

文創風 238 **2**

婆婆和小三威逼，喬明瑾沒想到丈夫岳仲堯卻不放手，
和離不成只能選擇分居，幸好還有娘家的弟弟、妹妹幫忙，
她也適時發揮穿越女的本事，小出風頭卻引來城裡大戶周家六爺的注意，
惹了一個精明又冷峻的貴公子，是福是禍還不知，
但天下掉下來的金主，到底是接還不接？

文創風 239 **3**

周晏卿需要她的主意和本事，她需要周晏卿的財力和權勢，
兩人一拍即合，作坊緊鑼密鼓籌備，大家都知他們作坊專出新奇物事，
生意蒸蒸日上，日子過得好了，反而不知該拿心意堅定的丈夫怎麼辦，
而貴公子周晏卿也忽然跟她親近又交心，連家裡的帳冊都交給她打理，
但她是個外人，這份信任來得太快也太重，究竟他是有意還無意？

文創風 240 **4**

要說不懂岳仲堯的用心是不可能的，可是她該怎麼讓丈夫認清，
自己和他那勢利的娘是沒可能相處在一起了；
若不是留著一絲絲柔軟的情，若不是女兒對他依戀不捨，
她也想與岳家徹底了結，再無瓜葛才有真的平靜日子；
如今，周晏卿給了她一個機會，她是不是該把握這重新開始的可能？

文創風 241 **5** 完

原來他們喬家並非什麼鄉下平凡人家，
祖母和父親當初落難來到村裡，竟然是因為逃避家族鬥爭；
而今，老家的僕人找上門來，正是他們該「回家」的時候了……
從農村婦人到京城名門的喬家大小姐，她暫時放下的難題也再次來到眼前；
心向了哪一個，就是要負了另一個；而她，又該情歸何處……

文創風 246-247

藥香襲人

降服城府深的腹黑男，妳可得有一顆七巧玲瓏心……

綿柔裡藏著犀利與深情／維西樂樂

上　二十一世紀的中醫師穿越成了架空時代的小姑娘，
這喬家雖然不是名門高府，卻要鬥繼祖母，救親叔叔，鬥姨娘，
幫娘親生小弟弟，還要幫爹爹賺大錢。
不過她再聰穎，還是遭人算計，
嫁了個冷酷、武功高強的腹黑大男人顧瀚揚當平妻，
她嫁的這位爺，可得打起十二分精神好好伺候呢！

下　當初她是不得不嫁，他呢可有可無地娶了。
如今，她不想他待她的只是因為應諾了師傅，
她希望他眸子裡的冷酷淡漠可以添上溫暖，
他待她的周全維護是出自於對她的喜愛……
過往那些傷害他、教他變得如此冷情寡愛的因，
可以在她的全心付出、溫柔呵疼下轉變成彼此真心相屬的果。
就算扯入朝廷權力鬥爭，甚而得拿命去搏，她也甘心相隨……

如果可以，人家不嫁！
不得不嫁，人家不做小妾！
來生再約，人家不做平妻！
你可是答應了喔，老爺！人家可不許你賴！

誘嫁小田妻

農村居，大不易，現代女的小農求生記！

田園靜好，良緣如歌／花開常在

人道是魂穿、身穿、胎穿，凡穿越女角皆身懷金手指，
出外總有發家致富的兩把刷子，還不忘攜手如意郎君……
可穿越成七歲農村娃的田箏卻趕不上這等際遇，
眼看日子只能得過且過，數著米粒下鍋圖個溫飽，
沒想到，後世風行的手工皂，竟成了她在古代的開源良機！
好不容易以香皂生意熬過苦日子，孰不知這財富竟引來禍事；
幸好她和青梅竹馬魏琅急中生智，方逃出人口販子的毒手，
而這一路共患難的經歷，讓兩小無猜的喜歡似乎也有不同了……
時光荏苒，當年舉家遷京的魏琅再次返村，
如今搖身一變成了高富帥！
且不說這「士別三日，刮目相看」的男大十八變，
前程似錦的他會對她這鄉下姑娘情有獨鍾就已不尋常，
更讓人詫異的是，自己的心還不受控制，
對這昔日以欺她為樂的鄰家男孩動了情……

文創風
272

被休的代嫁 3 完

國家圖書館出版品預行編目資料

被休的代嫁 / 安濘著. --
初版. -- 臺北市 : 狗屋, 2015.02
冊 ; 公分. --（文創風）
ISBN 978-986-328-422-2（第3冊：平裝）. --

857.7　　　　103027855

著作者　安濘
編輯　張蕙芸
校對　黃薇霓　蔡佾岑
發行所　狗屋出版社有限公司
地址　台北市104中山區龍江路71巷15號1樓
電話　02-2776-5889～0
發行字號　局版台業字845號
法律顧問　蕭雄淋律師
總經銷　知遠文化事業有限公司
電話　02-2664-8800
初版　2015年2月
國際書碼　ISBN-13　978-986-328-422-2
原著書名　《被休的代嫁》，由起點女生網（http://www.qdmm.com/）授權出版

定價250元
狗屋劃撥帳號：19001626
網址：love.doghouse.com.tw　E-mail：love@doghouse.com.tw